世界青少年大奖小说丛书

无限号列车

The Boundless

[加] 肯尼思·奥培尔◎著

王小可◎译

未来出版社

FUTURE PUBLISHING HOUSE

图书在版编目（CIP）数据

无限号列车／（加）肯尼思·奥培尔著；王小可译．
-- 西安：未来出版社，2018.5
（世界青少年大奖小说丛书）
ISBN 978-7-5417-6559-9

Ⅰ．①无… Ⅱ．①肯… ②王… Ⅲ．①儿童小说—长
篇小说—加拿大—现代 Ⅳ．① I711.84

中国版本图书馆 CIP 数据核字（2018）第 075502 号

THE BOUNDLESS　by Kenneth Oppel.
Copyright © 2014 by Firewing Productions Inc.
Simplified Chinese translation copyright:
©2018 by Beijing Baby-Cube Children Brand Management Co., Ltd.
Published by arrangement with Writers House, LLC,
through Bardon-Chinese Media Agency.
All rights reserved.
著作权合同登记：陕版出图字 25-2017-0166 号

无限号列车　　　　　　　　　　[加] 肯尼思·奥培尔◎著
WUXIANHAO LIECHE　　　　　　王小可◎译

社　　　长	李桂珍
总 编 辑	陆三强
总 策 划	唐荣跃　牟沧浪
执行策划	马　鑫　胥　珊
丛书统筹	柴　冕
责任编辑	薛少华
特约编辑	胥　珊
装帧设计	许　歌　吴思龙
封面绘图	周　军
内文插图	夏末工房
技术监制	宋宏伟
发行总监	樊　川
出版发行	未来出版社
	（西安市丰庆路 91 号　电话：029-84289199　84288355）
经　　　销	全国各地新华书店
印　　　刷	湖南天闻新华印务有限公司
开　　　本	880 mm×1230 mm　1/32
印　　　张	11.625
字　　　数	231 千字
版　　　次	2019 年 5 月第 1 版
印　　　次	2019 年 5 月第 1 次印刷
书　　　号	ISBN 978-7-5417-6559-9
定　　　价	42.90 元

C目录
ontents

第一章

最后的道钉

她跳到搭在锯木架的长木板上，
张开双臂，扬起下巴，两腿交叉站成一条直线。

雪崩发生前三个小时，威廉·埃弗雷特正坐在一只倒放的木箱上，等着他的父亲。

　　这个小镇连个名字都没有，只在铁轨旁边竖了一个歪歪斜斜的标杆，上面钉着一张纸，纸上用油漆潦草地写着一行字：2 553英里①。昨天，威尔②和母亲下火车时，列车员喊道："终点站到了！飞吻火车站③！"但究竟是这个小镇的名字叫飞吻呢，还是列车员忙着下班，要跟终点站来个飞吻，威尔也说不清。

　　车站是一个露天的木制平台，站里有一座水塔，以及一个为火车提供燃料的煤棚。一根电线从电线杆连到了收发室，在收发室里，站长正坐在凳子上打着瞌睡。一扇破旧的门为他抵挡着冬日的寒风。

　　一眼望去，小镇就像从树林中分割出来一样。威尔身后是一条覆盖着积雪的泥泞街道，杂乱不堪、缺乏生机的木头房子密集地分布在街道两旁。威尔和母亲落脚的寄宿屋就在一家杂货店和一座教堂旁。经历了五天的温尼伯④之旅，威尔和母亲

---

① 英里：长度单位，1英里 ≈ 1.61千米。
② 威尔（Will）：威廉（William）的昵称。
③ 飞吻火车站：原文为"Farewell Station"，兼取其音义，译为"飞吻火车站"。
④ 温尼伯：加拿大中南部城市，以冬季酷寒而著称。

都已疲惫不堪。旅途中那种拥挤狭窄的环境，让威尔感到窒息。

威尔浑身脏兮兮的，头发该洗了，耳朵后面也很痒，他感觉自己身上好像又长了虱子。不是他不想洗澡，而是昨晚寄宿屋里排队洗澡的人太多了，没轮上他。

他低下头，看见脚下的木板上简陋地刻着一颗心，心形里写着一对恋人的姓名缩写。他憧憬着有一天，自己名字的缩写也可以像这样被刻在一个心形里。一阵寒风吹来，他不禁打了个哆嗦，下意识地紧了紧衣领。他发觉寒气是从他右边腋窝处的衣服补丁里渗进来的。妈妈说他太瘦，可从眼前的情形看，他很难长胖。

幸好他的靴子是新的，脚很暖和。只是鞋太大，他试着将鞋带打了两道结，却依然很松。

威尔一边盯着铮亮的铁轨，一边想象着父亲铺设铁轨时一路向西，直到铁轨延伸进一片被积雪覆盖的森林。他抬眼望去，云朵与结冰的山顶擦身而过，在岩石与冰雪犬牙交错的斜坡上投下烦躁不安的阴影。而那高耸的山峰犹如骨节分明的拳头，感觉就像要将世人拒之门外一样。这样的荒野，你能开辟出一条属于自己的路吗？

父亲将从那个方向归来。也许是今天，也许是明天。威尔将在这里迎接他。

威尔脱下破旧的手套，从外衣口袋里拿出速写本和铅笔。这个速写本是他用妈妈从纺织厂带回来的废弃包装纸做的。

他学会了一种特殊的方法，就是把这些纸折起来，然后将边沿裁开，再用几根线装订起来，这样就做成了一个十六页的速写本。

铁轨对面的空地上，搭建着两个大帐篷和一些小帐篷，最大的帐篷上面写着"克拉克兄弟马戏团"。不少运货马车停在这些帐篷之间，有些马车的行李箱包还没来得及卸下来。马儿们用鼻子嗅着凹凸不平的地面。几个衣衫褴褛的人在搭建货摊，随着他们手臂的动作，锤子敲击的声音回荡在空旷的山野里。

威尔用嘴咬着铅笔，他对眼前的景象有了初步的构思，接着就耐心地勾画起了细节。那些帆布帐篷的纹理和皱褶，以及山丘上闪烁的灯光，都被他勾画得栩栩如生。

"你在画什么？"一个清脆的声音打断了他的创作。

他抬起头，只见面前站着一个和他年龄相仿的女孩。女孩穿着一条色泽暗淡的连衣裙，美丽的直发从头顶中间分开，两根辫子束在脑后。

"没什么。"他说着，合上了速写本。

这时，女孩又走近了几步，他不禁有些慌张。他是一个害羞的男孩，不太擅长和人打交道，尤其是陌生的女孩。

她浓密的眉毛下有一双神采飞扬的灰蓝色眼睛。美中不足的是，当她露齿微笑时，门牙之间有条细缝。她确实不像特里萨·奥马利那样完美，不过却有种说不出的吸引力。他不知道这种吸引力是从哪儿来的，但他觉得可以先把她画下来，再对着画慢慢研究。可惜的是，他只擅长画物，并不擅长画人。对他而言，人太难琢磨。

"能给我看看吗？"她问道。

他并不喜欢把自己的画展示给别人看。他常常把画藏起来，不让其他男孩知道，因为他知道在他们看来，画画不是男人该干的事。而眼前的这个女孩子却不同，她带着明朗的笑容，要求看他的画，而且耐心地等待着他的答复。

威尔把画拿了出来。

"真希望我也能画得这么好！是谁教你的啊？"她瞪大眼睛，惊呼道。

"没有人教，算是自学的吧！"他说。

几年前他生过一场病，在床上躺了好几个星期。他自创了一种绘画游戏，以此来分散注意力，减轻疼痛。他什么都画，椅子、衬衫、鞋子……他没有看画纸，他的目光顺着物体的轮廓移动，手则在纸上移动着铅笔。他沉浸在绘画的世界里，以至于忘了自己干涩的双眼和酸痛的四肢。就这样，时光飞逝，他渐渐地发现，不看画纸勾勒出的轮廓非常准确，看着画纸反倒画得没那么好。病好之后，他依然坚持不看画纸画画。现在不管去哪儿，他都会随身携带手工缝制的速写本。

女孩没有经过他的允许，就从他手里拿过速写本翻看起来。

她指着一座横跨在山谷的高架桥问："你还画这些呀！这是哪儿？"

"落基山脉。"她看起来很友好，对他的画很感兴趣，他说起话来也就自然了许多。

"你在铁路上工作吗？"她问。

听了这话，他忍不住想笑，但转念一想，这说明她觉得他身强力壮，认为他是个成年人，他又暗自有些高兴。

"我爸爸在铁路上工作，他正在修建加拿大太平洋铁路。"他自豪地说，"我画的是他给我描述过的东西。"

"画得真棒，就像你去到那里亲眼见到过一样。"

"不，其实我哪儿都没去过。"

他没有告诉她，这个特别的速写本是准备送给父亲的礼物。这些画描绘了父亲在铁路上工作的情景，他希望父亲能够喜欢。

女孩翻开一页，看着画面问："这是大脚野人吗？"

他点了点头。

"你爸爸见过大脚野人？"

"你看这个，"威尔从口袋里掏出一颗珍藏的黄色尖牙，这是几个月前父亲寄来的，"这是一个大脚野人的牙齿。"

她仔细看着那颗牙齿，说："很多人认为大脚野人只是传说。"

"不是传说，"威尔告诉她，"山里真的有很多可怕的野人。"

"你爸爸出去多长时间了？"

"三年。现在他的活儿已经干完了，我们在这儿接他，准备一起搬到西部。"

她顺着他的目光望向山里，沉默不语。

"你是本地人吗？"他问。

"不是。"她回答。

"你也在等人？"他听女房东说过，整个小镇很快会被从劳工营返回的人挤满。

女孩表情神秘地摇了摇头，转身走下站台。她跳到搭在锯木架的长木板上，张开双臂，扬起下巴，两腿交叉站成一条直线。接着，她走到摇晃的木板中间，倒立起来。

威尔看见她露出的灯笼裤，脸唰的一下红了。他知道自己不应该看，却怎么也挪不开目光。女孩用双手支撑着身体，倒立在木板上走完了剩下的部分，随后翻身跳上锯木架，行了一个屈膝礼。

"你是马戏团的！"他叫道，"是杂技演员吗？"

"我是走钢丝的。"她跳下锯木架，回到平台上。

"你是说在绳子上行走吗？"

威尔曾经在生日那天去过马戏团，高空走麻绳的演员给他留下了深刻的印象。

"他们叫我小奇迹，"她皱了皱鼻子，"这个名字听起来很搞笑。在我六岁开始练走钢丝时，他们就给我取了这个名字。我希望将来有一天，能从尼亚加拉瀑布上面走过去。那里有一千一百英尺 ① 高呢！不过我最大的理想是当个厉害的逃脱大

---

① 英尺：长度单位，1 英尺 =0.3048 米。

师。什么链子也捆不住我，什么锁也锁不住我。"

威尔听了她远大的理想，没有说什么。

"你来困住我试试？任何束缚我都能逃脱。"

"我相信你！"他面露羞涩地说。

"双手抓住我的胳膊！"她说着抓起他的双手放在自己的胳膊上。

威尔笨拙地抓紧她的胳膊。

"再紧点儿！"

他又加大了力气。

"唰"的一声，还没等他反应过来，她的双臂瞬间便从他手里挣脱了出去。

"挺厉害的！"他赞叹道。随后转头看向铁轨另一头的帐篷，想起之前看到的那个最大的帐篷上面写着"克拉克兄弟马戏团"。

"克拉克兄弟是谁？"他问。

"乌利亚和克劳福德。克劳福德比较聪明，不过已经去世了。他们的表演很烂，不过在这年头倒挺受欢迎的。"

听完女孩的话，威尔突然间觉得自己很幼稚。目前为止，他所谓的冒险只存在于满脑子的幻想和速写本的绘画里，他并没有像父亲那样真正地体验过冒险。威尔看着这个仿佛来自另一个世界的女孩，就像看到一条未知的人生轨迹。在那一瞬间，他突然很想顺着这条轨迹远走高飞，多看看这个缤纷多彩的世界。

"当艺术家是你的梦想吗？"她指着速写本问。

"不知道！"他再次面带羞涩。其实内心里他希望自己是一个充满梦想且会规划人生的人，"我只是画着玩玩而已。"他说。

"这么好的天赋，可不能浪费。"

"一般而已！"

"我觉得你画得很好！有天赋。"

他感到脸颊发热。难道自己中了诅咒吗，这么容易脸红？"你是不是会各种戏法？"为了避免尴尬，他急中生智，迅速转移了话题。

"比如呢？"

"比如隐身术，你会吗？"

"当然！"她迟疑片刻之后回答道。

"那就表演一个给我看看吧！"

"可是我现在不想隐身。"

"你肯定不会，被我说中了吧？"威尔眯着眼戏谑道。

"你太过分了，竟然怀疑我是骗子。"她一脸傲然地扬了扬眉毛。

"我不是那个意思——"

这时，突然从远方传来火车的轰鸣声。威尔激动地站起身，望向那列火车。火车到站还有一段距离，不过他知道，这列火车不是他要等的。

"你爸爸在那辆列车上吗？"女孩问。

威尔摇了摇头。

"今晚来看马戏表演吧!"女孩期待地望着他说。

"票价多少?"他知道妈妈担心入不敷出,总是省吃俭用。

"对你免费!"她说,"你可以把你爸妈也带上,来的时候只要跟帐篷前面的看守人说'杰格伊万特'就行了。"

"这是马戏团的暗号吗?"威尔兴奋地问。

"不是,这是挪威语,意思是'我是受邀而来的'。"

"你是挪威人?"

"一半挪威人,一半法国人。"她耸了耸肩说。

肯定是一场充满异域风情的表演。想到这儿,威尔不禁脱口而出:"我要去!"

随着鸣笛声再次响起,火车慢慢进站了。站长起身,走出了收发室。

"到时候你会表演隐身术吗?"威尔问。

"你保证会来吗?"她笑着反问。

"我保证!"威尔说。

他打量了一下这列火车,发现列车头后面只挂着两节花花绿绿的车厢,显然不是货运火车。

"猜猜乘坐这列火车的是一些什么人?"他转身问道,却发现女孩不知什么时候已经离开了。这时,列车头缓缓地从威尔身边驶过,停在了站台旁边。他四处张望,都没有发现她的身影。她总不可能从站台前面跳下去吧!说不定她真的会隐身术呢！想到这儿，他不禁笑了起来。直到这时，他才想起还不知道女孩真实的名字。

同时，他意识到她拿走了大脚野人的牙齿！他翻遍口袋再三确认，断定那牙齿真的被她拿走了。这时，司机和健壮的锅炉工从火车上走了下来，大声喊道："小伙子们，赶紧给火车补充水和燃料。"

威尔绕着火车小跑，想着没准儿还能碰到她，却不料被一个从车厢里走下来的男人撞倒在地。威尔仰面倒在地上时，瞥见了一双擦得锃亮的鞋子，而鞋子的主人正稳稳地站在他面前。于是，他赶紧从地上爬了起来。

"对不起，先生！"威尔气喘吁吁地道着歉。

这是个身材矮壮的家伙，梳着大背头，下巴和上唇都留着精心修剪过的小胡子，身上的肉把昂贵的背心和外套绷得紧紧的，整个人看上去大腹便便。威尔惊讶地发现这位先生不仅没有生气，而且看上去满脸笑意。

"你走得挺急呀，小伙子！"那位先生说。

"对不起，先生，但是……有个女孩……她……拿走了我的东西……"威尔一边喘气一边说。

"哦！偷了你的心，对吧？"先生笑了笑。

威尔的脸唰的一下红了。"不是……"他尴尬地嘟哝道，"她拿走了大脚野人的牙齿！"

"真的？"先生好奇地问。接着他蹲下身捡起威尔皱巴巴的速写本，翻看着上面的画，挑了挑眉。

此时的威尔恨不得随着一阵烟雾马上隐身，或者就这样凭空消失。但是他不能丢下自己的速写本，而他又不好意思要回来。

"画得不错，"先生说，"我猜你家里有人在铁路上工作吧！"

威尔强作镇定地直视着这位先生。"是的，先生！我父亲在铁路公司工作，我在这儿等他。"

不知何故，威尔下意识里觉得这位先生有点儿眼熟。

"这个站在山顶上的人是你父亲吗？他叫什么名字？"

"詹姆斯·埃弗雷特。"

这位先生用力点了点头，说："他很优秀。"

威尔以为对方开玩笑，不禁问道："您认识他？"

"当然认识！我叫科尼利厄斯·范·霍恩，是加拿大太平洋铁路公司的经理，我手下每一位优秀的员工我都认识。"

范·霍恩向威尔伸出手。威尔一时间没反应过来，一动不动地愣在原地，他的大脑却高速地运转着。他这才明白，难怪之前觉得这个人很眼熟！原来早在报纸上看见过他的照片，父亲在信里也提过这个名字。过去的五年里，一直是范·霍恩监督着铁路建设的每个环节。听父亲说，他是一个有着远大理想的人，既是总经理，也是工程师。当然，也有人说他自私冷漠，把工人当成奴隶。父亲还说他曾经背着四十磅①的装备，独自渡

① 磅：重量单位，1 磅 ≈ 0.454 千克。

过湍急的河流，穿过原始森林。威尔和范·霍恩先生握手时，感觉他的手掌厚实而有力。

"你叫什么名字？"范·霍恩问道。

"威廉·埃弗雷特，先生。"威尔回答。

"很久没见过爸爸了，对吧？"

"是的！"

"威廉·埃弗雷特，我们正准备进山，要不要和我们一起去？"他开玩笑似的扬了扬眉毛，前额随之出现了抬头纹，"你可以给爸爸一个惊喜，然后在太阳落山之前和他一起回来。说不定你还能找到另一颗大脚野人的牙齿。"

或许是因为与那个马戏团女孩的相遇，或许是因为眼前的群山为他打开了一扇通往危险新世界的大门，威尔在听到范·霍恩先生的话时有些心动了。他感觉自己的人生即将发生翻天覆地的变化。他的父亲经历过多次冒险，如果他也做出一些勇敢的事情，父亲一定会对他刮目相看。再说，他已经快三年没见父亲了，又怎能错过这个与父亲相见的机会呢？

"我能回去跟妈妈说一声吗？"威尔问。

穿着制服的列车长从车厢里探出身来，提醒道："火车要开了，先生！"

"一起去吗，威廉·埃弗雷特？"范·霍恩说，"你的人生将掀开更加精彩的篇章，而且能有属于自己的冒险故事也不错。"范·霍恩说完，转身回到了自己的车厢。

威尔朝他们寄宿的房子看了一眼，母亲正在那儿等着他，他又回过头望向远处的山脉。火车汽笛声响起时，他咬咬牙，猛吸一口气，然后看向站长，站长也正好奇地看着他。

"麻烦您去一趟切斯特夫人的寄宿屋，告诉我妈妈露西·埃弗雷特，我去营地找爸爸了！"威尔对站长说。

随即，他跳上了火车。

刚进车厢，威尔就感到自己和周围的环境格格不入，顿觉窘迫不已，连忙停下了脚步。他从来没进过这么高档的车厢，更不用说待在一群穿着考究的绅士中间。这些绅士都留着络腮胡子，头戴礼帽，身穿马甲。他们一边抽着雪茄，一边品着白兰地，怡然自得。而此时，他们的目光全都落在了他的身上。

"你带了一个小乞丐来啊，范·霍恩！"其中一位绅士说。

"闭嘴，贝多斯！"范·霍恩厉声说，"这是威廉·埃弗雷特，那个铁轨铺设工的儿子，他是去看爸爸的。"

这时，一位先生打开了车窗。威尔这才发现雪茄的烟味竟然无法掩盖自己身上难闻的气味。那一刻，他尴尬不已，恨不得找个地洞钻进去。

嘴角掠过一丝讥讽的范·霍恩，用大手一把搂住了威尔的肩膀，向他介绍在座的各位绅士。"威尔，这个大胡子是唐纳德·史密斯，加拿大太平洋铁路公司的总裁；这个大胡子是沃尔特·威瑟斯；这个加大号胡子是桑福德·弗莱明，我们的测量师兼工程师……"范·霍恩滔滔不绝地介绍着。威尔只是不停地点着头，什么也没记住。他在这些名流富豪面前故作镇定，内心却紧张不已。"……这个没胡子的是道林先生。"范·霍恩先生指着一位黑色卷发的高个子男人说。

"你好，威尔！"没想到道林先生竟然主动走过来和威尔握了握手。他的颧骨很高，肤色红润，黑色的眼睛炯炯有神。

"您好，谢谢！"威尔嗫嚅道。

"这位道林先生呀，"范·霍恩说，"可是很喜欢我收藏的一幅名画呢！"

他穿过车厢的客厅，走到挂着油画的车厢旁，对威尔微笑道："小伙子，你的画我已经看过了。这幅画你觉得怎么样？画得好不好？"

威尔审视着那幅画。画里描绘的是冬日里铁匠在屋前钉一只马掌，屋外有几只雪橇的情景。

"我很喜欢。"威尔说。

道林先生微微侧过头。"我愿意出一个不错的价钱买下它。"

"不管多少钱，"范·霍恩笑着说，"我都不会卖。这是我引以为豪的心爱之作，在你的马戏团里那些漂亮小玩意儿已经够多了，不是吗？"

"它有更吸引我的地方。"道林先生低沉着嗓音，说话的腔调略带些外国口音。威尔觉得听起来像是法国口音。

"您是在'飞吻火车站'的马戏团工作吗？"威尔问。他想，说不定道林先生认识那个女孩，这样的话，他很快就能打听到她的名字。

"呵，不是！"

"我听说他们有个走钢丝的演员不错。"威尔装作有见识的样子说道。

"是吗？那太好了，我一直在寻找有才的新人。"

绅士们又开始继续各自的谈话。威尔不觉松了口气，随即退到车厢尾部，安静地坐着。他就这样看着车内的人，静静地听着他们的谈话，甚至都不敢拿出速写本，生怕自己的做法显得不礼貌。

那个叫威瑟斯的男人好像是个摄影师，因为他和他的助手一直忙着检查几只装着相机和各种设备的大箱子。

离开"飞吻火车站"后，火车在轰鸣声中开往地势较高的山区。威尔注意到，沿途人烟荒芜，只有成片的松树林。在树林比较稀疏的地方，威尔能瞥见洒满阳光的峭壁以及从悬崖上飞溅而下的湍急瀑布。当火车经过木制的高架桥时，威尔看着百尺之下嶙峋的峡谷，身体不觉微微战栗起来。

这时，服务员送来了午餐，有鸡肉饼、蒸蔬菜和煮小土豆。范·霍恩坐下用餐时，朝服务员指了指威尔，于是那家伙不情愿地给威尔递来餐巾和一盘食物。威尔看着盘子里的食物，思考着该怎么吃，他又看了看旁边的绅士，这才意识到餐具就裹在餐巾里面。

威尔模仿着那些绅士们的样子使用刀叉，尽量让自己的吃相优雅。食物非常美味，比昨晚威尔在寄宿屋里吃的大杂烩好吃得多。尽管吃相很优雅，威尔还是不小心将酱汁溅到了背心上。他试着用餐巾擦拭，却越擦越糟。

　　"我也喜欢随身带速写本，"范·霍恩说着拿出一册装订精美的本子递给了威尔，"看看这本。"

　　威尔接过本子，抚摸着厚厚的乳白色纸页，翻阅起来。只见两页展开的纸上画着一幅机械图，机械的外观非常独特。

　　"这是列车头吗？"威尔问。

　　"对！"

　　"这也太大了吧！"

　　"请记住，总有一天，我会造出它们，沿着这些铁轨运行。说不定有生之年你还能乘坐呢！"

　　"范·霍恩，"桑福德·弗莱明说，"你这家伙真是守不住秘密。"

　　"没必要保密啊，"范·霍恩朝威尔使了个眼色，"只有我有这个能力造它，我也确实打算把它造出来。也许有一天，我们在座的某位就能驾驶它，说不定就是威尔。"

　　"您给它取好名字了吗，先生？"

　　"已经取好了，就叫无限号！"

　　一位白胡子绅士大笑道："为了修这条铁路，我们大伙儿好多次都差点儿破产，甚至连整个国家都差点儿破产。你居然还想冒这个险。"

"史密斯，你应该知道，我就是个冒险主义者，"范·霍恩回答说，"要是没有冒险精神，根本无法建成这条铁路。"

"你只不过是瞎猫碰到死老鼠，运气好一点而已！不说这个了，"史密斯说，"谁要玩扑克？"

车厢内的光线突然变暗了，威尔原以为是火车进了隧道。但当他看向窗外时，却发现轨道两旁掠过的是遮天蔽日的大树。树枝伸向车厢，并随着火车的高速运行拍打着车窗，折断的树枝发出噼啪的声响。

"为什么还没砍掉这些该死的树？"范·霍恩生气地说，"上次我就告诉他们要把这些树砍了，到现在都还没办——"

这时车窗外传来一声巨响，威尔一扭头，看到一个黑影飞快地掠过窗口爬上了车顶。接着头顶便传来沉重的脚步声。

范·霍恩从他的上衣里掏出了一把枪，说道："先生们，来了一位不速之客。"

"那是什么？"威尔感到喉咙发紧，"难道是——"

"是的！低下头，离窗户远点儿。"范·霍恩叮嘱道。

桑福德·弗莱明从车厢的一个架子上取下一支步枪，装上子弹。其他人也纷纷掏出枪，威尔只能在一旁呆呆地看着。铁路工人们训练有素地跑到窗户前，打开玻璃窗，探出身子，然后眯眼瞄准目标，开始射击。

枪声震耳欲聋，狂乱的脚步声从威尔的头顶传来，天花板的横梁也在重压之下摇晃不止。

摄影师威瑟斯蜷缩在地板上，惊恐地向四处张望，他的助手在一旁小声啜泣。道林先生是他们一群人中唯一没有拿枪的，只见他平静地站在车厢中央，脸上带着些许玩味的神情。

"快点儿，先生们！"范·霍恩大声喊，"要是它进入列车头，我们的工程师就没命了！"

他们不断装填子弹，加强火力。硝烟刺痛了威尔的眼睛，车顶朝着列车头的方向传来持续不断的脚步声。

突然，脚步声停止了。

"到处都找不到它！"一位绅士大声喊道。

道林先生从行李架上拿起剩下的步枪，不慌不忙地走向车厢的靠前位置。他神色平静地站在那里，仔细听着车顶上的声音，然后朝着天花板开了一枪。

一阵巨大的碰撞声和刮擦声从车顶传来。与此同时，一道黑影从车窗外掉了下去。威尔赶紧跑到窗边瞥了一眼，只见一只长毛怪物瘫倒在铁轨旁边。

"干得好，道林！"范·霍恩收起他的手枪说，"还是你厉害！"

大伙儿关上窗户，收起枪支。看着洒了一地的白兰地，他们又重新点燃了雪茄。

范·霍恩给威尔递上一小杯酒，说："压压惊！"

威尔颤抖地接过酒杯，猛地一口喝干。

范·霍恩轻轻拍了拍他的肩膀："我们快到了！"

前面的路段越发崎岖，火车在颠簸中行进着，每到一个拐弯处都会发出刺耳的摩擦声。气温越来越低，尽管车厢里有两个大炉子，威尔还是禁不住打着寒战。望着窗外被积雪覆盖的森林，威尔陷入了遐思，是不是待在"飞吻火车站"会比较好呢？

半个多小时后，随着汽笛声响起，火车开始减速。

范·霍恩站起来说："好了，先生们，你们准备好创造历史了吗？"

火车停下后，看着其他人陆续下了车，威尔迟迟不肯挪动脚步，他希望范·霍恩能告诉他去哪里找父亲，但这位铁路大亨似乎遗忘了他。

"快下车。"列车员一脸嫌弃地说。

威尔这才走下火车，却发现这里没有站台，只有一个碎石搭建的平台。尽管艳阳高照，却寒气逼人，枕木两旁有着厚厚的积雪。松树的清香扑鼻而来，威尔深吸一口气，朝前走去。

铁轨左边的斜坡下，有一片稀疏的森林。在它的尽头是陡峭的悬崖，湍急的水流声从悬崖下方传来。铁轨右前方，有一些树木被砍掉了，人们在砍掉树木后空出来的一块平地上修建起了工作营地。

破旧工房的烟囱里升起袅袅炊烟，有一些男人在外面走动。威尔瑟缩着，不敢大声喊父亲的名字。他想走过去向人打听，心里却忐忑不安。

公司的高管们沿着铁轨向人群走去。摄影师威瑟斯和他的助理扛着沉重的器材，摇摇晃晃地走在最后面。

"威尔？"

听到声音，威尔扭过头来，看见一个戴着帽子的高个子工人朝自己走过来，他的脸由于风吹日晒而呈棕褐色。和威尔三年来反复回忆的那个父亲相比，眼前的人更瘦一些。但他咧着嘴，露出那熟悉的笑容时，威尔知道，没错，这个人就是他的父亲——詹姆斯·埃弗雷特！

"威尔！"詹姆斯·埃弗雷特大喊着，拉过威尔紧紧抱住。威尔隔着父亲身上发霉的衣服感受到了父亲手臂和胸膛的力度，一种强烈的安全感涌上心头。

"范·霍恩先生说你上了公司的火车！"詹姆斯·埃弗雷特说。

"是他邀请我坐车的！"威尔说。

詹姆斯·埃弗雷特晃了晃脑袋，说："嗨，不错嘛！"

"有个大脚野人跳到了我们的火车顶上！"

"很常见。你妈妈在哪儿？"

"在'飞吻火车站'等着呢！"

"好吧！她知道你过来了吗？"

"我给她留了口信。"

父亲紧紧拥抱着威尔。"几年不见，都长这么高了啊！过不了多久就会比我高了。不错，是个棒小伙儿！"

威尔咧嘴笑着，试图在父亲的脸上寻找自己的影子。当他看到父亲也在咧着嘴笑时，他感觉自己的神情简直和父亲一模一样。尽管威尔长得还不够壮实，但身形与父亲相仿。他红色的头发遗传自母亲，而宽厚的手掌则遗传自父亲。眼前的父亲，让他想起从温尼伯出发时沿途的那些树，它们在艰苦的环境中成长，却愈发坚韧茁壮。

"我给你带了些东西。"威尔说这话时有些踌躇，他担心父亲会嫌这份礼物太幼稚而不喜欢。当他摸出口袋里的速写本时，钟声响了起来。

"参加完落成典礼再给我吧！"父亲说，"典礼马上就开始了，你肯定喜欢看。他们要把最后一根道钉钉进去。"

"最后一根道钉"，威尔经常在报纸和父亲的信里看到这句话，而这几个字此刻在威尔的脑海里反复回荡着。

威尔把速写本放回兜里，跟着父亲。父亲把手搭在威尔的肩膀上，而威尔则满脸笑意，很显然，他喜欢父亲像今天这样把手放在他的肩膀上，这种感觉很踏实。转眼，他们就离开了主营地，来到一处搭建着帐篷和残破单坡棚的地方。华裔劳工有的喝着下午茶，有的收拾着破烂的行李。

"他们不去参加落成典礼吗？"威尔问。

"他们不去！"父亲轻声回答。

这时，威尔突然发现一根立在高处的竿子上挂着一颗脑袋，腐烂的气味引来成群的苍蝇，他不由得停下了脚步。一开始他以为那是颗人头，直到看见上面有黑色污秽的皮毛斑块，他才明白。

"这是大脚野人吗？"他问父亲。

詹姆斯·埃弗雷特点点头，说："它夜袭了营地，杀了一个华裔爆破工，还想把尸体拖走。"

"为什么要把它的头挂在竿子上？"

"大家一开始以为这样可以吓跑野人，但实际上并不管用。后来我们开始朝它们开枪，它们才有所收敛。"

父亲的所有来信，威尔都读过好几遍，差不多可以背下来了。去年第一批工人进山时，当地人就警告过他们要当心山里的"大脚野人"（也叫"大棒怪"）。当时很多工人觉得他们太迷信，以为是胡说八道，而事实却证明当地人并没有胡说。第一批造访他们的只是一群未成年的小野人，它们从乱糟糟的帐篷中盗取食物，又像滑稽的猴子一样拿着工人们的工具玩耍。但是，成年野人就让人笑不出来了。

"跟我来。"父亲说。

父亲带着他，从人群的外围挤到里面。詹姆斯·埃弗雷特友好地问候每个人，没有人介意他从身旁挤过去。

"是你的儿子吗？""他跟你长得简直一模一样！""让他到前面好好看看！"人们一边说一边为他们让出了一条道。没多久，威尔发现自己挤到了那些社会名流身后。戴上大礼帽的史密斯先生，看起来像是人群中个子最高的。威尔还认出了范·霍恩，他正和另一个"大胡子"说着什么。他们系着扣子的羊毛外套紧紧包裹着他们圆滚滚的大肚子。

分散在铁轨两旁的铁路工人，和威尔的父亲一样衣着破旧，其中有一些人正抽着烟。这些铁路工人一个个都脏兮兮，一副无精打采的模样，给人的感觉是他们真该好好洗个热水澡，再饱餐一顿。

"先生们，准备好了吗？"摄影师威瑟斯一边调低照相机的三脚架，一边说。

威尔望向范·霍恩，后者正朝铁轨附近的空地走去。

"这条伟大的铁路，"范·霍恩这位铁路大亨大声说道，"将会贯穿我们的领土，把太平洋和大西洋连接起来。伙计们，为了这一刻，你们已经辛勤劳作了很久，这份荣耀属于你们每个人。为此自豪吧！我们的一生中不会再有如此光荣的工作——你们将被历史铭记！"

威尔发现自己也随着人群一起欢呼起来。

"在这项伟大事业圆满完成之际，"范·霍恩说，"最后一根道钉，将由加拿大太平洋铁路公司总裁唐纳德·史密斯先生亲手钉进去。"

史密斯先生手握一把银制的大锤缓缓走上前，人群再次欢呼起来。

一位瘦弱的铁路官员手里端着一个华丽的天鹅绒盒子，走到史密斯身旁。

威尔注意到，人群中的每个人都向前挪了一小步。人们的呼吸声变得急促起来，仿佛山风在耳边叹息。威尔踮起脚尖，看到史密斯从盒子里拿出一根长约六英寸①、由黄金和钻石做成的道钉。黄金那略显暗淡的色泽，加上钻石璀璨的光芒，人们一眼就能认出来。那金道钉上的钻石拼成了一个名字，不过威尔看不清楚。

"听说这玩意儿值二十多万元，"威尔听到身后的一个男人轻声哀叹道，"我就是工作十辈子也买不起半根啊！"

威尔回头一看，发现说话的男人跟父亲年龄相仿。这人有着浅棕色的头发、灰白的胡子和一双如坚冰般的蓝眼睛，而他的鼻子似乎受过严重的伤。

"我们拼命工作了两个月，工钱还没到手，他们却舍得花这么多钱打造一根道钉，你说这是不是犯罪？我敢打赌，范·霍恩自己的那份钱他早就到手了。"

他说这话时挑衅地冲威尔挑了挑眉，威尔则转过脸去。

威尔的父亲平静地说："布罗根啊，范·霍恩履行了他的承诺，领着我们成功地把铁路修完了。"

"反正好处都被他占尽了。"布罗根嗤之以鼻。

"准备好了就开始吧，史密斯先生。"威瑟斯站在那架大照相机后面说。

唐纳德·史密斯将最后一根道钉放进一块钢板，双手紧握

①英寸：长度单位，1英寸 =2.54厘米。

大锤。

"大家都不要动!"摄影师喊道,"史密斯先生,待会儿请您保持敲道钉的姿势。"

于是,史密斯按照摄影师说的保持"敲"的姿势不动。

"嗯,非常好!"摄影师大声说。

但是史密斯并未成功,他钉弯了道钉,没能准确地将道钉钉入钢板。这一幕被一旁的威尔看在眼里。

范·霍恩大笑起来:"史密斯,你在办公室坐得太久了!"

"先生,我来帮您。"助手说着,试图用手将那根道钉拔出,却发现只是白费力气。

范·霍恩向前走了几步,迅速一拽,便把它拔了出来。他从史密斯手里接过大锤,从侧面对着金道钉使劲一敲,这根价值不菲的道钉片刻间就回直了。

"你来敲它吧,范·霍恩!这是你应有的荣耀,"史密斯和善地说,"这条铁路,没有人比你花的心血更多。"

"也许吧!"范·霍恩看着大伙儿,眼神突然停在了威尔身上,"但是,这条路是为下一代修的,等我们不在了,他们还会使用很长时间。小伙子,你想试一下吗?"

威尔大吃一惊,他没想到范·霍恩先生会邀请他去完成这个神圣的使命。那一刻,他能感受到大伙儿炽热的眼神。

"去吧!"父亲把手搭在他的背上,轻声说,"你能做到。"

"好的,先生!"由于太紧张,威尔的声音比他想象的要大。

他向前走了几步，感觉腿有些不听使唤。

他接过范·霍恩递给他的银制大锤。

"一只手握住靠近锤头的地方，"史密斯小声告诉他，"要握紧，把它举到你肩膀上方，眼睛盯着道钉。"

现在，威尔能清楚地看见道钉侧面镶嵌的钻石以及由那些钻石所拼成的名字。他小声念了出来："克雷盖拉希。"

"这是我给这个地方取的名字，"范·霍恩说，"现在，开始敲吧！"

威尔绷紧手臂肌肉，一把朝道钉敲了下去。

锤子砸下去的那一刻，他不知道自己是否成功了，直到听见人群中爆发出欢呼声，他才松了一口气。

"干得漂亮，小伙子！"范·霍恩大喊道，"最后一根道钉！"

"威尔，你完成了修建这条铁路的最后一步！"父亲拍着他的背说。

"全体上车，朝西海岸出发！"唐纳德·史密斯喊道。

火车的汽笛声响起，人们纷纷拔出手枪，朝空中开火。枪声回荡在积雪覆盖的山坡之间，听上去像举办了一场烟火盛会。

当枪声逐渐减弱时，一阵低沉的轰隆声响起。声音很小，但警觉的威尔听见了，他疑惑地看向父亲。詹姆斯·埃弗雷特将手搭在眉毛处，举目凝视山顶。威尔顺着父亲凝视的方向，看到一堆渐渐聚拢的积雪，突然从山顶崩滑，将下方的积雪挤成波峰形状，只见梦幻般的"白雾"升起，有如海浪的泡沫。

"雪崩！"詹姆斯·埃弗雷特指着山顶吼道，"是雪崩！"

人们在一片混乱中寻找着可以藏身的地方，时而抬头盯着就要滑落的雪块，猜测它会落在哪里。到处都是人们的喊叫声："别往那边跑！""爬到树上去！""躲在石头后面！"威瑟斯抓起他的相机和三脚架，跟在名流们身后朝列车头跑去。

"开动火车！往回开！"范·霍恩喊道，"伙计们，快躲起来！最好躲到防雪棚里！"

"这边来！"父亲边喊边跑向防雪棚。那排防雪棚就搭建在铁路旁的山崖下，威尔知道这是为了防止积雪掩盖铁轨而搭建的。但是威尔有些怀疑，它们真的能承受住这次雪崩吗？

雷霆般的轰鸣声滚滚而来。跟在父亲身后奔跑的威尔，突然摔了一跤，在铁轨上拼命挣扎想要起身。这该死的鞋带！他试图站起来，但是靴子的顶端卡在了一根枕木下面，而且他感觉脚踝以下剧痛难忍。

"爸爸！"

父亲转身朝他跑来，气喘吁吁地问："脚受伤了吗？"

"被压住了。"威尔试图将脚拉出来，但每一次拉扯只会带来更大的疼痛。

大地开始颤抖。

"别担心，别担心！解开鞋带，拔出脚。"父亲抬头瞥了一眼雪崩的位置，迅速地把目光转回到靴子，飞快地解开了鞋带。"就快好了……现在把你的脚慢慢抽出来。"

威尔忍着剧痛，把脚从靴子里抽了出来。父亲拉着他站起身。

"靠在我身上。"父亲说。

这时，威尔看到不远处有一个人在铁轨上弯着身子，那人正试图用撬棍撬起一根道钉。当威尔抬头看向积雪时，他知道一切都太晚了。他和父亲互相看着对方。

一阵刺骨的寒风袭来。"对不起！"威尔说。

"快跑！"父亲在雪崩震耳欲聋的声响中大喊道，"坚持住！"

说完，父亲就消失在了暴风雪中。威尔忘记了脚上的疼痛，他辨不清方向，只好拼命往前奔跑。大地如同白色的地毯一样在脚下延伸开来，他知道一旦倒下就必死无疑，即使步履蹒跚也不能停下脚步。他尽量让身体前倾，逆着雪浪拼命挣扎，努力在这片翻腾的雪海中稳住身子。一股可怕的力量推动着他，撞击着他。他没有时间害怕，凭借着求生的本能，他像野生动物一样乱踢乱撞，拼命让自己不被暴雪掩埋。他喘着粗气，身体逐渐下沉，双手乱抓，整个人被雪崩的巨大压力裹挟着。

一个又长又窄的东西擦身飞过，差点削掉了他的脑袋，他意识到那是一段弯曲变形的铁轨。在自己右手的方向，威尔远远看见父亲模糊的身影，于是赶紧朝着那个方向移动，生怕父亲再次消失。暴风雪将树木深埋在厚厚的积雪里，一些高的树枝裸露在雪堆之外，他尝试抓住这些高的树枝，但却失了手。他知道这片树林长在悬崖边上，自己很快会被滚滚而来的暴风雪冲下万丈深渊。

他猛地看见正前方又出现了一根若隐若现的树枝。这一次，他瞅准时机紧紧抓住。他的身体在风雪的强大力量下飞了起来，他的脑袋埋在了雪里，连鼻孔里也塞满了雪，但他紧紧抓住树枝，怎么也不松手。他有点喘不上气，感觉自己就要窒息了。

不久，一切倏然静止，整个大地陷入了一片寂静。威尔松开紧抓着树枝的手，摸索着擦掉盖住脸部的积雪。接着他伸直双臂，胡乱摇摆，试图从雪堆里挣脱出来。大量积雪在他衣领里融化，顺着后背和胸膛流下来。他望着明亮的天空，贪婪地呼吸着空气，从积雪中挣扎出来，爬到了树上。

雪崩过后，四周一片狼藉，威尔冷得瑟瑟发抖。树林中的积雪厚度大概有二十英尺，许多树木都被暴风雪冲倒在地。到处都是树枝和枕木，许多铁轨的残骸从积雪中突起。头顶上阳光明媚，鸟儿欢歌，他看不到树林外的铁轨或者防雪棚。威尔的上衣已被雪水浸透，他想到了上衣口袋里的速写本。于是，他连忙拿了出来，画纸已经湿透，铅笔画出的线条在雪水的浸湿下变得模糊不清。

这时，从丛林里传来一种他从未听过的声音，像是动物粗哑的号叫声，且声音在逐渐减弱，最后变成了凄切的悲鸣。

"威尔，你没事吧？"

听到父亲的声音，威尔这时才发现，原来在离他二十码[①]远的地方，父亲紧紧地抱着一棵树。

---

① 码：长度单位，1 码 ≈ 0.914 米。

"我没事！"威尔回答道。

"我马上过去！"父亲喊着。

与此同时，他们看到斜坡上方不远处的积雪中露出了一个东西，竟是那颗黄金道钉。

一阵沙沙声引起了威尔的注意，只见一个浑身是雪的人死死抱着邻近的一棵树，这个人的脸上包裹着一块围巾，只露出两只眼睛。

"你没事吧？"父亲问道。

那人没说话，只是举起一只手。威尔发现那人一直盯着不远处的金道钉。

"救命啊！"

一声低沉的叫喊引起了众人的注意，听起来似乎是从离威尔不到四十英尺的斜坡下面传来的，斜坡下面是悬崖和湍急的河水。威尔眯着眼循声望去，发现呼救的人是科尼利厄斯·范·霍恩。他此时正紧紧地抓着一根弯曲的细树枝，双腿在悬崖边空悬着。

"抓紧，先生！我马上过来！"父亲冲着那个脸上包裹着围巾的男人大叫道，"帮我一把！"

那人没有回答，只是待在原地一动不动。

这时从树林里又传来了一连串粗哑的号叫声。

"那是什么？"威尔问出这个问题时，心里已经有了答案。

"树枝快撑不住了！"范·霍恩的声音出奇的平静。

"爸爸！"威尔叫道，一阵强烈的恐惧如寒潮般席卷而来。

"威尔，别动，不会有事的。"

威尔看着父亲为了防止从斜坡上滑下，将四肢深深地插入雪中，小心翼翼地朝那位铁路大亨爬去。只见他右侧的雪堆发出刺耳的嘎吱声，随即掉落进了峡谷。威尔不由得哆嗦了一下，感觉周围的任何东西都可能随时掉下悬崖。

"你会没事的，先生。"父亲对范·霍恩说。他已经爬到了那棵细长的松树旁边，并用双腿紧紧地夹住了树干。

他向范·霍恩伸出了手，说："先生，我们抓紧彼此的手腕。"

话音刚落，父亲便抓住了那位身材高大的铁路大亨范·霍恩。只见父亲拼命用身子抵住树干，用力向上拉范·霍恩。这时，威尔听见了父亲沉重的喘息声。

看着父亲在悬崖边苦苦支撑，威尔的心狂跳不止。范·霍恩伸出另一只手，抓住了一根比较牢固的树枝，并顺势借力拉扯。两个男人竭尽全力，一分钟之后，铁路大亨终于够到了树干，并用双手紧紧抱住它。他们将头靠在树干上，大口喘着气。

威尔也随之松了一口气，这时，身后传来沙沙声，他回头望去，发现先前那个人正顺着斜坡，朝那颗金道钉的方向滑动。

男人看着威尔，伸出一根肿胀的手指放在嘴边，轻轻"嘘"了一声。接着，他从雪中拔起了金道钉。

"天知地知，"他低声对威尔说，"你知我知。你要是敢声张，我就找到你和你爸爸，割了你们的喉咙。明白了吗？"

威尔战战兢兢地盯着那个蒙着脸的男人，却只看得见一双冰冷的蓝眼睛和眼睛周围一小片皮肤。

威尔知道蒙面男是谁，其实就是布罗根，不过他却什么也没说。

那个叫布罗根的男人转身之后开始往斜坡上面爬。突然，他似乎碰到了一截折断的树枝，断枝的末端抖动了一下，缠住了他的脚踝。

布罗根一边嘟囔着，一边尝试着用腿把树枝踢开。但他越是用力挣脱，树枝反而越拉越长，弯曲得越来越厉害。突然，这棵怪树拔地而起，它长长的手臂伸展开来，露出干瘦的肩膀和窄小的头，上面还覆盖着厚厚的积雪。布罗根惊恐地大叫着，随之，怪树猛地将他拖下斜坡。

一个大脚野人从雪里钻了出来，猛地摇了摇身子，一股难闻的气味弥漫在威尔周围。他现在总算明白为什么本地人喜欢叫它们"大棒怪"了，因为它们的四肢就像根系牢固的树木，非常有力。

威尔眼前的是一个年幼的大脚野人，个头比他还小。虽然它龇牙咧嘴，但威尔无法确定它到底是想攻击布罗根，还是想像溺水者一样爬到上面摆脱危险。而布罗根却不停地打着它，还趁机抽出长长的匕首，刺伤了它的肩膀。小野人痛苦地弯下身子，发出一声恐怖的尖叫。

很快，一个瘦长的物体掉落到布罗根身旁。一开始，威尔以为落下来的是折断的树枝，可仔细一看，才发现那是个身长约七英尺的成年野人，它狂怒地从树上跳了下来保护它的孩子。威尔心里充满了恐惧。那个成年野人的手臂就像是盘根错节的粗大枝干，脚爪就像长着节疤的树根。成年野人扑向布罗根，抓起他扔了出去。这时，金道钉从布罗根的衣服里飞了出来，掉落在离威尔不远处的雪地上。布罗根在空中惊恐地尖叫着，从悬崖边消失了。

　　扔完布罗根，大脚野人检查了一下小野人的伤情，随即转过身，瞪着威尔。

　　"爸爸！"威尔叫道。

　　"不要动！"父亲喊道，"不要背对它！我马上就来！"

　　威尔紧紧抱着树干，只见大脚野人抖了抖身子，将雪从它毛茸茸的身上抖落下来。

　　"这个母野人只是想保护它的孩子，威尔！"父亲喊道，"别盯着它的眼睛，要让它知道你不会伤害它。"

　　威尔吓得浑身发抖，他看着雪团缓缓地从他抱着的树边滑落，坠入深谷。而父亲抱着的那棵松树也传来了不祥的嘎吱声，开始向悬崖下面倾斜。

　　看着周围的雪层开始出现裂缝，威尔哭喊道："快要掉下去了！"

　　"快跑！"父亲冲着范·霍恩大喊，他俩开始朝威尔的方向逆行而上。雪不停地下滑，推挤着他们。虽然他们用尽全力地向上爬着，可在威尔看来，他们几乎是在原地踏步。

威尔转头看着两个大脚野人，发现它们正朝着他这边走来。威尔爬上离它们更远的一侧树干。那颗金道钉顺着雪滑了过来，威尔顺势把它抓在了手里。

"我们来了，威尔！"父亲在他身后大喊。

但是大脚野人来得更快。威尔忍不住和它对视了一眼，看清了它的脸和那双如群山般古老而冷酷的眼睛。

"后退，威尔！"耳边传来父亲的叫喊声，随后他听到"砰"的一声。

他转过身来，看到了范·霍恩手中握着冒烟的手枪。

那个成年大脚野人倒在了雪中，无力的躯体被奔泻而下的雪流裹挟而去。小野人开始疯狂地嘶喊，张着大嘴朝威尔冲了过来。

一个巨大的网从天而降，将小野人罩住。它不停地撞击大树，挣扎和嘶叫。

"不要开枪！"一个声音从树林里传来。

穿着雪地靴的道林先生走了过来，身旁跟着三个肩上扛着粗绳索的彪形大汉。这时，雪流终于停止了滑动。

"伙计们，太好了，我们抓到它了，"道林先生喊道，"接住我们的绳子！"

他们将绳子扔到威尔等人的身边。威尔和父亲及范·霍恩先生紧紧抓住绳子，他们都被拉到了安全的区域。

"威尔，"父亲问道，"你还好吗？"

威尔点了点头，连说话的力气都没有了。

"我说，道林，"范·霍恩喘着气说，"你不仅仅是为我的画而来的，对吧？"

"我来这里的原因很多，"道林先生说，"为了看全世界最宏伟的铁路，也为了看全世界最奇妙的动物——大脚野人。"

第二章

无限号列车

这列火车就像一座移动的城市，感觉没有尽头似的。

三年后四月的某一天。

"这火车究竟有多长？"

"它可以载多少人？"

"它的首次运行会准点到达吗？"

威尔和父亲刚站到那个巨型列车头旁边的站台上，记者们就争先恐后地抛出了一大堆问题。尽管此时的天气寒意未减，威尔却能真切地感受到火车锅炉散发的巨大热量。

"先生们，"威尔的父亲面带微笑，"我可以很清楚地告诉大家，只要我们把最后一节车厢连接好，那么'无限号'总共有九百八十七节车厢，当之无愧地是世界上最长的火车。"

"它够结实吗？"一名瘦削的记者问道。

威尔的父亲满脸惊讶地说："结实？先生们，好好看看它！这还用问吗？"

威尔看着眼前的无限号列车，只见列车头上的锅炉足有三层，顶上的烟囱烟雾腾腾。即便隔着站台，透过空气传来的震颤，他也能感受到那里面蕴藏的能量。漆黑巨大的列车头仿佛是由雷电的力量锻造而成，像安上九个轮子的大铁帆船一样。锅炉后面的金属台架上站着一群被煤烟熏黑的锅炉工，他们正将煤铲进锅炉，让"无限号"运转起来。

"它拥有全世界最强的动力！"威尔的父亲告诉记者，"要是用一根绳子把它和月亮绑在一起，它能让月亮脱离既定轨道。至于它的长度，已经超过了七英里，你们可以从列车头走到守车①试试。根据我们的名单，我们将与六千四百九十五名乘客一起度过这段旅程。以上就是我所了解的无限号列车，谢谢各位！"

瞬间，人群中爆发出热烈的掌声和善意的笑声。哈利法克斯半数的人都参加了这场欢送会，威尔第一次见到站台如此拥挤。

威尔一脸崇拜地看着父亲。他本以为父亲会结结巴巴，没想到的是，父亲对每个问题都对答如流。看到父亲穿着得体的西服，与重要人物谈笑风生，威尔似乎已经习以为常。但想到过去三年里，他们全家发生的改变，威尔竟有种做梦的感觉。

人群后面，几个摄影师将照相机高高地放在三脚架顶上，一刻不停地忙着记录这个场面。威尔希望那些记者赶紧问完问题，不过，他知道一时半会儿他们不会散去。

"埃弗雷特先生，据说在范·霍恩先生去世前，董事会曾经建议选一个更有经验的人来扩张他在太平洋上的势力，但他最后还是指定了您。这件事是真的吗？"

父亲深吸了一口气，威尔注意到父亲的鼻孔在吸气时略微缩小了一些。

"我很荣幸范·霍恩先生能够这么信任我，"他诚恳地说，

---

① 守车：老式火车的最后一节车厢称为"守车"，它的形状功能均与其他车厢不同，通常要安排专人驻守，以监视火车的运行情况。

"他的火车已经能够横跨我国领土，而我最大的目标是要实现他的另一宏伟蓝图，让我们的蒸汽船能够横渡太平洋。"

"有人说'无限号'大得有点过分了，您怎么看待这个问题？"另一位记者问。

威尔的父亲笑了笑，说："它怎么会大得过分呢？"

"它太长了，转弯不灵活；太重了，过桥会有危险；太高了，不好穿过隧道。"记者说。

威尔察觉到父亲脸上浮现出一丝不快。"先生，科尼利厄斯·范·霍恩修建这条铁路时，是着眼于未来的。早在铁路建成之前，他就已经在着手设计'无限号'了。这列火车就是为了专门在这条铁路上运行而设计的。"

威尔想起范·霍恩先生曾在商务车厢里给自己看过草图，范·霍恩先生还询问过他的意见。这几年，这位铁路大亨经常和他们见面，还和威尔交谈过很多次。他似乎没有不感兴趣的事，昆虫、战争、赌博、著名的艺术家……什么话题他都喜欢聊。

"这条路线安全吗？"另一位记者问道，"听说轨道途经沼泽地的话，整列火车都可能陷进去。"

"这列火车不会。"

"那么进入山区安全吗？"这位记者继续追问，"听说容易发生雪崩，还有大脚野人。"

"我当然不建议走路进入山区，"威尔的父亲说，"但是在无限号列车里，你绝对安全。好了，先生们——"

"加载他的灵车进行首次运行，您会不会觉得不吉利？"

威尔看向父亲，不知道他会如何回答。只见父亲摇着头，缓缓地说："当然不会！这是范·霍恩先生生前的心愿，让他的遗体顺着他一手策划修建的铁路穿越全国。"

"那他的遗体最后会安葬在哪里？"

"不会下葬。就像他的精神一样，他的遗体也会和火车一起，永远在这个国家的领土上巡航。"

人群中响起惊诧的低语声，威尔也是第一次听说这件事。

"如果你们相信这世上存在幽灵的话，"威尔的父亲说，"那么我可以向你们保证，最强大、最仁慈的幽灵正在看着我们。先生们，我的发言到此结束——"

"你们真的把金道钉装进了他的棺材吗？"

"先生们，谢谢各位，再见！"

"您儿子对列车的首次运行有什么感受？"

那些记者用期待的目光看着威尔，此时的威尔感觉自己肺里的空气好像被抽空了一样，似乎是很长的一段时间，他的脑子都一片空白。之后，他深吸了一口气，努力让自己像父亲那样微笑。

"这会是一次精彩的冒险！"威尔说。

"女士们，先生们，请大家上车吧！"父亲说完，就带着威尔穿过人群离开了。

威尔感觉心脏仍然狂跳不止，他们经过列车头，又经过那节装满煤炭和水的三层煤水车。

"这是什么？"威尔指着连接在煤水车后的一节小车厢问。

"一节卧铺车厢，"父亲答道，"是为驾驶火车的司机和锅炉工准备的。"

威尔觉得没必要再问下一节车厢是什么了。接下来，他想看清楚车体侧面黑色钢板上的字，但是很多人围在那里，他没办法走上前去。那里站着一名魁梧的守卫，他不断提醒大家不能触摸钢板上的字。

威尔参加了范·霍恩的葬礼。他父亲和其他抬棺人抬着巨大的灵柩走过教堂的过道。在宏伟的大教堂里，看着周围的高官、政客和富豪，威尔觉得自己非常渺小。他很喜欢范·霍恩先生，脑海里有很多关于他的美好回忆。但与祭坛前重要的悼词相比，那些回忆似乎显得琐碎而无关紧要。威尔仿佛看到那些回忆慢慢散去，消失在黑暗中。

"我们的车厢就在前面不远的地方。"威尔的父亲说。接着，威尔和父亲经过了几节普通的车厢，威尔猜这是用来容纳班组人员和运载货物的。

再往前走，车厢就完全变了样。看着铮亮的红木和黄铜，还有一尘不染的玻璃，威尔知道自己走到了富丽堂皇的双层豪华车厢前。

"这是我们的车厢。"父亲说着走到第一节豪华车厢前。威尔走上精心设计的铁台阶，站到一个搭着雨篷的小平台上。一位戴着白手套的列车员正候在车厢门口。

"欢迎乘车，埃弗雷特先生，埃弗雷特少爷，"列车员做出欢迎的手势，"二位在头等车厢的包间，请往右边走。"

"谢谢你，马尔尚！"

威尔跟着父亲，推开车厢厚重的木门，刚一进去就闻到了一股新地毯和木板蜡的气味。木地板铺成的狭窄走廊沿着左边贯穿了整节车厢，走廊旁边有宽敞的窗户和宽大的黄铜扶手。

这不是威尔第一次坐火车，但当他走进头等车厢的包间时，还是被震撼到了。对他而言，有靠垫的单人座椅已经很舒服了，而此时呈现在他面前的是一间豪华客厅，里面配备了扶手椅、沙发、茶几、电灯，以及插着鲜花的花瓶。

"妈妈肯定会喜欢这里。"威尔说。

他想象着妈妈轻抚红丝绒壁纸，情不自禁地对波斯地毯发出欢喜的轻叹，然后欣赏那些带着流苏的丝绸窗帘。

"哦，你妈妈在哥伦比亚①生活得很安逸！"父亲说。

六个星期前，威尔的母亲带着双胞胎婴儿和保姆去了西部，在维多利亚市定居了下来。

威尔打开门，把头探进闪闪发光的盥洗室，发现里面装饰着瓷器和铮亮的黄铜。

"今天我们睡折叠床吗？"威尔边问边查看墙上是否有手柄。

---

① 哥伦比亚：即加拿大不列颠哥伦比亚省，下文的维多利亚市是其省会。

"不。"父亲说着打开了另一扇小门。威尔以为那是一个壁橱，然而出现在他眼前的却是一道精致的铁质楼梯。

"我们的卧室在楼上。"父亲说。

"楼上！"威尔急忙冲了上去，进入一个有两扇门的过道。打开第一扇门，就看见了主卧室，里面有一张很大的床——不是卧铺里面常见的那种折叠床，而是一张又宽又大的床。推开第二扇门，那是威尔自己的房间，里面有一张单人床、一个床头柜和一个衣柜。

威尔打开了所有的抽屉和食橱。房间的设计非常巧妙，小小的空间得到了最大化运用。他最满意的是他有了一扇大窗，躺着就可以看到外面的风景。

他非常兴奋，想趁着列车还未开动，参观一下其他的地方。但奇怪的是，即使从西海岸到东海岸横穿整个国家，即使在一个新的城市开始新的生活，即使住进了大大的房子……他还是感觉心里空空的。这些都不是他想要的。

当他回到下层车厢的时候，父亲正坐在桌前写着什么。在过去的三年里，威尔已经非常熟悉父亲的这副模样——他弯着宽厚的背，支撑着强有力的双肩，低着头在纸上沙沙地写着。只要父亲回到家中，就是这副样子。

"放进他的棺材里了吗？"威尔问。

父亲停住笔，抬头看向他。

"道钉。"威尔补充道。

父亲被逗乐了。"你准备当报社记者吗？"

"你肯定知道，"威尔说，"你是葬礼的抬棺人之一。"

父亲看着他，认真地说："好吧，我觉得你有权知道，毕竟当时是你钉的道钉。"

"雪崩的时候，也是我找到了它。"威尔提醒道。

威尔常常会梦到那根道钉，在梦里他总是四处寻找。他感觉在梦里得到了一丝线索，仿佛知道它在哪儿。梦里有人告诉他那根道钉在一座小山上，也有人说在街角的拐弯处，只要抓紧时间就能找到，可每当他快要转过街角，或是快要登上小山的时候，就会突然醒来。

"是的！"父亲告诉他，"范·霍恩先生想要拿它给自己陪葬。但是不准告诉别人。"

"当然不会！"威尔回答，"我自己去偷就行了，干吗告诉别人。"

威尔知道父亲是一个严肃的人，他不确定父亲是否欣赏他的幽默。不过这次，父亲轻笑了几声。

"我还有一些工作要处理，你自己在车里逛一下吧！等火车开动的时候，记得在露天车厢跟我碰头，参加启程欢庆会。"

威尔离开包间，顺着过道往前走。当碰到带着行李的女士、先生和列车员过来时，他会侧身背靠墙壁，让对方先通过。他走到过道的尽头，打开门，穿过一个小平台，就到了下一节车厢。这时，一位候在门边的列车员从里面拉开了门。

就这样过了大概十分钟，威尔自己也记不清究竟经过了多少节头等车厢。这些车厢都是以名人的名字命名的，比如麦克唐纳、克劳福特、山普伦、布罗克、范·霍恩。他心想，也许有一天，某一节头等车厢也会用父亲的名字来命名。

威尔走进"温哥华"车厢，那是间舒适的车内"图书馆"，里面摆放着长书桌和一盏盏带纱罩的绿灯，竖立在窗户之间的是一排排胡桃木制的书架，书架从地板一直延伸到了天花板。一位美丽的女图书馆员抬头扫了威尔一眼。尽管威尔没有发出任何声音，但她仍示意他保持安静。

离开车内"图书馆"后，威尔顺着走廊继续往前走，便来到了一间车内"理发店"。他看到一位大胡子男人躺在椅子上，理发师正在给他修剪鼻毛。"理发店"的隔壁是一间"美容院"，接下来是一间"裁缝铺"，再前面是一个擦皮鞋的摊位和一个车内"百货店"，百货店里出售任何你想要的东西，从雪茄到安眠药。

这列火车就像一座移动的城市，感觉没有尽头似的。威尔知道自己在壮观的头等车厢里毫不起眼。下一节车厢是"台球室"，两位绅士手拿球杆，围在台球桌前昂首阔步地走动，嘴里抱怨着糟糕的股市。

顺着另一条走廊往前走，威尔打开了通往"健身房"的门。"健身房"的内部装饰着蓝色和金色的瓷砖，很像土耳其浴室的风格。他坐到一个复杂的健身器材上，开始拉伸锻炼，但没过多久就爬了下来，他担心继续下去会拉断腿。

下一节车厢是一个巨大的"休息室"，里面摆放着皮沙发和茶几，地板上铺着厚厚的地毯。灯光斜射下来，形成棱角分明的阴影。这里聚集了很多人，他们三五成群地坐在一起，聊着天，喝着茶或咖啡。穿着黑马甲的男服务员都谦卑地弯着身子，准备随时听从顾客的吩咐。角落里，一个男人正弹着三角钢琴。

威尔希望能找到同龄人，却一个也没遇到。他穿过车厢，走进另一间带有楼梯的休息室。

这就是那节著名的露天车厢！车体两侧的板材都是钢化玻璃，透过薄纱窗帘，外面的车站隐约可见。在巨大的半圆形锌制吧台后面，站着一个身穿制服的酒保，一股股白烟从酒保的脖子里冒了出来。威尔赶紧凑近仔细查看了一番，他记得父亲告诉过他，这个所谓的酒保其实是一个机器人，和无限号列车一样由蒸汽机提供动力。

一位绅士走到酒保机器人前点了一杯酒。只见它用机械手指夹起平底玻璃杯，力度刚刚好，随着一股蒸汽喷出，它举起酒杯递给那位绅士。

"一杯威士忌，谢谢！"威尔对酒保机器人说。

但酒保机器人却一动不动地站着。它的头是石膏做的，脸上画着僵硬的微笑，看着让人难受。

"一杯威士忌。"威尔又重复了一遍。

"也许姜汁啤酒更适合你！"机器人说。

威尔同意了，随后便看到一个真正的酒保在不远处擦拭着柜台。

"你挺能扮大人的，小家伙。"酒保说。

威尔拿着机器人为他倒好的姜汁啤酒，走上楼梯。露天车厢的二楼有拱形的玻璃天花板，透过玻璃天花板，整片天空一览无余。也许是天气太冷的缘故，人很少。一位男士伏在一张可以折叠到墙上的简易桌上写着信。威尔从车厢后面的门走了出去，上到一个平台，斜靠在黄铜栏杆上。

直到这时，威尔才惊讶地发现，火车不知什么时候已经开动了。所有的头等车厢已经离开车站，向前移动了一截，好让二等车厢的乘客在站台上车。

他估计无限号列车很快还会再往前移，好让三等车厢的乘客上车。再往后会轮到那些移民上车。威尔以前在哈利法克斯港见过他们，他们每个星期都会从世界各地乘船来到二十一号码头，在此之前，他们甚至从没见过火车站台。他们衣衫褴褛，挤在车站后面铺着碎石的铁轨旁。他们提着破旧的手提箱，有的还抱着哭闹的婴儿。他们得到了政府的批准，将去这个国家的另一边开始新的生活。

威尔站在高处，看着无限号列车从远处的站房一直延伸进车站。由于它太长，轨道又是绕着海港延伸，后面的车厢在弯道处就看不见了。而在宽阔的车站里，还有更多的货运车厢和行李车厢正在转轨，等列车往前开动到合适的位置，它们就一节一节地跟上来。

威尔咬着铅笔头，沉思了一会，随后拿出了自己的速写本。这是一个十分轻薄漂亮的速写本，纸张很厚，可以在上面画水彩画，但威尔更喜欢画铅笔素描，这是他特意为此次旅程准备的。

威尔画了一个男孩，这个男孩站在一节生锈的货运车厢顶上挥着手。有那么一瞬间，威尔觉得这个男孩就是以前的自己，穿越时光向现在的他挥手。三年前，他还是个非常贫穷的小伙子，住在温尼伯铁路旁边的出租屋里，而现在一切都不同了。

他并不怀念以前的旧房子，也不怀念那破旧冰冷的地板、寒酸的窗户和玄关，以及那股卷心菜和湿袜子的味道。但他时常会想起在"飞吻火车站"时，范·霍恩对他说的话。范·霍恩告诉他，他的人生需要一个好故事，一个完全属于自己的好故事。

进入山区的那天，威尔就有了一次波澜壮阔的人生经历。他觉得他的生活要步入正轨了——他终于要开启他自己，抑或他和他父亲的冒险旅程了。然而就在他以为冒险旅程即将开始时，他的人生却进入了另一个轨道——父亲带着他，沿着铁路开心地旅行。

雪崩之后，范·霍恩先生将威尔的父亲提拔到沿海线路当了火车司机。整整一个星期，他们一直在旅途中，但并不是按照他们的计划去西部，而是掉头往东边走，穿过温尼伯抵达哈利法克斯。他们的新公寓干净、整洁而宽敞。他们从窗明几净的商店买来新家具，摆放在破旧的床铺和桌椅旁边。

关于这次升职，用父亲的话来说，是范·霍恩报答他们的救命之恩。他们很快发现，晋升之路并未就此终结。范·霍恩认为父亲非常可靠，与众不同。不久父亲又得到提拔，成为沿海线路的管理助手。

之后，他们搬进了有私家花园的独栋别墅，那里离喜悦角公园不远。威尔开始穿上擦得锃亮的皮鞋和领口扣得紧紧的衣服，并且从公立学校转到了私立学校。

威尔喜欢那样的学习环境，他再也不会因为成绩太好而感到尴尬。但与此同时，他也被孤立在官商子弟的同学圈之外，一直没能融入那个圈子。

尽管如此，威尔遇到了一位欣赏他的美术老师。这位老师每周放学后会给他补一次课，这让威尔对美术的热爱又上升了一个高度。

威尔的新家雇用了一名厨师和一名女佣。父母开始在家里招待新的朋友，他们也时常出席城里的社交活动。母亲似乎很轻易就适应了新生活，就像她毫不费力就穿上了晚礼服一样。

父亲在家过夜的日子比在外面多了，这在威尔的人生中还是第一次。尽管父亲时常在家，但威尔和他之间似乎产生了无形的隔阂。父亲大多数时间都待在书房，因为每次回家总有一大堆的账簿和卷册要处理。

如果威尔坚持缠着他，他偶尔就会聊一些以前自己修铁路时的趣事，或是在山区的冒险故事。当父亲聊起这些时，威尔就会觉得父亲又变回了以前的样子——他从前通过信件想象出来的父亲的形象。父亲当铁路工人时的冒险故事威尔总是百听不厌，但不知为何，威尔总觉得这些故事越来越像是书里编出来的，也是父母极力想要忘记的经历。

父亲再次升职后，他们搬到了一栋更大的房子里，房前修剪整齐的草坪一直延伸到了西北湾水域。一天，客厅里突然多了一架钢琴，一个小老太太来到家里，要教威尔弹钢琴。威尔讨厌那架钢琴，但无论他弹得有多差劲，母亲还是要他继续上课。有一次父亲扬言要把钢琴拉到后院劈掉。就在威尔满怀希望地等着父亲把钢琴劈了当柴火时，父亲却改变了主意，回到楼上书房继续工作。

上个月，父亲当上了新轮船公司的总经理，这是他最大的一次晋升。他将负责从维多利亚到东方的远洋航线。就这样，他们再次出发横跨整个大陆，开始新生活。

接着，威尔迅速画了一节停靠在站台锈迹斑斑的货运车厢。但他发现自己在车顶上画的不是男孩，而是一个倒立的女孩。

她一直没有把大脚野人的牙齿还给他。

傍晚，无限号列车终于准备出发了。威尔站在露台上，感受着从大西洋吹来的海风。前面的头等车厢正穿过贝德福德盆地。他知道，在几英里外的车站，人们正在将最后一节车厢连接到车尾上。

露台上站满了人，听到列车头发出刺耳的长长的汽笛声，威尔兴奋不已。大团的蒸汽从列车头的烟囱里喷了出来。

"呜——呜——"

又一次。

"呜呜——呜呜呜——"

火车快速地行进着。

"咔咔咔——咔咔咔——"

加快速度后，大团大团的浅灰色蒸汽上升到春日里的天空中，小团小团的蒸汽从活塞中交替喷出。

"咔咔咔——咔咔咔——咔嗒咔嗒——"

终于启程了!

"先生，需要香槟吗?"一位服务生询问威尔。此时，服务生的手里拿着一个托盘，上面摆满了细长的玻璃酒杯。

"谢谢!"威尔拿了一杯香槟。他抿了一口，在咽下带着气泡的酒之前，他又往嘴里放了一些松脆的碎坚果。他得意地笑了，这是他第一次喝香槟。他骗不过酒保机器人，但他可以轻而易举地骗过服务生。因为他看起来比实际年龄要大。他现在已经跟父亲一样高了，以后还会超过父亲。

他闭上眼睛。他打算去一个地方完成一个计划。

父亲还不知道这个计划。

第三章

晚 间 娱 乐

观众倒吸了一口气，舞台上已经没有了女孩的身影，
只剩下地板上的一堆绳索和铁链。

回到包间后，威尔和父亲都换上了晚礼服。这几年里，父亲有些发福，不过精心修剪的胡须和犀利的眼神，使他仍显得十分英俊。

威尔身上穿了一件不会起皱的衬衣，硬邦邦的，他感觉自己就像穿了一套盔甲。

"我不能和你一起开火车吗？"威尔问。

"不能，威尔。我已经告诉过你了。"

父亲是无限号列车首次运行的主要负责人。明天抵达第一个车站后，父亲会和另一个司机换班，然后由他登上列车头驾驶无限号列车。轮班休息时，父亲只能待在煤水车后面布满煤灰的简易卧铺车厢里休息。父亲会开着火车穿过落基山脉——也就是说明天之后，威尔要到狮门城才能再次见到他。

虽说威尔早就知道这个安排，但他还是难以接受，觉得父亲又一次丢下了他。

"不管怎么说，你留在这里会舒服一些，"父亲说完，又帮威尔理了一下领结，"饿了吗？"

随即，他们离开包间，向餐车走去。父亲和其他绅士开着玩笑，一旁的威尔则觉得自己太年轻，似乎不属于他们那个群体。于是，他四处打量着，想知道这里是否有其他的同龄人。

他之前去过不少豪华的餐厅，但都比不上眼前这个。尽管这个餐厅有些狭窄，但仍给人一种富丽堂皇的感觉。整个餐厅的墙面都镶嵌着镜子，天花板上印着天空的图案，围在天花板四周的小天使似乎在窥探人间，连接着画廊的旋转楼梯贯穿了整节车厢。小楼台上，有个女人正唱着歌剧。

威尔和父亲在服务员的带领下先后入座。接着，服务员抖开餐巾，铺在他们的膝盖上，把菜单递给他们。威尔盯着菜单，绞尽脑汁也不知道点些什么。

"我要一份羔羊肉，"威尔终于打定了主意，"三分熟。"

父亲点完菜后，服务员便离开了。

威尔吞吞吐吐地说："我一直在想，明年该干什么。"

"我也在考虑，"父亲说，"你毕业后就去公司上班吧！"

说完，父亲扬起眉毛，咧嘴笑了笑，看上去就像送了一件礼物给威尔，开心极了。

"我能干些什么？"威尔吃惊地问。

"我觉得，你就先从办事员做起吧！只要工作出色，很快就可以升职。"父亲说。

威尔想起了自己的铅笔，想象着以后用它记账而不是画画的情形。

"我也不确定。"他小声说。

"不确定什么？"父亲问。

他咽了咽口水，说："我觉得那不一定是我想做的。旧金山有所很好的艺术学校，我想去那儿深造。"

"你想成为艺术家？"父亲说。

威尔点了点头。

父亲皱着眉头说："威尔，毫无疑问，你很有天赋。"

威尔很清楚，父亲没有说实话。他知道父亲对绘画并没有多大兴趣，他甚至怀疑父亲是否还保留着那个当年他送的速写本。

"我想说的是，"父亲接着说，"你或许能利用这个天赋，在公司当一名工程师或是建筑师，发挥你的创造力去设计一些东西！我仿佛看到了你设计列车头时的样子。"

威尔点了点头："这的确很有前途……"

父亲又说："加拿大太平洋铁路正在建设中，需要海岸铁路和跨海大桥的设计人员，未来会将线路延伸至世界的每一个角落。那时，跨越白令海峡将不再是天方夜谭，我们不用坐船就可以到达亚洲大陆。"

威尔动了动手中的餐具，说："我觉得那不一定是我这辈子想做的事。"

"想做的事？别瞎扯！"父亲说，"男子汉只做应该做的事，只有获得了事业上的成功，才能肩负起整个家庭的责任。"

服务员将羔羊肉摆到了威尔面前，这是他最喜欢的食物，可他现在却一点儿胃口都没有。

"威尔，你要知道，当一个画家很难维持生计！"父亲说，

"如果仅仅是作为一个爱好，我和你妈妈都很乐意让你画画。但是你看看那些追求艺术并以此为生计的人，生活得多么悲惨！"

"我不害怕贫穷！"威尔回答，"我们经历过那种日子。"

"贫穷并不可耻！"父亲说话间瞥了一眼餐车，"但是，眼看着摆脱贫穷的机会从眼前溜走，那就太愚蠢了！"

"除了画画，我什么也不想做！"威尔斩钉截铁地说。

父亲紧盯着他。有那么一瞬间，威尔似乎从父亲的眼中看到了赞许，但随即父亲轻蔑地哼了一声。

"威廉，我的孩子，我认为学艺术是不会有出路的。"他语重心长地说。

威尔强忍着吃了一大口带着血腥的羊肉。

"我已经按你的意思做了很多事情，"他说，"我努力学习……"

"难道这些不是你该做的吗？"父亲有些气恼，"有这样难得的机会，接受好的教育，努力学习是你基本的责任！"

"是，我知道！"威尔盯着桌布上的图案，努力平复着心情说道，"我很感激能有这样的机会，我也很用心地在学。妈妈让我弹钢琴，我也坚持弹了三年，其实，我非常讨厌弹琴！"

"你弹得真的很难听！"父亲说。

"我是故意的！我最喜欢的还是画画！"威尔解释道。

父亲耸了耸肩，说："你天天都在画画！你可以继续画下去，但是要先完成正经工作！"

"这样不够，格伦费尔先生说，我需要接受正规训练。我只擅长临摹，还不是一个合格的画家。我画的人物也不对，少了点……什么东西。"

"你觉得去旧金山，上专业院校就能解决问题？"

"不试试怎么知道呢？"

"哦，指望我会为你这种没头脑的尝试交学费吗？"

"我自己赚钱交学费。"他鼓起勇气说。

"就你？"父亲嗤笑一声。

威尔只觉得脸上发烫。"怎么不行？你在我这个年纪也工作了呀！"

"如果我当年有你现在这样的机会，我也不会去干那些事。"

"那修铁轨呢？你说过那是伟大的冒险，"他深吸一口气，继续说道，"我也想有属于自己的冒险经历。"

父亲看了看他，语重心长地说："威尔，山区的工作是怎样的你也看见了。一群男人天天干着粗重的活，累得筋疲力尽；冬天被冻伤，夏天被蚊虫叮咬；吃得不好，而且老板还会拖欠工资。除此之外，大家几乎每天都面临着巨大的风险，不是担心被大脚野人撕成碎片，就是担心被炸得粉身碎骨。"父亲的语气柔和了一些，"你那天差点儿死掉，回家后你妈妈责骂了我一顿。我们不想再让你经历这种艰难的生活，那不适合你！"

尽管父亲已经不是第一次说这些话了，但威尔仍然感到十分愧疚。他觉得父亲太谨慎，也过于敏感和软弱。

"我也不知道自己适合做什么！"威尔小声说，"但我就想试一试。"

晚饭过后，威尔和父亲向狮门雅座车厢走去。就在刚才他们吃晚饭的时候，有人把这里布置成了一个剧院。一排排天鹅绒靠椅面向小舞台的方向整齐地摆放着，舞台两侧还有可折叠的日式屏风。

威尔在父亲身旁坐下。刚才晚餐快结束时，威尔和父亲都没说什么，气氛尴尬而紧张，他们最后也没做出什么决定。

男人们陆续叼着雪茄踱步走了进来，他们手里拿着波尔多葡萄酒或是白兰地的杯子，挽着各自的女伴就座。威尔看见一个穿着红色制服的骑警。

"那个人是萨姆·斯蒂尔吗？"威尔问父亲。

"是的。他在山区劳动营负责维持秩序，所以我们邀请他来参加这趟列车的首次运行。"

看着眼前的斯蒂尔，威尔仿佛看到了一张从书中撕下来的斯蒂尔的画像。传言不假，斯蒂尔果真壮得像座小山。

"每趟列车我们至少会安排一个骑警，"父亲说，"他们负责在车厢里巡逻。"

所有人入座后，一位个子不高、衣着雅致的先生走上台，观众立刻安静了下来。

"女士们，先生们，欢迎乘坐全世界最大、最豪华的火车——无限号！"

台下掌声顿起，席间还有人粗哑地叫着："嘿，嘿！"

"大家好，我是本次列车的列车长比彻姆。非常高兴能和在座的各位精英一起见证这趟列车的首次运行。在此我谨向在座的各位以及参与建设的全体工作人员表示敬意！为了庆祝大家在火车上度过的第一个夜晚，我们准备了各类娱乐节目，不仅趣味横生，有的更是惊心动魄。首先是诗歌朗诵，有请我们的桂冠诗人——艾伦·纳恩。"

这位著名的诗人起身朗诵时，威尔的思绪却飘到了别处。诗歌似乎是讲花园锄草的，威尔也不太确定。诗人的朗诵很无趣，语调像起伏的海浪，单调而有规律。

不知从哪里传来了冲厕所的声音，接下来便听见水流撞击着结构复杂的管道，发出响亮的哗哗声，而且响声持续了很长时间。每个人都装作没听见。威尔紧紧咬住嘴唇，捂着嘴巴，还是忍不住笑出声来。

接下来是历史学家向大家讲述了关于修建铁路的故事。虽然大部分故事威尔已经听过了，但至少这个节目比刚才的诗歌朗诵有趣多了。

"有些人也许已经注意到了，我们乘坐的火车特别长，"比彻姆先生回到台上，"我们的火车包括头等车厢、二等车厢、三等车厢、移民车厢，后面还有长达几英里的货运车厢。在货运车厢中间，还夹着一个由八十节客车车厢连在一起的'专属区'，属于著名的但丁马戏团。当我们的列车开到狮门城时，马戏团将从那里开始大陆巡回演出。女士们，先生们，今晚我们有幸邀请到了马戏团团长，让我们一起来欣赏神奇有趣的魔法吧！下面有请道林先生！"

威尔直了直身子，从屏风的后面看见了一个熟悉的身影。只见道林先生昂首挺胸，双手背在身后，走到了舞台中央。威尔清楚地记得，他在三年前见过这位马戏团团长。

这时，侍者将车厢里的煤气灯调暗，只留下一束明亮的灯光笼罩在道林先生身上。

"女士们，先生们，我并不相信魔法，我也不认为世界上有这种东西存在。人们之所以称它为魔法，只是因为我们无法解释。在我们的旅途中，奇迹随时都可能发生。这些轨道将带着我们越过荒野，穿过人迹罕至的地方，从一片大海到另一片大海。沿着这条铁路，我们会遇到很多传说和故事里的东西：吞噬火车的沼泽地、吃人的雪怪、湖泊中的怪物，或者高大的大脚野人。"

此时雅座车厢里鸦雀无声，无限号列车撞击铁轨时发出的"哐当"声，就像威尔此时紧张的心跳。这些神秘事物以前父亲在信里都提到过。威尔原以为那些只是传说，并不怎么相信，直到那次他亲眼看到了大脚野人。

"是的，女士们，先生们！"道林先生又继续说，"我还见过比这更让人惊奇和恐惧的事情。但现在，请允许我跟你们分享另一种奇迹。"

他突然顿了顿，然后走向观众。

"催眠术！世界上最震撼的力量之一，其力量远远超过凶猛的怪兽和强大的军队。在催眠师的眼神、声音和他那强大的操控力面前，人们会自愿放松身心，看着他的眼睛，聆听他的话语，一次，又一次，最终完全不能自拔……"

威尔感觉车厢在变暗，而投射在道林先生脸上的光似乎却更亮了。威尔盯着道林先生那乌黑深邃的眼珠和翕动的嘴唇，竟听不到他在说什么，也不知道发生了什么，直到——

他环顾了一下突然变亮的车厢，发现自己和其他人都站了起来，可他完全不记得自己什么时候动过。周围的人看起来和他一样对眼前发生的一切震惊不已。接着，他们发出了一连串笑声，笑声中夹杂着紧张的喘息。

"女士们，先生们，请原谅！"道林笑着说，"我真是太无礼了，我只是想请大家站起来，你们都照做了。现在请坐下吧，你们真是太友善了。"

所有人都傻笑着坐了下来。

"这不过是骗人的把戏。"一位年长的男士面无表情地嘟囔着。

"不是骗人的，先生！"道林说，"这是催眠术的力量，您愿意和我一起见证吗？"

那位年长的男士没好气地挥手拒绝了，但其他人争先恐后地想上台。等道林给他们施展催眠术后，他们一个个看起来都神情恍惚，其中有一个女人像金丝雀一样啾啾地叫着，另一个人唱着他孩提时代的摇篮曲，第三个人则幻想着自己气喘吁吁地爬着梯子。

每当道林先生问还有没有人想上台时，威尔都告诉自己不要犹豫。他很想被催眠，他在心里反复问自己：那种身不由己的感觉到底是一种怎样的体验呢？但他又不想将自己暴露在众目睽睽之下。

"女士们，先生们！"道林说，"我说过，我不相信有什么魔法，只相信精神的力量。我相信在座的每一位观众都有强大的精神力量，桑福德·弗莱明先生，我说得对吗？"

"很对！"那位绅士说。

威尔伸长脖子，认出了那位"加大号胡子"弗莱明先生。三年前范·霍恩曾在车厢里介绍过他。如果说他有什么变化，那就是他那像扇形一样的胡子又大了一号，铺在他的衣领上将他的脖子遮得严严实实。他的妻子坐在离他不远的地方。

"先生，我要为您鼓掌！"道林先生说，"如果在座的各位不知道我为什么要这样做的话，那我现在就郑重地告诉各位，就是这位天才提出了标准时间和时区的概念。在这个电力和蒸汽的时代，我们正高速横跨整个大陆，穿过不同的时区，因此调整时间非常有必要。刚才还是十点钟，但下一秒却会变成九点钟，仅仅一秒之差！这难道不令人惊奇吗？如果我没说错的话，我们马上就会穿过一个时区，是不是呢，弗莱明先生？"

"是的。"他点头赞成。

"女士们，先生们，你们有没有想过，当我们穿过一个时区时会发生什么？我们真的失去了，或者多出了一个小时吗？那一个小时真的会出现或者消失吗？时间是怎样被改变的？时间当然不会真的改变。据我所知，弗莱明先生，是您创造了'宇宙时间'这个术语，并为世界所通用。"

　　"没错！"弗莱明先生说。

　　"我们常说的'标准时间'，会随着我们的移动发生改变；而'宇宙时间'则保持稳定。马上，见证奇迹的时刻就要到了。当我们高速穿越时区时，有那么一瞬间，实际时间会跟宇宙时间重合。现在请大家看着自己的手表。"

　　威尔和车厢里的人一起，老实地掏出了自己的怀表。

　　"现在，请看着秒针，它正沿着自己的轨迹不停地转动。请注意，我们将得到多出来的那一个小时！你会回到一个小时以前。这会是真的吗？当然不是，但是……请注意看。"

　　威尔盯着手里的怀表，此时怀表的秒针流畅地转动着。

　　嘀嗒……嘀嗒……

　　"看仔细了，"道林先生用低沉的声音说，"秒针平稳地转着，看清楚了……"

　　嘀嗒……嘀嗒……

　　"指针指针转不停，绕着轨迹在前行，"道林先生的话在耳畔响起，却仿佛从远方传来，"各位，请盯住秒针。"

　　秒针向前探着，但只在原处微微颤动，然后停止了转动。

看到这一幕，威尔瞪大了双眼，他不知道秒针究竟停了多久，只知道自己一直盯着它，视线从未离开。恍惚中，威尔听到房间里有人在喘气，还有人在喃喃自语："真是不可思议！"

随后秒针继续走了起来，威尔眨了眨眼睛，将视线重新移到道林先生身上。

"女士们，先生们，发生了什么？别着急，我会慢慢告诉你们。你们的肉体以及房间里所有的东西，都被直接转移到了一个新的时空。如果我再告诉你们，就在秒针停止转动的那一会儿，我从台上溜下来，从你们身上拿了点儿东西，恐怕没人知道吧？"

"这不可能！"有人喊道。

"不可能吗？"话音刚落，道林先生就从兜里掏出了一个钱包，"先生，这是您的钱包吧！您看看，这上面不是印有您姓名首字母'H.D.'的图案吗？"

"怎么可能……"

"先生，这儿有您的一对翡翠袖扣！"

"简直难以置信！"袖扣的主人看着自己松松垮垮的袖口说。

威尔和父亲一起大笑了起来，这时，道林先生指了指他们。

"从这位先生那里……我拿来了一把似乎很重要的钥匙。"

威尔父亲脸上的笑容渐渐褪去，随即露出了凝重的神情。

"现在，我想请二位上来拿一下你们的东西，"道林先生说，"噢，对了！请大家将随身携带的表调回去一个小时。"

"按照他说的做！"父亲轻声说，"调回去！"

威尔的心咚咚直跳。

父亲不耐烦地说："快点，威尔！"

威尔站起身，走向舞台，慌乱中他感觉自己的心怦怦直跳。他越靠近舞台，越觉得道林先生身材高大。道林先生笑着将钥匙递给他，然后握住了他的手，迟迟没有松开。

威尔心里一阵紧张，难道他认出了自己？

"年轻的先生，您可能还不知道，您一来到这里，我就想请您帮助我一起完成最后的表演。"

威尔紧张得连话都说不出来。

"很好！"道林先生说，"女士们，先生们，现在有请但丁马戏团举世无双的逃脱大师——伟大的玛伦，出场！"

一个衣着华丽鲜亮的女孩从幕后走了出来。她涂着鲜艳的口红，画着精细的眉毛，就像一只从异域飞来的小鸟，光彩夺目。在此之前，威尔从未见过如此靓丽的装扮。

"什么锁也锁不住她！什么链子也捆不住她！"道林先生宣称。

她拿出了一截绳索和几条沉重的铁链。

"朋友们，我知道你们肯定认为这是一个骗术。为了证明这不是一场骗术，我将从现场的观众中选出一位年轻的先生，用他认为最合适的方式捆绑。"

女孩把绳索和链子递给了威尔。

"请先检查一下，"道林先生提醒道，"看看它们是否结实。"

威尔试图仔细检查，却被女孩的笑容分散了注意力。女孩在微笑的同时，露出了门牙之间的细缝，她的眼神充满了活力与光芒。

"现在我该做些什么？"威尔问。

"捆绑住我。"她说。

他开始胆怯地在她身上捆绑起绳索。

"捆紧一些，年轻的先生，再捆紧一些！"道林先生大声喊道。

"我不想伤害她！"威尔担心地说。

观众席传来一阵欢笑声。

"你伤害不到我的，"她小声对威尔说，"继续！"

"是你吗？"威尔小声问道。

她迅速朝他点了点头，动作轻微得难以察觉。

他捆了好几圈。"我的大脚野人牙齿还在你那里呢！"他低声说。

"我知道！"她小声回答。

捆完绳索，威尔接着又把链条缠绕在她身上，然后用一把很重的锁将链子扣紧，确保它们足够牢固。

"谢谢您，年轻的先生！现在请您站到旁边……"

她又看了他一眼，然后才转头看向观众。

道林先生手一挥，扔出一条宽大的丝巾，将她裹得像一个巨茧。她在里面扭来扭去，试图解开束缚，链条在扭动中不断发出叮当声。威尔听到她的呼吸沉稳而有力。

"时间到了！"才过了十五秒钟，道林先生就喊道。他迅速抓住丝巾，猛地一拉。

观众倒吸了一口气，舞台上已经没有了女孩的身影，只剩下地板上的一堆绳索和铁链。

"女士们，先生们！"道林先生用手扶了扶帽子，大声说道，"这就是隐身术！"

台下响起了热烈的掌声。威尔呆呆地站在台上，直到列车长比彻姆先生抓住他的胳膊说："小伙子，你现在可以回到座位了。"威尔凝望着道林先生，只见他大步退向幕后，很快便从眼前消失了。

"我想和他们聊聊。"威尔说。

"威尔！"父亲叫住了他。

威尔转过身，只见父亲的眼中满是期待。

"他们住在哪里？"威尔问比彻姆先生。匆忙之下，他顾不了那么多。

"他们今晚住在二等车厢，明天到站以后，再回到他们自己的车厢。"比彻姆先生说。

"威尔！"父亲又叫了一声。

威尔现在最想做的就是找到玛伦，和她说说话。不过最后他还是不情愿地回到了父亲身边。

"钥匙！"父亲对威尔说。

威尔从口袋里拿出钥匙，放到父亲手里，说："我想问那些魔术师一些事情。"

父亲似乎有点儿意外，但还是点了点头，叮嘱道："待会儿包间见！"

威尔立刻穿过拥挤的人群，朝二等车厢的方向跑去。露天车厢的人不多，但快要到餐车时，又开始拥挤起来。按理说，她应该就在前面不远。经过厨房时，威尔看见一个小孩躺在地上发脾气，疲惫不堪的母亲正在一旁哄他站起来。威尔只好从他身上跳了过去，随后看见一名列车员迎面而至。

"那个马戏团团长和他的助理呢？"威尔问列车员，"请问你有见过他们吗？"

"几分钟前见过。"

听到对方的回答，威尔开始在疾驰的车厢里慢跑起来。他跑到一节车厢的后面，打开车门，一阵凛冽的寒风顿时扑面而来。在平台的小角落里，威尔看见一个列车员正站在那里抽烟。他冲突然出现的威尔点了点头，手里的烟头闪着橘色的光。

走进下一道门，威尔来到了一个像温室一样的花园。里面树木林立，鸟儿在高高的玻璃天花板上叽叽喳喳地叫着，空气里弥漫着夏天的气息。画着仙女的壁灯照亮了平整的道路，他疾步走过一旁汩汩涌出的喷泉。

接着，威尔快速地穿过沉闷的吸烟室，吸烟室内充满了刺鼻的气味。到了下一节车厢，他放缓了速度，以便顺利通过湿滑的游泳池岸。池水波光粼粼，闪烁着五颜六色的光。他低头看向泳池，惊讶地看到池里穿梭着各种奇特的鱼。仔细看了看，才发现那些鱼是养在泳池下面的一个小小的水族箱里。

他继续往前走，路过一个小型电影院，里面飘着爆米花和烤杏仁的香味儿。他想，玛伦和道林先生怎么会跑那么远呢？无限号列车简直无穷无尽，它前后左右地晃动着，一边喷出热腾腾的蒸汽，一边沿着铁轨向前行驶。之后，威尔又经过了一间洗衣房，肥皂和漂白液的气味飘散在车厢内。

终于，威尔来到了一扇坚固的门前，这时他已经满头大汗。当他看到那扇门上写着"通往二等车厢"时，不由一把抓住了黄铜门把手，却发现转不动。他又试了试，并四处查看有没有门闩。这时，一个手里拿着一支钢笔的列车员从门廊处走了出来，"请问有什么可以帮您的，先生？"

"请让我过去那边。"威尔说。

"那边是二等车厢，先生。"

"是的，我知道。我想找那边的一个朋友谈些事。"

列车员挤出一丝微笑，耐心地说："先生，您有二等车厢的票吗？"

"没有！"

列车员像哄小孩子似的解释道："很遗憾，您不能进入二等车厢。二等车厢的门是锁着的，不让人随便出入，这样做也是为了大家好。"

看到列车员的腰带上挂着一串钥匙，威尔继续道："那个马戏团的人刚才在两边通行了，不是吗？"

"噢，是的，先生。但那是因为有特殊的安排。"

"我要找他问一些事情。"

列车员理解地点点头，耐心地说："但这是列车的制度，先生。通往不同等级车厢的通道会被锁住。"

威尔沉默了一会儿，忍不住想告诉列车员他父亲的大名，然后就可以名正言顺地要求列车员打开那扇门了。但他不想这样做。

"您可以写一张便条，"列车员说，"我非常乐意为您传达。"

"好吧，非常感谢！"

该写些什么呢？他摇晃着脑袋想了一会儿。

我想要回属于我的牙齿。

附：这三年来，我一直都想见你一面。你在我面前走过一次钢丝，然后就消失不见了。你是我遇见过的人中让我印象最深刻的。

                                        一个大傻瓜

他摇摇晃晃地往回走，不知道自己要多久才能适应列车的晃动。

威尔来到露天车厢，爬上台阶，探出身子。尽管露台位于车厢后部，属于背风面，但他还是冻得瑟瑟发抖。此时，无限号列车上的很多乘客都在这里欣赏夜景。威尔抬头仰望星空，那些只在书中见过的星座，现在却在他的头顶闪烁。他认出了熟悉的猎户座。凝视着漫天的星光，威尔不禁有些痴迷，仿佛看到了一个全新的世界。

夜色下的无限号列车，像一条漆黑无尽的长带，绿色的灯光照亮了它的侧面。威尔看到远处二等车厢亮着灯的车窗远不及他所在的头等车厢宏伟壮丽。这时，车窗上映出两个人影，那个较矮的人影挥了挥手，威尔也本能地向对方挥手示意。

当威尔回到包间时，父亲正裹着浴袍，叼着一支雪茄，在灯下看报纸。

"你问了吗？"父亲试探性地问。

威尔摇了摇头，说："他们已经到二等车厢了，列车员不让我过去。"

父亲点点头，说："要严格遵守管理制度——你想问他些什么呢？"

"关于隐身术的事。"威尔说。他不想告诉父亲关于那个女孩的情况，他也不知道怎么向父亲解释——他非常强烈地想要找到她，只是想和她聊一聊。如果照实说出来，只会让他陷入更加尴尬的境地。

包间的桌上放着一把满是凹痕的钥匙，威尔想起这是道林先生在表演时从父亲口袋里拿走的那把，他突然明白了那是把什么钥匙。

"这是范·霍恩先生灵车的钥匙吧？"

父亲抿着嘴，愣了一会儿，说："没错，但我不想让道林先生知道。"

"事实上，没人知道这把钥匙是干什么用的，对吧？"

"但是你知道！"

"当道林拿着这把钥匙的时候，我从你紧张的眼神里，知道了它很重要。但你不是说过灵车没有门吗？"

"我们对报社记者是这么说的，灵车是用一艘旧战舰做的，那钢板有半英寸厚。不过它还是有扇门的。"

"门在哪儿？"威尔问道。

父亲目光犹疑，"我只能告诉你这些。"他说，"不过这把钥匙不仅能打开灵车的门，还能打开另一把锁，一把你不知道的锁。"

"另一把锁？那把锁是干什么用的呢？"

"用来关掉灵车外壳的高压电流。"

"你在开玩笑吧！"

父亲摇了摇头，说："灵车外壳的电压很高，可以把人击晕，这是范·霍恩亲自设计的。我还记得多年前他给我看设计图的场景，他希望自己的棺材和那根道钉不被盗走。"

威尔皱了皱眉头，想了想，说："但这样警卫不会触电吗？"

"警卫不在灵车里，也不在车顶上。灵车后面有个维修车厢，他在那里有自己的小房间。"

威尔注视着父亲，问道："灵车里面还有什么？"

父亲吐着烟圈说："范·霍恩可是个收藏家，里面有很多东西，他的遗愿之一就是和自己喜爱的东西在一起。"

"你进去过吗？"

在家的话，威尔不太相信父亲会回答他，但在这疾驰的列车上，父亲似乎变得健谈多了。

"是的，装车时我就在旁边，整个过程是在午夜秘密进行的，"他慢慢移开了目光，似乎警觉自己说得太多，"我只能说，钻进灵车里面的家伙只有自求多福了。"

威尔希望自己能看到那一幕：一笔宝藏在提灯的照射下熠熠生辉。

"你拿着唯一的钥匙？"

"警卫手中还有一把。"

威尔想起那个身材魁梧、驱赶观众们离开的大胡子警卫。

"好了！"父亲边说边踩灭了他的雪茄，"你已经知道很多人都不知道的事了。"

父亲的信任让威尔很高兴，觉得自己就像是受到了父亲的鼓励。

"我们刚才吃饭的时候还没聊完——"

父亲立刻变得严肃起来，冷冷地说："已经聊完了！"

"怎么会呢？"

"你说你想去旧金山的艺术学校，我不同意。如果你想学些正经的东西，我会给你交学费。但是你学艺术，我坚决反对！"

面对父亲的严词拒绝，威尔感觉一腔热血在体内奔腾。但他并没说什么，他怕他会发出愤怒而颤抖的声音。他不想让父亲看到自己脆弱的一面。

威尔默默地转身上楼，回到了自己的卧室。

灯光下，他在窗前的玻璃上看到了自己的影像。他不想看见自己，于是关掉了电灯。他把头靠在冰冷的玻璃上，平复着心情。

他想起了玛伦。这是她的真名吗？不是说马戏团的人都用艺名吗？她能挣脱枷锁，在大家面前凭空消失，简直太神奇了！他希望自己也有这样的本领。

明天列车靠站时，他希望一下车就能看到玛伦，或者追上她。他想知道自从上次分别后，她在忙些什么，去了哪些地方，学了什么新的戏法。

威尔拿出速写本，想要画出她走上舞台的情景。过去的这些年，他曾多次试图勾勒出她美丽的线条，但结果总令他不满意——这次也不例外。

列车在铁轨上疾驰，车轮与铁轨摩擦发出的哐当声，响彻夜空。他躺在床上准备睡觉时，看见床头柜上有一小块蜡棉，他记得列车员说过可以用它塞住耳朵。但他此刻不想这么做，他喜欢听到火车永无止境的运转声。

　　整整一夜，他的睡梦里都充斥着或长或短的鸣笛声。一匹黑马始终在他前面，沿着铁轨奔驰。

　　他梦见自己跟在黑马身后飞驰着。

第四章

临时集市

这时，拿匕首的男人转过了身，威尔立刻就认出了那只
受伤严重的鼻子和那双蓝色的眼睛。

午饭过后，无限号列车慢慢靠近临时集市。威尔觉得火车的速度慢下来了，便跑到露天车厢，那里的视野更开阔。当站到露台上时，威尔才意识到天气变冷了许多，看样子火车已经往北开了很远。轨道旁长满了松树，却不见任何城镇或车站。

回到包间里，他看到父亲正在收拾一个小提箱。此时的父亲，T恤搭配着裤子和马甲，头上戴了一项工程师样式的鸭舌帽，衣着简单。不知道为什么，父亲看起来更瘦，更年轻了，更像三年前在克雷盖拉希，威尔和他重逢时的样子。看得出来，这时的父亲很兴奋。

"这火车真是了不起啊！"他说。

威尔还在生父亲的气，气他昨天晚上说的那些话，气他在冒险的时候把自己丢下，所以，并没有理他。

"我走了你要好好照顾自己，"父亲说，"有什么需要就找比彻姆。"

威尔嘟囔着应了一句。这时，火车发出几声短促的鸣笛声，速度渐渐减慢。他靠在车窗旁，看到铁轨外的树慢慢后退，碎石铺的路变得宽阔起来。接着，他看见一些小摊贩。慢慢地，小摊子多了起来，先是几顶简陋的帐篷，随后一些帆布屋也映入眼帘。小摊子周围挤满了人。在铁轨两旁，大家朝着慢速通过的火车挥手致意。

"火车一到站，人们就会通宵搭建起临时集市，等火车离开了就拆掉。"父亲说，"这些集市主要是为移民准备的，因为移民车厢不提供餐饮，他们只好自己为长途旅行储备食物。"

这些商贩一边高声叫卖，一边冲车窗笑着挥手，仿佛在过盛大的狂欢节。壮观的场面一直延伸到站台旁。威尔的内心涌起一股难抑的兴奋。

无限号列车终于停了下来。父亲拿起手提箱，和威尔一起离开了车厢。威尔从升降梯走下车，他站在月台上，感觉自己的身体似乎还在随着列车运动。绅士和淑女们走下列车，衣着考究的商人为他们递上香槟，以及装在柳条框里用丝巾盖着的橘子。

"我们狮门城见。"父亲说。

"祝你好运！"威尔点点头，不想让父亲知道他心里并不好受，"列车要在这里停多久？我想去周围看看。"

"只要确保六点上车就行了。我们六点准时出发，小心扒手！"

威尔看了一下时间，还有四个小时，时间很充裕，足够他找到玛伦。他连忙拍拍上衣口袋，看看速写本和铅笔是否在里面。

很多头等车厢的乘客出来了，他们一边散步，一边呼吸着新鲜空气。人们都围着灵车的车厢看了起来，威尔也加入进来。灵车的车厢是深黑色的，和货运车厢差不多大，看上去很厚重，四角插着金属羽毛。威尔完全相信，眼前这节"灵车"是用战舰上的钢板焊接起来的。它的侧面装饰着类似藤壶的复杂图案，让人感觉像是直接从深海里捞起来的。

"看好了，女士们，先生们！"警卫说。他有一张肉嘟嘟的国字脸，肚子把衣服撑得鼓鼓的。此时他正站在警戒线的另一边。

他指着车身下面几个白色大字"高压电！危险！请勿触碰！"说："请大家保持距离，不然会触电。"

这时，一只乌鸦飞到车顶上。急剧的噼啪声随之响起，一道强光闪过，这只乌鸦直挺挺地掉在铁轨上。几个人走近一看，倒吸了一口冷气，连连后退。

"这是为了防止蓄意破坏。"警卫打着哈欠，伸着懒腰说。

灵车的一侧，有个像墓碑的标牌，上面写着：

威廉·科尼利厄斯·范·霍恩于此安息！

修筑宏伟铁路，付出远胜他人。

长眠灵车之中，此言永恒不变：

"他要执掌权柄，从这海直到那海。"（《圣经·诗篇》）

"对于一个不管员工死活的老头来说，这个墓碑已经很不错了。"一个戴着鸭舌帽穿着列车员制服的家伙说。

"你认识他？"警卫瞪大眼睛问。

"我在他手下干过！在大山里爆破岩石，每一分钟都有送命的危险。他可从来没像你我这样干过普通的活儿。"

警卫沉默地接过列车员递来的香烟。

威尔很想给这节灵车车厢画一幅素描，但他现在更着急找到玛伦。他觉得她肯定也来逛集市了。叫声、笑声和欢快的音乐声飘扬在空中，就像海妖塞壬的歌声一样吸引着威尔，令他沉醉。

在站台的另一边，几个男孩正热切地兜售冒着热气的甜面包和苹果酒。一个掉光牙的男人把装有甜杏仁的纸筒塞到了威尔手里，威尔犹豫了一下，不想对方继续缠着他，于是朝对方的杯里扔了几枚硬币。有人在弹奏着手风琴。一个农民则站在马车旁，兜售着自己的苹果和梨子。在一个倒置的木板箱上，一群穿着棕色长袍的修道士依次给大家发着奶酪。

威尔来回穿梭，四处寻找着玛伦。他突然想到，她不会还穿着昨天晚上的衣服。

威尔站在三等车厢旁，看着汹涌的人流，想着如何才能找到玛伦。说不定玛伦也在找他。

"大脚野人的尿液！"一个男人站在木质柜台后面大声叫卖，"这东西你在其他地方是找不到的！"

威尔尽量避开这个男人，但男人盯上了他。男人拿出一个小玻璃瓶说："年轻人！便宜卖给你！"

威尔低头盯着男人的鞋子，想走开，又觉得这样做不礼貌。况且，他不得不承认，自己对这个玩意很好奇。

"这是干吗用的？"他问道。

满脸皱纹的小贩诧异地盯着威尔，说："用来干吗？孩子，这可不比城里。我不知道你要去哪儿……"

"维多利亚。"威尔告诉他。

"嗯，那你的确用得上。那个小岛到处都是熊和美洲狮——还有更凶猛的动物，"他摇了摇小玻璃瓶，"这是你的护身符。这些尿液是冒着很大风险，从一个雄性大脚野人那儿弄来的。涂点儿在身上，其他动物都会避开你。"

威尔忍不住问："他们怎么弄到这些尿液的？"

"哦，年轻人啊，这些人都很勇敢，什么都不怕。你从来没有在近处看过大脚野人吧？"

威尔没有说话。

"你暂时应该不打算离开这里吧？"小贩打量了一下威尔的衣服和鞋子，继续说，"无论如何，你倒是还用不上这个。"

"我以前亲眼见过一个大脚野人。"威尔说。

小贩露出狡黠的目光，再次打量了一下他，问道："那你还买吗？"

"买一瓶吧！"

"那就特价卖给你，只要一块钱。"

用这个价钱买一点儿尿液实在太贵了，不过威尔觉得它确实很难收集——除非瓶里装的是普通的水。他从口袋里掏出硬币递给小贩。

"来，给你！"小贩笑着说，"好好用。"

威尔一转身便忍不住打开瓶塞闻了闻，一股刺鼻的气味扑面而来，甚至刺痛了皮肤，明显是臭鼬的气味。于是他用手帕把瓶子包了起来，小心翼翼地放进兜里。

威尔看了看手表，发现自己已走了差不多一个小时，双脚开始隐隐作痛。他不知不觉来到了移民车厢外，这里到处是叫卖食物和衣服的小摊贩。

在乱哄哄的人群里，大家为了一个马铃薯、一双靴子、一坛烈酒，甚至一片培根而争吵。一个围裙上沾满污渍的女人正在给鸡拔毛。火盆上架着一串串的烤肠，汤罐里的汤汁冒着气泡。各种浓郁的味道从他身边飘过。

在一个小摊旁，威尔看见两个年龄相仿的男孩和女孩，正热切地交谈着。

威尔继续向前走，在心里一遍遍地问着自己：玛伦在哪里？他发现列车外面的世界与清新安静的头等车厢完全不同。不过他更喜欢这种十几种语言萦绕在耳边的感觉。接着，他走到了一个小摊旁，看到上面摆放着生锈的开瓶器、开裂的罗盘、几支土著人制造的箭头，还有一副配有镜片擦拭布的眼镜。那镜片擦拭布看上去很精美。

他不禁问道："这些东西有什么用？"

摊主从上到下打量着威尔。这时，威尔才注意到这个人的眼珠呈现出白内障症状的乳白色。

"经过沼泽时要用上这些东西。"摊主冷冷地说。

威尔感到一阵寒意。他觉得在沼泽地几乎不可能建造轨道，因为碎石和铁轨会沉入沼泽。而且就有一列火车完全消失在了沼泽里。他记得父亲曾说过，那些人进入沼泽后，就再也没有出来。

"那它到底有什么用？"威尔拿起眼镜问。

"戴上眼镜。"对方说。

威尔戴上眼镜之后只能看到人和物的大体轮廓，他面前的人变成了一个苍白的影子。

"你能看见我的眼睛吗？"这个人问。

"不能。"威尔说。

"那就对了！你应该不想看到女巫的眼睛吧！"

"女巫？"威尔惊恐地摘下眼镜。

"她住在苏必利尔湖北岸的边上，你顺着轨道就可以走到那儿。如果你和她对望，看到了她的眼睛，那么一切就都晚了！"

"会发生什么呢？"威尔问。

"哦，表面上她只是冲你点头打招呼，不过等你再回头看时，她就会离你更近一点。就算你在看到她眼睛的瞬间移开目光也没用。"

"我坐上火车快速远离她不行吗？"威尔紧张地笑道，"她会骑着扫帚追我吗？"

"她不需要扫寻，她会跟你一起走，"那个男人咧嘴笑道，露出一口残缺不全的黄牙，"你第一眼看见她的时候，她只是站在铁轨旁边。但是等你再回头时，她就坐在了你身边。"

威尔顿时汗毛直竖。

"她坐在你旁边，非常和善，也不说话，你却不能动弹，也不能大声喊叫。即使喊了也没用，因为除了你谁也看不见她。你不能动，很无助，当她和蔼地凑近你的耳朵，小声地对你说话时，你却无法阻止。"

"她会小声说什么？"威尔不由得压低了声音。

"据说对每个人说的话都不一样。但是有些人在听完她的话之后，就站起来走到两节车厢的中间，跳下去。他们要么被车轮轧死，要么沉进沼泽里面。"

"这个故事真精彩啊！"威尔感叹道。

那男人耸耸肩，而威尔则从他手里买了一副眼镜。

他继续朝前走。太阳出来了，天气也暖和起来。即使知道找到玛伦的希望越来越渺茫，但他还是不懈地寻找着。眼前来来往往的人很多，威尔买了杯苹果汽水，喝下后顿觉神清气爽，于是他又买了一杯。

一名穿着列车员制服的男人在轨道旁大声吆喝着：

"只要五分钱，你们就可以到无限号列车的车顶走一走！它可是世上最好、最长的列车！"

威尔循声望去，只见两个列车员毫不费劲地跳过了车厢之间的间隙，在两节有着间隙的货运车厢顶上跑来跑去。

威尔想，列车长是否知道这件事呢？不过他马上又想到，这两节车厢是在移民车厢和货运车厢中间，距离头等车厢太远，就像是另一个世界。

"谁想来试一试？"站在铁轨旁边的列车员继续吆喝着。

"我来！"威尔说着走上前去。他一直没找到玛伦，于是，他想到车厢顶上，通过更开阔的视野看一看。

"啊哈！这位年轻的小伙儿愿意试一下。五分硬币已付，你可以上去了。"

交易完毕，威尔抓住阶梯的细金属横档，快速而自信地向上爬着。在一个眼袋松垂的瘦小列车员的帮助下，他终于爬到了车顶。

他喜欢待在高处，这样便可以望见火车的前后两个方向。此刻，他看不见车站，也看不到任何和小镇有关的东西，他估算自己现在离车站大概有四英里。铁轨的周围全是树林。他扫视着热闹的临时集市，寻找着玛伦，却怎么也找不到。

风吹着威尔的头发，在那一瞬间他感觉火车在移动，似乎要载着他驶向地平线的尽头。

"你以前在车厢顶上走过？"列车员笑容生硬地问，眼袋显得更大了。

"没有，不过我爸爸曾经是个列车员。"威尔回答。

"那他现在呢？"这个人打量着威尔的穿着，"他干得不错，对吧？现在让我们看看你干得怎么样，来，走走看看！"

走道铺在车厢顶部的中央，只有一只脚的宽度。在火车停止的状态下，要顺着走道走动并不难。下面有一些人望着威尔，他怕分散注意力，便努力不去看他们。

"还行！"列车员说，"现在试一下，穿着你漂亮的鞋子在上面跑一跑。"

这次就没有之前那么顺利了！威尔好几次都失去了平衡，踩到了走道外面的车厢顶上。

"小伙子！"列车员的声音从身后传来。

威尔猛地转身。

"永远不要背对着两侧的铁轨，这是第一准则。火车一个急转弯就会把你甩出去！"列车员笑着说。

威尔羞愧地点了点头，他记得父亲也这样告诫过自己。他又瞅见很多人在下面排队，等着上车厢顶走一走。

"要不要试着跳过去？"列车员问道。

威尔看了看两节车厢之间的空隙。他想，如果父亲能做到的话，那他也能做到。

他先往后退了退，然后深吸一口气，快速跑了起来。他直视前方，纵身一跃，双脚跨过间隙落在了另一边。车厢顶上另一个列车员扶住了他。

瞬间，四周响起了喝彩声。

"年轻人，干得不错，"另一位列车员说，"我们一直在找像你这样的人！"

下面的观众都笑了起来。威尔的脸瞬间通红，不过并不是因为尴尬，而是满满的自豪。刚才威尔一点儿也不害怕，他起跳前向四周看了看，希望能看见玛伦。当他成功跳过去时，他多么希望玛伦能看到这一幕——虽然这对她来说并不是什么了不起的本事。

威尔从车厢顶爬下来，继续向前走着。只见一群男女在一个帆布帐篷前排着队。威尔走进了帐篷，看见一群人坐在锯木架上，正努力平衡着放在膝盖上的锡盘，盘子里盛着油腻的食物。

突然威尔发觉大家都在看着他，他猜大概是因为自己的衣服过于华丽。于是，他脱下了上衣，搭在肩上，尽量耷拉着脑袋走路。

出了帐篷，他又看见不远处有一群人。那些人欢呼雀跃地围着一个简陋的围栏，密切关注着围栏里两只公鸡互相攻击的激烈场面。只见两只公鸡的爪尖上装着刀片，一旁的人们则用纸币和硬币作为赌注，催促公鸡开战，一决胜负。看到这种场面，威尔心里很难受，于是赶紧走开。

继续向前走着，威尔听到了临时酒吧里传来的欢声笑语。不一会儿，只见两个男人眯着眼睛，摇摇晃晃地出现了。令威尔惊讶的是，他居然认出了这两个人。他记得在灵车那儿见过他们：肥胖的警卫和穿着工作服的列车员。他们看上去就像很要好的朋友，相互拍着肩膀笑得前仰后合。

现在威尔已经步行到离临时集市很远的边缘地带。眼前沿着铁轨排开，一直向后延伸的是无限号列车的货运车厢。比彻姆先生说过货运车厢长达四英里。威尔沿着车厢，走了这么久，还没看到马戏团车厢。他看了看表，感叹时间过得太快了。现在，他不得不往回走。

为什么她没来逛临时集市？为什么没来找他？威尔疑惑不解。

他叹了口气开始往回走，突然他想去一趟卫生间。他环顾着四周，并没看到卫生间。但他不想用酒吧的卫生间，于是决定去树林。

走进树林，他回过头看了看是否会被发现，却清楚地看到了涌动的人潮。于是，他走向了树林更深处，只听见脚下的树枝被踩得噼啪作响。临时集市的喧嚣声越来越小，直到完全消失，取而代之的是鸟叫声。威尔一直保持着直线行走，以免迷路。

树林里很嘈杂，矮树丛不时发出声响。他从口袋里拿出装着大脚野人的尿液瓶，想象着妈妈擦香水的样子，快速地拔出瓶塞，用食指蘸了一滴擦在耳后。没想到特别刺鼻，不过为了安全，他必须忍一忍，等到晚饭时，再把它洗掉。

突然威尔听到身后有撒尿的声音，于是惊慌地转过身。只见一个男人藏在灌木深处，露出了半截身子，背对着他在树边撒尿。那人自言自语，紧紧靠着树干，接着后退了一步，努力地提起裤子。他似乎喝醉了，走路摇摇晃晃，"砰"的一声摔倒后，很快傻笑着爬了起来。这时，威尔才看清，原来这人是灵车上的警卫。

威尔继续向前走着，终于找到了一棵合适的树，然后躲在树后，匆匆方便完，就开始往回走。

突然，他发现在这些绿色草木中有一条银色的钥匙链，非常显眼。威尔弯下腰捡起了它。钥匙链上挂着一把很大的钥匙，钥匙上面有很多刻痕。他马上就认出了，这把钥匙和父亲手里的那把一样，就是灵车的钥匙。威尔知道，肯定是灵车警卫丢失的，随即把它放进了口袋。

这时，右方传来了咒骂声，他猜测警卫肯定又跌倒了，于是赶紧朝棚屋的方向去追赶警卫。显然，灵车警卫无法胜任这份工作，他寻思着是否要告诉父亲。威尔穿过树林，顺着声音传来的方向朝前走。当他穿过茂密的树林时，终于看到了警卫的身影。

"你的钥匙掉了！"威尔的话还没说出口，就看见警卫被人按在一棵树上，眼里写满了惊恐。一个男人用手肘抵住警卫的喉咙，随即从警卫的肋骨间拔出了刀。看着那把血淋淋的匕首，威尔吓得浑身发冷，不敢动弹。

这时，拿匕首的男人转过了身，威尔立刻就认出了那只受伤严重的鼻子和那双蓝色的眼睛。原来是布罗根！这个家伙一直盯着威尔展开的手掌。

突然，布罗根向威尔发起了攻击。威尔一下子慌乱起来，

飞快地钻进树林。他弯着腰在树枝下奔跑，他的脸被树梢抽打着，脚下的灌木和断枝啪啪作响。他拼命地奔跑着，直到跑进了树林深处才敢回头，这才发现布罗根没有追过来。

疼痛像蜘蛛网一样缠绕着他，他再也跑不动了，慢慢停了下来。他努力平复着心情，打量着周围，辨别着从任何方向可能传来的脚步声。他的头顶有一棵树，树枝垂得很低，他顺着枝干爬了上去，一直爬到了他够得着的最高处，躲进了茂密的树叶里。他的呼吸渐渐平复，虽说视野不是很开阔，不过他还是能看清这棵树方圆几码内的东西。

威尔什么也没听到，就这样一动不动地待在树上，直到他打了个寒战，才意识到太阳已经下山，气温也开始下降。他看了看手表，秒针嘀嗒地转着，他心里一颤。

快六点了。

他转过头，想努力捕捉临时聚集地的喧嚣声，却什么也没听见。他不知道自己现在在哪儿。微风轻轻拂过，四周静悄悄的，威尔从未感到如此孤独。

这时，一阵火车的长鸣声响起。

无限号列车已经准备离开这个站台了。

威尔从树上跳了下来，即使有被发现的危险，他也不想再继续留在这里。夜幕降临，那把匕首瞬间浮现在了威尔的脑海里。他开始狂奔，他希望自己奔跑的方向是正确的。列车发出了第二声长鸣，威尔很高兴，因为他知道自己的方向没错。他顾不上是否被布罗根发现，此刻，他只想回到列车上。

他拼命地在灌木丛中奔跑，根本没意识到自己跑了多远，只想快点离开这里，尽早看到铁轨上的无限号列车。

这时，他听到了列车行进时缓慢而有节奏的铁轨撞击声。他在内心咆哮着，完了，列车开走了！他喘着粗气，强迫自己继续向前跑。他被灌木的根绊倒了，一只鞋子飞了出去，他顾不上这些，咬着牙拼命地跑着，连呼吸也变得困难起来。

列车的灯照亮了树林，他的双腿又充满了力量。此时，在树林的另一边，货运车厢已经开始缓慢地穿行。

他终于从树林里跑了出来，却看不见站台和临时集市。货运车厢越来越快地从他面前开过，后面是无限号列车的最后一节车厢——守车。

他奔向铁轨，朝着那节红色的守车跑去。他在铁轨旁飞奔，拼命地追赶着。当他看到金属台阶和平台的栏杆时，他知道自己必须把握这最后的机会，因为列车正在加速，很快他就追不上了。他抓住了又冷又硬的平台栏杆，突然一只手不小心滑落，身体失去了控制，不过很快又抓住了，他用尽全身力量握紧了栏杆。

他跳到了最低的一级台阶上，用力拖住自己的腿。他双膝发软，每上一级台阶都很艰难。但凭着顽强的毅力，他终于上到了平台，随即靠在平台的扶手上瘫软在地。

他浑身发麻，气喘吁吁。

第五章
守 车

斯迪克斯倒了一杯东西，递给威尔，
问道："拿得住吗？"

威尔还没来得及喘口气，红色的守车门就开了。就在刚瞥见一条破旧的牛仔裤的瞬间，他上衣的领子突然被一双手抓住了。接着，那人将他按倒在地。一张愤怒的脸出现在了威尔的面前，这是一个穿着工装裤的年轻警卫。

　　"不准偷爬火车！"警卫说着就把威尔拖到了平台旁边。

　　威尔害怕极了，低头看着急速闪过的铁轨，喘着气大喊："不！等等！"

　　"你现在就跳下去！"警卫说。

　　"谁啊？"另一个警卫在门口问道。这个警卫是个年长的华人，花白头发，脸上却没有皱纹。他左边的裤腿空荡荡地晃动着，裤腿上还夹着一个夹子。

　　"偷爬火车的家伙。"年轻警卫说。

　　威尔看着紧握拳头的年轻警卫，只见他留着八字胡，双眼挤在了一起，一副愤怒的样子。"我要把他扔下去！"

　　"等等，麦凯！"华人警卫说，"他不过是个孩子。"

　　"我没有偷爬火车，我买了票，"威尔哽咽着说完，然后顿了顿，继续道，"头等车厢的！"

　　麦凯轻蔑地笑了。威尔低头看了看，这才发现自己的衣服破破烂烂，裤子很脏，还丢了一只鞋，一点儿也不像头等车厢的乘客，就连移民车厢的人看起来也比他体面，他甚至都不像无限号列车上的乘客。

"你的票呢？"麦凯大声问道。

威尔紧张地咽了咽口水。他从没想到要把票带在身上，他以为再上火车时，他们会认出他。

"我叫埃弗雷特！"他大口喘着气，"威廉·埃弗雷特！我的爸爸是詹姆斯·埃弗雷特！"

"新任总经理？"华人警卫挑眉问道。

"斯迪克斯，他就是个流浪汉！"麦凯愤怒地反驳。

"他穿的衣服不像是流浪汉的，"斯迪克斯一边说，一边仔细打量着威尔，"只是被撕碎了，有点儿脏而已。"

"他只有一只鞋！"麦凯大声说。

"但这是一只很漂亮的鞋。"斯迪克斯说这话时嘴角掠过一丝微笑。

"另一只鞋掉在了树林里。"威尔嘟囔道。

"一股臭味，"麦凯说，"他的衣服不知道多久没换了！"

"这是大脚野人的尿臭味。"威尔说。

麦凯皱起眉头，问："你说什么？"

"大脚野人的尿液是我在货摊上买的，以防遇到危险动物的偷袭。"

"这个男孩真是个笨蛋，"麦凯揶揄道，"谁都知道这玩意儿没用！"

这时，威尔感到一阵恶心和寒冷，四肢也开始发抖。

"他脸色都变白了，"斯迪克斯说，"让他进来！"

麦凯吐了口气，愠怒不已，不过他还是把威尔推进了门。

"你快冻僵了吧！"斯迪克斯带着威尔进了守车，一起朝火炉走去，"坐这儿！"

威尔蜷缩在椅子上，打着哆嗦。华人警卫往火炉里加了几块煤。威尔看不出他的具体年纪，但能看出他有一双和善的眼睛。火炉冒出热气，威尔打了个激灵。他记得在树林里，并没感到有多么冷。他将双脚尽可能地靠近火炉，身体向前探着，伸出了双手。

火炉上有几个盖着盖子的罐子，其中一个罐子正在煮着东西，诱人的香气弥漫在守车里。

斯迪克斯倒了一杯东西，递给威尔，问道："拿得住吗？"

威尔感激地点了点头，然后伸出双手接过杯子。他将杯子捧在手里，感受着它传递到手心的温暖，接着，他把杯口捧到嘴边，这才发现斯迪克斯递给他的并不是茶，而是鲜美的肉汤。汤很烫，不过他也顾不得那么多了，大口大口地喝了起来。

斯迪克斯从吊床上拿出叠好的毛毯，搭在威尔的肩上。

"谢谢！"威尔感激地说道。

喝过热腾腾的汤，威尔暖和了不少，身体也不再发抖了。

"你是守车的警卫吗？"威尔问。

"是的。我叫保罗·陈。"

"很高兴认识你，陈先生。"威尔和他握了握手，又看了一眼那个年轻的警卫，只见他将双手交叉在胸前，无精打采地坐在椅子上。

"这个急性子叫布莱恩·麦凯，"斯迪克斯说，"我手下的列车员。"

"谢谢你没有把我扔下火车。"威尔说。

麦凯嘟囔了一声。

威尔开始仔细地打量周围。

火炉的旁边是一个木制的桌子；下面的架子上摆着做饭用的锅碗瓢盆，还有袋装的大米、洋葱和土豆；小水池和水泵的上面有两个架子，架子上放着刀叉餐具和金属罐头。

再往前，守车的两侧摆着几张小床，衬衫、外套和裤子挂在钉得高高的衣帽钉上，一张桌子则放在较远的角落，桌面上整齐地摆放着一口钟、一面小镜子和一个公告板，公告板上钉着一些日程表和清单。车厢最前面是一个窄门，威尔猜测里面应该是厕所，因为他觉得这些警卫在旅途期间会一直待在这里，这就像是他们的另一个家。车厢两侧各有一个窗户，墙上还钉着几幅画。在煤气灯的照射下，这里显得特别温馨。

威尔最感兴趣的是，在他头顶的正上方位置，有一个可以顺着梯子爬上去的小观察室，每面都开了一扇小窗，还摆放了两把转椅。

"那是穹顶舱，"斯迪克斯解释说，"列车进出站或者过岔道时，我们就坐在上面观察，确保火车在没有障碍物的轨道上安全通过。"

威尔暗想，如果时机合适，他可能会要求爬上去，然后坐在穿顶舱的椅子上。

"刚好我们做了晚饭，"斯迪克斯说，"你饿了吗？"

"这可比不了你经常吃的头等车厢饭菜。"麦凯酸溜溜地说。

斯迪克斯从架子上取下几只碗，然后掀开最大的那个罐的盖子，舀了一碗浓汤。汤是用胡萝卜、土豆、洋葱、豌豆、欧洲萝卜和牛肉块炖成的。斯迪克斯将一碗汤和一个勺子递给威尔。威尔双手捧着汤碗放在了自己的大腿上，他的视线一直停留在汤碗里。昨晚他还在头等车厢吃最爱的羔羊肉，而现在，他突然觉得再没有比这汤更美味的东西了。他开始狼吞虎咽地吃起来。

"我猜一定是头等车厢的伙食太差了！"麦凯戏谑道。

"别说话，麦凯！"斯迪克斯呵斥道。

斯迪克斯的声音听起来很平静，却有一种说不出来的威严。他又撕了一大块黑面包递给威尔，"用这个蘸着吃。"

威尔将面包在碗里擦了一遍，风卷残云般吃得精光。相比之前他在头等车厢吃的饭菜，他更满意这顿饭。

"谢谢！"他感激地说。

一阵悦耳的铃声传来，威尔好奇地抬起头。

"那是我的风铃，"斯迪克斯解释道，"它在后面挂着。威廉·埃弗雷特，现在你该告诉我们为什么要跑到守车上来了吧？"

填饱肚子之后，威尔感觉好多了。他避开麦凯敌意的目光，转头看着斯迪克斯，开始讲自己的故事。斯迪克斯耐心地听着，不时地点点头，当他听到威尔跑去买大脚野人的尿液时，不禁轻声笑了笑。

当讲到在树林里看见醉醺醺的灵车警卫时，威尔犹豫了一下，之后还是决定不提钥匙的事。那把钥匙很重要，而且就在他的口袋里，他相信斯迪克斯，但不相信麦凯。接着，他讲述了那个警卫被刺伤的事。这时，麦凯从椅子上微微向前倾了倾，这个小小的举动被威尔看在了眼里。

"带着匕首的这个人，"斯迪克斯轻声说，"你对他有印象吗？"

威尔回想起布罗根紧握匕首的样子，依然有些后怕，感觉有什么东西在胃里翻腾。

"他穿着列车员的制服，叫布罗根。"

"列车上没有叫布罗根的列车员。"麦凯对斯迪克斯说。

"你确定他穿着列车员的制服？"斯迪克斯看着威尔。

斯迪克斯这么一问，威尔又有些不太确定了，不禁解释道："呃，他们都穿着工装裤。"

"任何人都可以穿工装裤。"麦凯质疑道。

"说一下他的外貌。"斯迪克斯说。

"个子不高，但身体很壮实，金色的头发，鼻梁像是断过，还没完全长好，所以整个鼻子看起来有点扭曲。"

威尔知道他应该把话说得文雅好听一些，但是想到面前这两位的说话风格都是简洁明了、干脆直接，自己也用不着那么文绉绉的。他喜欢这样直截了当的谈话。

"他的眼睛是蓝色的。"威尔补充道。

"你注意到了他眼睛的颜色？"麦凯问道。

"我之前见过他。"

"什么时候？"斯迪克斯一下子瞪大了眼睛。

"在山里的时候，他想偷最后那根道钉。"

麦凯怪笑道："我猜你一定是在那儿敲道钉啰！"

"是的！"威尔讨厌麦凯的嘲笑。

"真是个骗子！"麦凯继续嘲笑道，"我看过最后一根道钉的照片，你根本就不是那个拿着锤子敲道钉的人！"

"我不在那张照片上，"威尔说，"因为……"

"因为唐纳德·史密斯把道钉弄弯了，"斯迪克斯点了点头说，"我以前听说过这事。他们说最后是一个小男孩把道钉敲进去的。这么说来，那个小男孩就是你啰！"

威尔点了点头。

"那这个布罗根在山里的时候发生了什么事呢？"斯迪克斯问。

"他被大脚野人袭击，从悬崖上掉了下去。大家都以为他死了。"

"你信他说的吗？"麦凯问斯迪克斯。

"我信！这么多年和形形色色的人打交道，我知道什么样的人才是骗子。这个男孩没有撒谎！"

"他是不是撒谎，很快就会知道。"麦凯说。

"但是我怀疑，布罗根并不在列车上工作，"斯迪克斯说，"临时集市里有各种各样的人。"

威尔看了看时间，"我怎么回头等车厢呢？"他问。

"呃，"斯迪克斯想了想，说，"无限号列车有九百多节车厢，从这里到移民车厢都有几英里。想要走到货运车厢的前面可不容易，除非晚上你从车顶上跳过去。"

威尔知道无限号列车要到明天下午才会停下来。

"如果你父亲是总经理，"麦凯说，"他为什么不为了你停一下车呢？"

"他不知道我差点儿没赶上车，"威尔刚说完，立马又想起来，"他正在开火车。"

"而且他也知道，挨着我们的是货运车厢，再往前是移民车厢，"斯迪克斯说，"所以压根儿不可能停车。我们不可能堵在整条铁轨上，而且也没有其他的轨道能装下我们整列火车。很有可能，一直到明天你都得和我们待在一起。"

"倒霉！"麦凯嘟囔着。

"麦凯，"斯迪克斯说，"再说这种混蛋话，今晚你就去睡车顶。"

"睡车顶才好呢，就闻不见这小孩身上的臭味儿了。"麦凯说。

"去洗盘子，洗完我写张纸条给你，你传到前面车厢去。"斯迪克斯转身面朝威尔，继续说，"我们可以向前传达信息，一直传到列车长那儿。每两节车厢就有一个列车员。"

"三更半夜，那些家伙才不乐意这么干呢！"麦凯说。

"火车好长一段时间都没有转弯了，往前走不难。"斯迪克斯说。

"说得简单，你又不是在车顶上传纸条的那个。而且这天气看起来像是要下雨了。"

"哪里像要下雨？月亮又圆又亮！不管怎么样，要是真有守卫遇害，得让其他人知道。如果这个凶手还在车上，那问题就更严重了。所以，相关信息必须得传到列车长那里。"

"你认为他可能在火车上？"威尔紧张地问道。

"可能吧！不过火车上有一个骑警能解决这件事。"斯迪克斯回答道。

"是萨姆·斯蒂尔！"威尔努力平复着内心的紧张。

"对！没有人比萨姆·斯蒂尔更厉害。"

说完，斯迪克斯走到桌前，拿起一支笔，开始写便条。

麦凯不情愿地起身，往水池灌了一些水，开始洗碗碟。威尔记得，他们家在变富之前住的旧公寓里也有这样一个水槽。接着，他看到一块擦碗布，便走上前去帮忙。

"我爸爸以前也是个列车员。"他对麦凯说。

"那你就该知道，列车员所做的是世界上最危险的工作。尤其是天气糟糕的时候，火车顶上的走道很湿滑，而且雨水砸到脸上很疼。要是火车突然来一个急转弯，人甚至会被甩出去。"麦凯嘟囔道。

听了麦凯的话，威尔忍不住瞥了一眼斯迪克斯先生松垮的裤腿里露出的假肢，随即迅速扭头看向别处。这一切都被一旁的麦凯看在眼里。

"他的腿不是因为从火车上甩下来而摔断的，"麦凯说，"而是他用硝基炸药在山里进行爆破时，不小心被炸掉的。但不管怎样他活了下来，而且被调到了相对安全的车厢里工作，不像我们还得去车厢外跑。这次横穿大陆期间，每天差不多有五个列车员因公殉职。这些事，你知道吗？"

"这孩子不需要听你的伤心故事！"斯迪克斯严厉地说，"我也用不着听！这根本算不了什么。我们在山里修铁路的时候，平均每铺一英里铁轨，就要牺牲四个华人同胞。"

斯迪克斯将一个印着"无限号"的信封递给麦凯。"马上把它传到前面车厢。"

"我会去打听一下，看看有没有人听说过那个灵车的警卫。"麦凯说着从挂钩上取下上衣和鸭舌帽，拿了一盏提灯走了出去。

"别跟他一般见识，"斯迪克斯对威尔说，"这小子脑袋有问题。要是他是我儿子，我早把他丢去喂狼了。"

威尔笑了。想到父亲和萨姆·斯蒂尔能收到字条，他放心多了。威尔环顾四周，透过穹顶上的窗户，看到了一轮满月。要是麦凯不在这儿，在守车里过上一天也不错，其实威尔挺喜欢这里的。有几个人能有机会坐守车横穿一个国家呢？这几乎和在机车里的感觉一样棒。

想到这儿，倦意袭来，威尔闭上了眼睛，直到听见斯迪克斯的声音。"你要不要睡一会儿？"

威尔点点头，他真的是困极了。

"你可以单独睡一张床，"斯迪克斯说，"不过我建议，你还是先去洗个澡。你身上大脚野人的尿味有点儿重。"

"不好意思！"威尔说完，摇晃着走到守车的前面。在一扇小门后面，他看到一个小小的洗脸盆和一块香皂。随后，他用力擦洗了自己的脸，特别是耳朵后面，脸上的皮肤都快被他擦出血来了。

"你可以过来了。"斯迪克斯叫道。

看到斯迪克斯为他铺好的床，威尔心里有些感动。

他脱下被撕烂的上衣和背心坐在床上，又脱下了那只唯一的鞋。威尔不习惯在别人床上睡，于是，他把头埋进了枕头里，用毛毯把脖子围严实。风铃的声音从外面传来，火炉的热气微熏着他的脸。身下的床垫有些松弛，远没有头等车厢的床舒服。火车的哐当声像粗犷的摇篮曲，催得他昏昏欲睡，很快他便进入了梦乡。

第六章

临时停车

威尔又挣扎了一次，
但大脚野人紧紧地抓住他，并把他拽到身旁。

威尔迷迷糊糊地睁开双眼，好一会儿才明白自己在哪里。这时，一阵清脆的风铃声传来，车窗外面仍是一片漆黑。只见麦凯戴着帽子，穿着上衣，拿着提灯，与斯迪克斯在桌旁窃窃私语。

　　"火车为什么停了？"威尔起身问道。

　　听到声音的斯迪克斯和麦凯同时转过了身。

　　"在我们前面来了一列慢速货运车，"斯迪克斯说，"等它换完轨，我们才能通过。"

　　"我父亲收到消息了吗？"

　　"应该很快会收到！"麦凯说。

　　"停车这段时间足够让我到前面去吗？"威尔满怀希望地问。

　　"可能够吧！我们刚才就想叫醒你，"斯迪克斯说，"麦凯会带你到下一班守卫那里，他们会带你过去。你应该可以顺利到达，如果到达不了，那你就得在守卫的房间里过一晚了。我本来想自己带你过去，"说着，他敲了敲自己的木头假腿，"但是我走路有点儿慢！"

　　"穿上你那只鞋，"麦凯对威尔说，"动作快点儿！"

　　威尔从毯子里爬起来，飞快地系上了鞋带。他冷得瑟瑟发抖，迅速套上了上衣和背心。想到马上要离开守车，他竟有点儿失落。他觉得这里很好，当然主要是他喜欢和斯迪克斯待在一起。刚刚，他还在期望这个老守卫给他讲讲故事。而现在，他就要离开。看着床单上被自己裤子蹭上的污渍，他拿出刷子，努力地擦拭着。

"小伙子，别擦了，没关系的！"斯迪克斯说。

"谢谢你对我的照顾。"威尔感激地说。

斯迪克斯轻轻拍了拍他的肩说："你太客气了，小伙子。快点儿，要是运气好的话，晚上你就能回到自己的床上了。"

麦凯已经从前门离开，威尔急忙赶了上去。从火车上下来后，威尔走上平台，然后下到旁边的轨道上。

尽管天上有月亮和星星，但四周还是一片漆黑。几分钟后，威尔才适应过来。他沿着黑漆漆的车厢往前走，脚踩在碎石上，发出嘎吱嘎吱的声响。他好像听见了列车头的蒸汽机在远处发出令人焦躁的嘶嘶声——但也可能只是风吹树叶的沙沙声。他不知道无限号列车现在停靠的地方是哪里，出发时他忘了看时间，所以也不知道现在是几点。他匆匆赶上前面的麦凯。

旁边是阴森寂静的树林，偶尔传来风吹树叶的沙沙声，令人感到恐惧和压抑。在贴近地面的位置，威尔似乎看到了野兽发光的眼睛。但是麦凯似乎一点儿也不害怕，继续向前走着。

"你觉得树林里会有熊吗？"威尔问。

"也许有更吓人的东西，"麦凯头也不抬地说，"以前我们在这周围看到过雪怪。"

"真的吗？"威尔感到毛骨悚然。

"幸运的是火车及时开动了，那只雪怪朝火车扑了过去，差点儿把车门撞坏。"麦凯说。

　　听完雪怪的事，威尔不由得加快了脚步。列车就像一条长长的曲线，顺着轨道向前延伸。每隔一小段，就有一盏红灯挂在车厢侧面。威尔记得父亲说过，当火车被迫停下时，列车员会顺着列车车厢一路挂出红灯，以此作为停车的信号。等火车再次开动的时候，他们就换上绿灯挂上去。

　　几分钟后，威尔看到前面有一道闪烁的光。

　　"他在那儿，"麦凯说，"他会带你过去！"

　　只见几个高大的列车员从货运车厢中走了出来。威尔突然有点儿不安，他害怕在黑暗中与一群陌生人碰面。

　　威尔还是不适应只穿一只鞋，一脚高一脚低的走路方式。突然，他不小心被轨道绊了一下，麦凯赶紧抓住他的手臂，他才得以重新站稳。

　　"这就是那个小伙子？"一个朝着他走过来的列车员问。

　　"就是他！"麦凯回答。

　　突然一束光闪过，一张灰暗的脸，以及一个好像受伤过多次的鼻子出现在威尔眼前。

　　威尔惊恐地看着麦凯，嗓子仿佛卡住了。"可是——"他边说边向后退，准备随时逃跑。但麦凯用手抓住了他的胳膊，喊道："就是他！"

　　布罗根立即大步朝他们走来，他手中紧握的东西闪着微光。威尔试图挣脱，不明白为什么麦凯不放开他。绝望涌了上来，威尔狠狠地朝麦凯撞去。麦凯一个趔趄，差点儿连同威尔也一起拉倒。但威尔很快挣脱开来，他飞快地跑向了列车尾部，身后传来了嘎吱嘎吱声，那是布罗根的皮靴踩在碎石上的声音，此刻的威尔已没有力气大声呼救了。

威尔只穿了一只鞋子，所以跑起来很吃力。他已经顾不得脚下踩着的是什么了，只一个劲儿地奔跑。

"我只想要钥匙！"布罗根喘着粗气说，"孩子，把钥匙给我，我会放你一马！"

威尔知道布罗根在撒谎。此时，在他左边不远处有一片树林，他知道已来不及跑进去。在他右边是无限号列车，就像一堵长长的墙，只有车厢下方有空隙。布罗根急促的呼吸声离他越来越近了。

威尔已经来不及考虑，只好蹿到火车下面。他的肚子不小心撞到铁轨上，疼得他直喘气。他强忍着疼痛，头抵着碎石道砟，摸索着前进，周围的木焦油味扑鼻而来。威尔爬到一半的时候，突然感觉有人抓住了他的脚踝，将他往后拉。他将双手深深地插入碎石，牢牢抓住铁轨，双脚又踢又蹬，剩下的那只鞋也被蹬掉了。他的脚踢到了布罗根的脸，布罗根气得破口大骂。他挣扎着又踢了对方一脚。

不幸的是，布罗根再次抓住了他的脚踝，并把他往后猛拽。这时，威尔从上衣口袋里掏出那个装着大脚野人尿液的小瓶子，用拇指拔出瓶塞，不料布罗根猛地一拽，瓶里一半的尿液洒到了他的手上。威尔稍作镇定，随即将剩下的尿液泼向布罗根。尿液泼了布罗根一脸，布罗根不由得松手擦拭脸上的尿液。威尔趁机挣脱布罗根，迅速爬到了列车的另一边。

威尔知道，布罗根很快就会追上来，也许麦凯也会从车顶翻下来协助布罗根。他必须赶在他们发现之前藏起来。

他深吸一口气，抬起受伤的腿，拼命朝远离轨道的方向跑去。他冲过野草丛，钻进灌木丛，蜷缩着身体藏了起来。

他透过树丛的缝隙朝外看，只见黑暗中一道微弱而模糊的灯光沿着列车上下移动，他听见一声低沉的咒骂声。接着第二盏灯也亮了起来，耳边传来麦凯和布罗根互相抱怨的声音。

原来麦凯这个坏蛋和布罗根是一伙的。斯迪克斯怎么会没听说过布罗根呢？除非布罗根改了名……他早该料到这些！威尔屏住呼吸，希望自己不要被发现。麦凯朝火车尾部跑去，布罗根朝前跑，他们手里都提着灯。那灯光就像黑暗中的两颗流星，沿着轨道，照着列车两边和列车底部，找寻着威尔的身影。

威尔鼓起勇气，跟在布罗根后面，在灌木丛中慢慢穿行，向远方的列车头一步步靠近。虽然不知道无限号列车还会停多久，但威尔不想放弃。要是来得及走到乘客车厢，他就能跳到车上。一旦他跳上去，混入乘客中，他就安全了。而且萨姆·斯蒂尔就在火车上。

他光脚朝前走着，有些抑制不住地兴奋，觉得自己至少在朝正确的方向前进。他从不知道在夜里还可以看见这么多东西：天空、火车、森林，还有脚下的土地。他时刻留意着前方布罗根手中的提灯。突然，一束光线扫向了威尔，他立即趴在地上。

威尔无法相信提灯居然能照射这么远，而且还这么亮。它就像一个有生命的东西，在树林中穿梭。威尔迅速退后，躲到一棵大树后面。灯光离他越来越近了，照亮了枯枝、树叶以及像弯曲的手指一般的矮树。灯光没有扫到威尔，因为粗壮的树干挡住了他，那灯光随之扫向了别处。威尔屏住呼吸。很快，那灯光似乎又变强了，还轻微地抖动着。他听到一阵脚步声——布罗根过来了。威尔不敢跑，只能静静地躲在原处。

树枝噼啪作响，提灯摇晃着发出嘎吱声，空气中似乎还夹杂着布罗根的喘气声。威尔猜测，布罗根应该是一手拿着提灯，一手拿着匕首在寻找他。灯光突然熄灭了，威尔差点儿惊叫起来。接下来的几分钟对威尔来说简直是煎熬，他什么也看不见，感到十分无助。周围异常安静，他想呼吸，但又害怕被发现，只有继续忍耐着。他知道，布罗根正在这片漆黑里，等待着周围发出响动。

威尔有些憋不住，不由得张大嘴，吸了一口气，他发觉自己吸气的声音大得像是在喘气一样。他立刻紧闭双唇，仔细听着周围的动静，试图找到布罗根所在的位置。他感觉自己的太阳穴正扑通扑通地跳动着。

在这静悄悄的树林里，夜晚的一切声音都被放大了。一步，两步……威尔听到布罗根走动的声音，紧张得瞳孔都变大了，就像受惊的动物一般，眼底充满了恐惧，他前倾着身体，随时准备冲出去。与此同时，他在心里已计划好了一条通往树林更深处的路。

脚步声开始远去——对方似乎正在远离！威尔慢慢地缩回身子，开始大口吸气。他冒着危险探出了头，只见摇晃的灯光下，那个杀人犯正准备返回火车。

威尔蹲伏着身子，快步向前移动。他知道火车上还有其他列车员在值班，大约每隔四十节车厢就有一个列车员的卧铺隔间。他可以跑进去，向他们求救。但是如何才能知道哪个列车员值得信任呢？

这时，他的脑子闪过一个可怕的判断：那个麦凯是不会把信送给父亲和列车长的。

不会有人来帮他了！

他继续前行，想尽量多走一段路。远处响起了两次汽笛声，他知道那是火车开动的信号。

于是，他拔腿就跑。他可不想留在这个偏僻的地方。可要是他跳上了列车，又遇见了其他坏蛋怎么办？

他看到前方的信号灯从红色变成了绿色，接着后面车厢的信号灯也一个接一个变成了绿色。连接车厢的挂钩拽着一节节车厢向前移动，发出"嘎吱嘎吱"的声音。火车启动了！

森林里好像有什么东西在动，威尔扭头往后看了看，却什么也没看到。但是灌木丛里不时传来噼啪声。他想起麦凯说过的雪怪，于是拔足狂奔。

月光下的货运车厢开始加速。这些车厢没有平台，没有台阶，只在车厢侧面靠近尾部的地方有一组阶梯。威尔盯住那组离他最近的阶梯，猛地一冲，抓住最下面的那层，用力一蹬地，双脚便踩了上去。阶梯那薄薄的、冰冷的金属片扎痛了他的手和脚。

他扭头看向火车，只见远处闪过一道光，一个人提着灯从货运车厢向外探着头。威尔立刻紧贴阶梯。要是这样下去，迟早会被发现，威尔暗暗思考着对策。他知道，货运车厢后面的拐角处还有一组阶梯，如果他能顺利到达那里，至少可以藏在阶梯和车厢之间。可现在，他完全不敢动弹。他咬紧牙，回想着自己刚刚都做了些什么。他知道自己不可能一直抓着这节车厢的阶梯！

车厢冷得像一块冰，透着一股股寒气。他的手指都冻麻了，四肢也没有力气。但他知道必须得离开。他从阶梯上腾出一只手，伸到车厢拐角处，指尖碰到了那组阶梯。他鼓起勇气迅速靠向后面，然后借着背后车厢反弹的力量将整个身子弹到了那组阶梯上。他气喘吁吁地把脸贴在冰冷的车厢上，努力克制着发抖的四肢，以免被甩下列车。

他静静地等待着，感觉列车的轰隆声和自己的心跳声已融为一体。这不像乘客车厢的阶梯，这里没有后门。威尔觉得自己迟早会被发现，或者精疲力竭地掉下列车。

他必须一直移动，直到抵达乘客车厢或者但丁马戏团专属区。列车长说过，马戏团共有八十节车厢。他记得马戏团就在货运车厢之间，就在前面的某个地方。

阶梯直接通向货运车厢的顶部。从车厢旁边翻上去，就能到达车顶的走道。几个小时前，他还沿着车顶的走道跑过呢！但那时火车是静止的，而现在正以每小时四十英里的速度在黑暗中穿行。而且麦凯说过，横穿大陆期间，每天都会有五个列车员在行进的车厢顶上殉职。

他已经爬了几级阶梯，只要再爬一级，就可以把头伸到车厢顶上。他回头看了一眼，心提到了嗓子眼。只见远处一盏白色的提灯，正向着他移来。

突然火车震动了一下，威尔差点儿从阶梯上掉下去。他面朝前方，用力吸了一口气。

上！

货运车厢顶部有一个通向走道左边的单手柄。他握住单手柄，用腹部撑起身体，滑到走道上，然后紧紧地抓住走道扶手。

即使火车笔直行进，也会晃来晃去。货运车厢从顶部到两侧有一个小弧度，人稍不注意就会滚落下去。威尔不敢站起来，只好猫着腰匍匐向前。不过这样太慢，很快就会被追上。

当他再一次回头时，担心的事情发生了——信号灯变得更亮了。难道自己已经被发现了吗？列车转弯时，微微倾斜了一下，威尔差点儿失去平衡。他看着火车前进的方向，想到绝不能背对轨道。

必须站起来！于是他用一只脚死死踩在走道上，略微伸展身子，摆出短跑运动员起跑的姿势。接着，他站了起来，微屈膝盖，伸开双手，以保持身体平衡。他直视着前方，先出一只脚，再出另一只……月光下，他的双脚变成了模糊的阴影。灰暗的车顶走道就是他唯一的向导。

又一股寒风袭来，他不得不侧着身体维持平衡。他走得越快，就越不容易朝两侧晃动。他走到这节车厢的尽头，看了一眼下面那发出噪音且不断晃动的车厢之间的间隙。他不准备直接从车厢上跳过去，而是准备先爬下去，走到火车挂钩上，然后顺势爬到下一节车厢。但是当他弯下腿，准备沿着梯子往下爬时，他看到了布罗根的提灯。此时，布罗根的提灯离他更近了，惨白色的光照射着他的衣服。

威尔知道已经没有时间慢慢爬过去了。他再一次站起身，往后退了几步，眯着眼睛看了看，确定火车没有转弯。他紧盯着走道，纵身一跳。眨眼间，他跌倒在了对面的车顶上。很幸运，他没有掉下列车。

他匀速往前慢跑着，身体在强风中晃动，列车两旁的树林在夜色中飞快地掠过。布罗根手里的提灯发出刺眼的光，看上去就像是一头充满攻击性的猎狗，一直尾随着威尔。威尔再次跃过车厢间隙，继续往前跑。他在心里数着自己跑过的车厢数目，五……六……七……他眯着眼，感觉天空似乎被什么遮住了一部分，眼前有什么东西像一堵墙一样挡在了他的面前。威尔定睛一看，原来是双层货运车厢。

威尔气喘吁吁地停下了脚步。怎么办？他知道自己没时间了。他向后退了一步，纵身一跃，抓住了梯子的横档。他的脸狠狠地撞在一级横档上，只觉一阵剧痛袭来。不过，他并没停下来，继续向上爬着。

在双层车厢顶上，他感觉火车晃动得更厉害了。当火车转弯时，他不得不蹲下身，以免被甩下去。提灯的光似乎不再紧紧地尾随他了，接下来这段时间，他是安全的。但是他不知道自己还能躲藏多久。也许最终布罗根会抓住他。然后呢？捅死他，再把他扔下列车。只是想想就让他觉得害怕。他继续向前走着，差点儿掉进面前的黑洞里。

他赶紧往后退了退，前面是一个巨大的矩形开口，他不可能跳得过去。在车厢边缘，他看见了一条窄窄的走道。但是他知道，从上面走很危险，一步之差，就会送命。

他小心翼翼地朝走道走去，感觉自己就像走钢丝的杂技艺人。突然，一根粗粗的东西碰到了他的脚踝。他惊叫一声，一低头，便看到那东西从他腿旁滑过，消失在黑黢黢的洞里。接着，一股热气向他袭来。

他以最快的速度朝前走着，不料，眼前又出现了一个影子，看上去就像一条巨大的眼镜蛇。影子张着没牙的大嘴，晃来晃去，朝威尔喷着臭气。威尔一个趔趄，差点儿摔倒。他伸出双手，在空中徒劳地乱抓一气。

这条黑乎乎的大蛇缠住了威尔的腰，把他从车厢顶部的开口拉了下来。威尔吓得大声惨叫，不过很快认出那个缠住自己的东西不是蛇，而是大象的鼻子。

大象轻轻地把他放在一堆稻草上，他顺势一踩，草堆发出沙沙的声响。大象松开他，用鼻子好奇地戳了戳他的身体。

"谢谢！"威尔感激地说。

这时，他惊喜地意识到：这里就是但丁马戏团！

这肯定是他们用来装动物的第一节车厢！他从来没有接触过这样的大型动物，它随便抬起一只腿，就可以把他踩扁。谁敢保证它不会这样做呢！威尔希望自己有一些好吃的，喂给大象吃。

它戳了戳威尔的口袋，这时，威尔想起自己口袋里还有蜜饯杏仁。他拿出一个皱巴巴的纸袋子，举起来，递给大象。大象的鼻子灵活地滑进纸袋里，卷出剩下的几颗杏仁，放进嘴里，津津有味地吃了起来。

突然，一束光从车顶的开口照射下来。威尔立即一瘸一拐地跑到车厢远处的角落，缩成一团，然后仓促地将一些稻草盖在身上。

一个人提着灯出现在车顶的开口，灯光刺破了夜的黑暗。威尔屏住呼吸。这是他第一次看见真正的大象——苍老斑驳的灰皮肤，巨大而温和的眼睛。灯光照在它的脸上，它慢慢睁大眼睛，发出有些愤怒的声音。接着，它竖起鼻子用力一挥，便打掉了布罗根手里的提灯。

"厚脸皮的乞丐！"布罗根气急败坏地嘟囔道，"我迟早要撕掉你的皮。小兔崽子，我知道你就在下面！我马上就要抓到你了！"

月光下，威尔看见大象卷起鼻子，朝布罗根猛甩过去。"砰"的一声，布罗根被打飞在车顶上，嘴里还在不停咒骂着。大象挡住了他下来的路。

威尔在车厢前部发现了一扇小门，他兴奋地跳了进去。不过，他花了好些时间才找到门阀。他向内转动门阀，成功地打开了门。火车"哐当哐当"的声音刺激着他的耳膜。他走了出去，来到一个狭窄的平台。这儿没有栏杆，只有一根搭在车钩上微微颤动着的木板。

这个过道只有短短的几步路，威尔却犹豫了。木板下呼啸而过的铁轨近在咫尺，他觉得这比从车顶直接跳过去更让人害怕。但情势逼人，最后他鼓足勇气，踏上木板，感觉火车的金属骨架在剧烈地震动着。他艰难地挪动了一段距离，然后纵身一跃，跳了过去。他抓住把手，打开门，快速闪进另一节车厢。

他从稻草和粪便混杂的气味中判断出前面有更多的动物。夜空中的星光从高处的窗户里照射进来，威尔这才发现整节车厢就像一个巨大的笼子，只在侧边有一个非常狭窄的通道。他紧贴着墙往前走，想要离栏杆远一点儿。

黑暗中传来一阵猫科动物的低吼声。威尔迅速往前走着，用眼角的余光瞥见了一个活物。仔细一看，原来是只孟加拉虎。此刻，它正趴在地上。

威尔胆战心惊地快速走到车厢尾部，打开门，又穿过了一节车厢。这时天空渐渐变亮了。下一节车厢由一个个马厩构成，马儿打响鼻的声音让他感到一丝安慰。在找到能帮助他的人之前，他不知道自己还需要走多远。

接下来的一节车厢里关着猴子。他刚走进车厢，那些猴子便发出骇人的尖叫声。之后的一节车厢里是一个大大的骆驼围栏，里面没有笼子，所以他必须从它们中间穿过。大多数骆驼都坐着，忧郁地注视着从它们面前走过的威尔。只有一只骆驼笨拙地站了起来，发出可怕的咔嗒咔嗒声。

威尔走进下一节车厢，发现这里有些不一样。车厢里没有窗户，只在高处装有一些通风格栅。他关上门，随之看到一个相对较小的笼子。相比其他车厢，这节车厢里笼子的栏杆似乎更加牢固厚实，而且车厢的过道更宽一些，气味也更加难闻，臭气熏天，令人作呕。

他快步朝前走去。突然，笼子那边传来嗒嗒的脚步声。恐惧瞬间袭来，他只感觉背后一紧，全身的汗毛都竖了起来。这时，火车一阵猛烈地摇晃，威尔不受控制地撞到了栏杆上。

紧接着，一只手抓住了他的手腕。

威尔害怕得想大声尖叫，但是风灌进了喉咙，他不禁剧烈地咳嗽起来。他试图挣脱，但那只手握得太紧了。在僵持中他感觉栏杆的另一边有个非常高大的身影，还有一张长而窄、长满毛的脸，眼睛看上去比大多数动物都要狡黠。这是威尔第一次近距离地看到这样的眼睛。这张脸瞬间唤醒了威尔自雪崩以来一直积聚在心底的恐惧。

威尔又挣扎了一次，但大脚野人紧紧地抓住他，并把他拽到身旁。他的脸撞到了栏杆上。他能感觉到对方鼻子里呼出的热气。

"不要！"威尔喊道。

"退后！"

听到这一声大喊，威尔循声望去，只见一个手里拿着提灯和棍子的小伙子朝笼子走来。

"哥利亚，放开他！"

大脚野人微微松了松手，威尔也顿时松了一口气。现在威尔能清楚地看见它的手了，它的手比他的大了两倍，手指长而粗糙。在它的左肩上有一条凸起的红色伤疤。它的个子比威尔高一些。

"马上放开！"那个小伙子拿起手上的棍子重重地打向栏杆，大脚野人这才放开了威尔。

威尔往后退到墙边，不觉口干舌燥。

灯光下，大脚野人晃了晃自己的腰，恶狠狠地盯着那个小伙子。

"这才对嘛，哥利亚。"小伙子说，"做得好！"他赞许地从口袋里掏出一块东西，扔向大脚野人。大脚野人不屑地捡起那东西，闻了闻，然后放进了嘴里。

"你来这里干什么呢？"小伙子转过头，对威尔说。

"我叫威廉·埃弗雷特！"威尔嘶哑地说，"有人想杀我！"

第七章

但丁马戏团

他低下头，只见一只猕猴正拿着
热气腾腾的毛巾满眼期待地看着他。

"道林先生会来过问这件事的。"那个小伙子对威尔说。威尔一边摇摇晃晃地穿过昏暗的车厢，一边猜想小伙子一定是但丁马戏团的驯兽师。小伙子穿着宽松的裤子和背心，没有威尔高大，看上去比威尔小，但他的肩膀和手臂却比威尔壮实。他的左臂上有两道伤疤。他的脾气似乎很暴躁，威尔猜测可能是自己穿过车厢时，骆驼发出的咔嗒咔嗒声吵醒了他。

"那个大脚野人，"威尔问道，"是道林先生在山上抓到的那只吗？在它还很小的时候？"

小伙子瞥了他一眼，说："你怎么知道？"

"我是从它肩膀上的疤痕看出来的，"此时的威尔显得放松多了，"当时我就在那儿，我看见它被刺伤了。你是驯兽师？"

"助理驯兽师。"小伙子低声说。

"那个大脚野人，它怎么样？"威尔问。

"很聪明！"

"你在训练它吗？"

"大脚野人其实是没法训练的。有时候它会故意装作被你驯服的样子，一般只要不惹恼它，它就会配合你。但我觉得，它唯一想做的大概就是逃跑！"

威尔已经忘记他穿过了多少节车厢。他望了望四周，只见走廊两边都是被厚厚的粗麻布帘子遮挡着的铺位。人们的衣服随意地挂在钉子上、天花板的挂钩上以及临时搭起来的晾衣绳上。他们睡觉时呼出的气体使得车厢里雾蒙蒙的。

"什么东西这么臭！"一个下铺的乘客生气地说，"太臭了！"

有人拉开了帘子，一个身躯庞大的人从床铺上钻了出来。威尔简直难以相信如此庞大的体形是怎么塞进铺位的。当这个巨人站起来时，他的头都快碰到车顶了，他不得不弯着腰往前走，使得他的肩膀和胸膛看起来更加厚实。巨人用他那胡萝卜一般粗的手指指着威尔。

"必须把他扔下火车。"巨人瓮声瓮气地说，"我受不了这种臭味，我现在就要把他扔下去。"他歪着脑袋，好像在思考怎么把威尔扔下去。

"等等！那只不过是大脚野人的尿骚味！"看到那个巨人一步一步走向自己，威尔急忙解释说，"我能洗掉它！"

"博普雷先生的鼻子非常灵敏！"助理驯兽师说，他看起来似乎毫不关心威尔的安危。

"博普雷先生，咱们先等一会儿，好吗？"一个非常矮小的家伙从上铺跳了下来。他穿着一身健身服，脑袋光秃秃的，脸上仅有的毛发就是嘴唇上的两撇八字胡。"我们有足够的时间把他扔下去，不过最好先了解一下情况。"说着，他冲威尔眨了眨眼睛。

"我看没必要再等了。"博普雷先生皱着眉头说。

"克里斯蒂安，你在哪儿发现他的？"那个小个子问驯兽师。

"他在跟哥利亚握手呢！"克里斯蒂安说完，又扭头对威尔说，"多半是大脚野人的尿救了你，它大概被尿味儿弄糊涂了，要不然早把你的胳膊咬掉了。"

"真是侥幸！"威尔虚弱地点了点头。

越来越多的人从挂着帘子的卧铺里钻出来，呆呆地看着威尔，就像在看马戏团表演。

"你是怎么进我们车厢的？"小个子问。

"我从车顶跑过来的时候，被你们的大象给卷下来了。"

"它叫埃尔弗里德！"克里斯蒂安温和地说。

"你在大晚上从车顶上跳过来？"博普雷先生问。

威尔点点头，他看见巨人的脸上慢慢浮现出钦佩之色。

克里斯蒂安疑惑地说："他说有一个男人想要杀他！"

这时，一个穿着背心的瘦小伙急急忙忙从车厢尾部跑了过来。

"有个列车员过来了，好像很生气的样子。"他急切地小声说道。

克里斯蒂安皱了皱眉说："他们不应该来这儿。还有你，到底来这儿干什么？"他说着也不给威尔解释的时间，抓起威尔的胳膊就往前拽。很快他们就来到了另一节车厢。这节车厢的通道没有帘子，只有门。他们朝其中一扇门走去。克里斯蒂安刚准备伸手推门，门就开了。身穿丝绸长袍的道林先生威严地出现在他们面前。

威尔如释重负地大喊："道林先生！"

道林先生没有回答他，只是对克里斯蒂安说："把他带进来！"

威尔被粗鲁地推进了包间。这里比头等车厢更豪华，窗边挂着天鹅绒帘子，厚厚的波斯地毯上摆着两把扶手椅、一张小桌子和几个塞得满满的书柜。一张宽大的四柱床从帘子后面露出一角，角落里搁着一个高高的行李箱。墙上挂满了一系列美丽的油画，以及土著人的各种工艺品——一个柄上镶嵌了珠子的烟斗、一个精心装饰的鹅头、某种带有锋利三角刃的工具。

"你们该死的马戏团团长在哪儿？"从通道上传来了布罗根大声嚷嚷的声音，"这儿有谁稍微正常点儿吗？"

威尔惊慌地看向道林先生，而道林则一副不为所动的样子。

"不介意的话，我可以带你去见团长，"博普雷先生瓮声瓮气地说，"但你得称呼他为'阁下'。"

布罗根想了想，说："好！你带我去见他。"

"克里斯蒂安，请把我们的客人带进来。"道林先生说完，迅速打开行李箱，示意威尔躲到箱子里。威尔钻了进去，道林先生迅速拉上行李箱，并将箱子上了锁。待在箱子里的威尔看不见一点光亮，但能听到箱子外面发生的一切响动。

"你是这里的负责人？"布罗根问。

"正是在下，先生！道林愿为你效劳！不过我们是不是应该正式介绍一下彼此？"他的声音听起来平静优雅，却有一种不怒自威的气场。

"我是布林利，列车组班长。"布罗根说。

威尔心想，布林利这个名字估计是他的假名？

"有一个在车厢里乱跑的孩子，你见过没有？"

"他称呼您为'阁下'了吗？"博普雷在门外大喊道。

"是的，博普雷先生，谢谢你！"道林先生回答，"布林利先生，现在大家都被吵醒了。不过，到目前为止，我还没见过你说的那个小家伙。我会告诉其他人，让他们帮你留意一下。"

"我看你们一个个都挺清醒的嘛！"布罗根不快地说，"我能闻到他身上的臭味，我知道他就在这里的某个地方。"

"先生，恕我直言，"道林说，"你确定臭味不是从你自己身上发出来的？"

"我身上的臭味是因为抓捕那小子时，他把这臭烘烘的玩意儿泼到了我身上。"

"这气味太刺鼻了！"道林先生理解地点点头。

"太难闻了！"走廊那头传来博普雷先生的抱怨声。

"那么，我想你一定不会介意我到处看看吧！"布罗根冷冷地说。

"很抱歉！"道林先生说，"我必须请你离开我们的车厢了，你要知道这些都是但丁马戏团的私人财产。除非得到允许，否则你不能进入。"

布罗根讥笑道："不要用这样的语气跟我说话！你们都在无限号列车上，你们需要我们的列车头和列车员，所以你们得按照我们的规矩来，否则后果自负。如果查出你们在包庇那个小流氓的话，我们就会在下一站把你们全部赶下车，到时候你们只能给蚊子表演了！"

"我认为你没有权力这样做！"道林先生冷静地说。

"我的权力会让你感到意外。我不会听马戏团艺人的命令——特别是像你这样的混血杂种。"

"你真是洞察力过人啊！"道林先生依然很冷静，"不过，我更喜欢梅蒂人这个称呼。"

躲在箱子里的威尔感到非常惊讶，他没想到道林先生能如此宽容大度。威尔在温尼伯长大，所以很了解梅蒂人，知道他们是法国殖民者和克里族印第安人的混血后代，也很了解他们蒙受过的耻辱。

威尔听到布罗根在车厢里来回走动翻动东西的声音。布罗根凑近箱子，大笑道："要是真躲在这里的话，就太蠢了，对不对？"

"请便吧！"道林先生说。藏在箱子里的威尔满心恐惧。

威尔感觉自己快要窒息了，不由得往里缩了缩，但里面没有任何遮挡的东西，没有厚重的毛皮，也没有任何衣服。他听到箱子的锁被打开，接着盖子被猛地掀开了，他一眼就看到了站在他面前的布罗根，还有布罗根那显眼的破鼻子。他们之间只有不到两英尺的距离，威尔睁大眼睛静静地瞪着对方。只见布罗根用那双蓝色的眼睛快速地扫视了一遍箱子，闷闷不乐地抿了抿嘴，随即"砰"地关上了行李箱，然后转过身去。

威尔终于松了一口气。他又惊又喜，没想到自己竟然躲过了一劫。

"布林利先生，你现在看起来很失落，"道林先生说，"我派人护送你出去。"

"不需要！你记住我的话，我们想要那个男孩，骑警想要审问他。"

"听起来有点儿意思！"道林先生说。

"因为他有杀人的嫌疑。如果你见到他，就告诉我或者我的同伴们。我们会时刻留意你们的车厢。"

"谢谢你，布林利先生！博普雷先生，请把这位不请自来的客人带到最近的一扇门那儿。"

"需要我现在把他扔下火车吗？"巨人说。

"不，博普雷先生，没必要！"

巨人失望地长叹一口气。威尔听到布罗根离开包间时重重的关门声。不久后，箱子打开了，道林先生朝威尔笑了笑。

"可以出来了，小伙子。"

"怎么会这样？"威尔从箱子里钻出来，扭头看向箱子，一副不可思议的样子，"为什么他没有看到我？"

道林先生敏捷地钻进箱子，说："关上它！"

威尔关上了箱子。

"现在打开它。"箱子里传出道林先生的声音。

威尔打开盖子，里面什么也没有。"您在哪儿？"他惊奇地问。

"伸出你的手！"道林先生说。

威尔把手伸进空箱子，摸到了道林先生的一侧肩膀，但那肩膀就像是隐形了似的，根本看不见。他吓了一跳，连呼吸也急促起来。道林先生从箱子里走了出来。

"这是个很简单的小把戏。盖子打开的时候，镜子移动了位置，你以为你看见的是箱子里面，但其实你看见的是镜子中箱子的另一侧。这很容易被揭穿——只要把手伸进去就露馅了。但人们往往被自己的眼睛所骗。"

"谢谢您把我藏了起来。"威尔感激地说。

"我觉得你不像杀人犯，年轻的埃弗雷特先生。不过和三年前第一次见到你相比，你的确有些不一样了。"道林先生笑着说道。

"您还记得我？"威尔赶紧问道。

道林先生满脸笑意地说："我当然记得你。那一天发生了好多事情，听说在你身上发生的尤其多。"

雪崩发生后，威尔再也没有见过道林先生。威尔还记得，那时火车在"飞吻火车站"不停穿梭，运走伤者，并带回物资给那些等着离开的人。雪崩发生两天后，威尔和父亲回到了小镇，但是玛伦和克拉克兄弟马戏团已经离开了。再后来，威尔的人生就永远地改变了。

"现在这个布林利先生控告你犯了谋杀罪。"

"他的真名是布罗根。当时，他也在山上，想偷走那根黄金道钉。"

"威尔啊！你的人生经历总是那么精彩！"

"我并不这么认为，"威尔说，"我只是觉得……每次发生什么大事情时，我碰巧在那儿。"

道林先生笑了笑，说："嗯，我想从头听听这些特别的故事，不过首先——"

"我敢打赌，他想先去洗个澡。"一个熟悉的声音从威尔身后传来。

威尔一转身，便看见了站在走廊上的玛伦。她穿着一身绿色连衣裙，没有化妆，却比她浓妆的时候显得年轻很多，更像三年前威尔遇见她时的样子。那一刻，威尔仿佛找到了丢失多年的珍宝，不禁露出了笑容。

"我一直在找你！"他脱口而出，"在临时集市找你！我真的好想……"

他红着脸，就像一个手足无措的孩子，心里有千言万语却不知如何表达。他有些后悔，该控制一下自己的情绪。他知道自己满身臭味，看上去很邋遢，不由得低头看了看自己脚上破烂的袜子，只想知道她在这里站了多久。

"我觉得我已经习惯了神出鬼没。"玛伦说。

"威尔，你知道吗？"道林说，"正是因为你，玛伦才成了我们但丁马戏团的一分子。"

"真的吗？"威尔连忙问道。

"在进山的那列火车上，你告诉我克拉克兄弟马戏团走钢丝的演员非常棒。我去打听过，真的和你说的一样，我便邀请她加入了但丁马戏团，所以我们今天才能聚在一起。你现在肯定想去洗一个澡。玛伦，能否请你带他去洗漱室，顺便在放服装的那节车厢给他选几件干净的衣服——他身上的衣服需要洗一洗了。"道林先生说。

"我为自己身上大脚野人的尿味感到抱歉。"

威尔的话让一旁的玛伦忍俊不禁。

"跟我来！"她说。

玛伦领威尔朝走廊另一头走去，但威尔只是远远地跟着她。

"你要知道，这样做没什么用！"她回头对威尔说，"我照样能闻到你身上的臭味。"

"我一点儿也闻不到了。"威尔说。

"也没那么糟糕啦！克里斯蒂安跟动物待上一整天后，身上的味儿比你的还臭。"

"你跟他很熟吗？"威尔有些嫉妒地问。

"他是我哥哥。"她说。

"哦！"他松了一口气。这么多年来，他经常在脑海里想象着与她对话的场景。现在，他努力想找个话题，不过话题还没找到，玛伦先开口了。

"你从没来过马戏团！"她说。

威尔揣测着她话里的意思，说道："哦！我真的很想去找你。但是，呃，当时发生了雪崩，等我回来的时候，你们已经走了。"

"你现在有钱了？"她随意地问道。

威尔笑了，说："我这身衣服不像有钱人吧！"

她仔细端详着他："你说话的方式也不同了！"

"我想是吧！现在我很少说'没啥'这类词，不过我挺想说的，有时候觉得那样说话才痛快。"

"你还画画吗？"她问。

"还画。"他满脸笑意。

"你有把画带在身边吗？"

"只带了一个速写本。"

"等会儿给我看吧？"

"没问题！那你呢，走钢丝横穿了尼亚加拉大瀑布吗？"

她摇了摇头。"还没有！但是终有一天我会实现它。"

"你已经精通隐身术了！"

"还行！我觉得昨天晚上我表演得还不错。"

"我们分开后，道林先生很快就雇用了你吗？"

"没有！我和我的家人一起，在克拉克兄弟马戏团又待了差不多一年的时间。但是之后我父亲出了事，腿断了。他们不想收留我父亲，于是我们只好离开。那是段很糟糕的日子。之后我写信给道林先生。开始他只想要一个走钢丝的演员，不过后来同意雇用我哥哥，前提是我要与他签五年的合同。"

她带他进入另一节车厢。只见长长的衣架上挂满了衣服，行李箱里塞满了手套、围巾、手链。各种颜色各种式样的织物堆在一起，好似绵延起伏的群山，中间只留了一条狭窄的过道。玛伦打量了一下威尔，然后在衣物堆里翻找起来。

"来，这些应该适合你。"她将挑选好的衣服递给威尔。

威尔一把接了过来。"这些是……小丑的衣服啊！"

"准确地说，是小丑助手的衣服。"

威尔看了一眼这件粗布工装，上身白色的衬衫有着蓬松的袖子和折边的袖口，而下身那裤腿明显太短了。

"穿上它，你就像一个海盗，"玛伦一副幸灾乐祸的样子，"你是不是从没想过要当海盗？"

威尔没有告诉她，其实他以前一直想去当海盗。

"那边那件普通的衬衫怎么样？"他指着不远处的衣服问道。

她耸了耸肩，说："想穿就穿呗！嗯，你还需要一双鞋。"她在一个箱子里找出来一双肥大的白鞋，这鞋比威尔的脚足足大了两倍。

"来，就这双吧！"

威尔无奈地盯着那双鞋，说："这肯定是小丑的鞋吧！"

玛伦不由得大笑起来。令威尔惊诧的是，她那纤瘦的身体居然能爆发出如此爽朗的笑声。

"好像还有一双。"她又拿出一双普通的黑鞋。

威尔感激地接过鞋子。

"还有这个。"她说。

他转过身，只见她的手里拿着那颗大脚野人的牙齿。

他从她手里接了过来。牙齿上还带着体温，似乎在她的衣袋里放了很长时间。

"谢谢！"

"不用谢，算起来当时是我偷走的！"

"我以为你只是忘了！"他睁大眼睛说。

她清了清嗓子，说："我没有忘，只是想给你露一手，打算等你什么时候来马戏团找我时再还给你。对不起，过了这么久才还你！"

"没关系！"他笑了。他很高兴她一直保存着这颗大脚野人的牙齿。他想，这么多年来她是一直把它放在口袋里吗？她是否时不时也会想起他呢？

"跟我来，"玛伦带着他来到车厢尾部的门前，"这是男人的洗漱室。"

这个小房间里有一个窗户，窗户上面刷着一层肥皂，所以从外面看不到里面。窗户前面的绳子上挂着各式各样的衣服。房间里有一对很大的圆形金属浴盆，地板中间有一条用来排水的缝隙。威尔低下头，便看见了缝隙中枕木飞快闪过的影子。

玛伦走向固定在墙上的水槽。水槽的水龙头上连接着一段橡胶水管，她捡起水管的末端，拧开水龙头，一股水瞬间喷到了锡制浴盆里。几秒之后，她关掉了水龙头。

"这就好了吗？"威尔问。

"这就是你洗澡要用的水！我们得保证火车上很长一段时间都有水用，所以得节约点。"

"水是热的吗？"威尔问。

她摇了摇头，回答说："非常非常凉。洗完澡以后，你可以在盆里洗你的衣服。"

想想在这儿发生的所有事，威尔已然明白，"洗澡"现在对他而言似乎只是幻想。

他想起当年住在温尼伯旧公寓时，虽然平常只提供冷水，洗澡的时候偶尔也会有热水。

玛伦走了出去，并从外面关上门。接着威尔发现门上居然没有锁，他又看了看浴盆里少得可怜并且一点也不干净的水，不禁有些沮丧起来。不过他还是脱下了自己臭气熏天的破衣服，准备把它们叠起来，又意识到这样做似乎毫无意义，于是两只脚先后迅速跨进浴盆，冰凉的水几乎无法没过他的脚踝。威尔看到浴盆边上那块满是污渍的东西，猜想应该是肥皂。他蹲下身子，把肥皂浸到水里，心里想着也不知道有多少人用过这个肥皂和浴盆。

门突然打开了，威尔惊恐地循声望去。只见一个魁梧的大汉看都不看他一眼，大步朝他走了过来。"呃，我正洗澡呢！"威尔窘迫地说。

"我瞅见了！"这个家伙用浓重的苏格兰口音粗声说道，"你洗你的呗！"

"但是……现在不是该我洗吗？"威尔说完，突然觉得有些傻。

"小伙子，你看看这儿有几个浴盆？"

"两个。"他舒了口气。

"对啊！"那家伙说完拿起水管，给另一个浴盆放上水，然后脱光衣服，满足地跳进凉水里，"啊！真是享受啊，真好！我都忘了我有多久没洗过澡了！"他又给自己抹上了肥皂。"没有什么比洗个痛快澡更舒爽了！"说完，他突然停了下来，朝威尔那边闻了闻，"我觉得你应该用力地擦！"

威尔叹了口气说："你说得对，不过那只是……大脚野人的尿。"

"真恶心！"那个家伙说。

威尔担心门突然又被打开，想象着一群体操演员翻着跟头闯进来，还有那个巨人也可能会推门而入。所以，他想尽快把自己洗干净。他一边洗，一边不时地回头瞥一眼浴室的门。

他想起了小时候，父亲用肥皂粗鲁地给他洗澡的情景，心里涌起一阵莫名的温暖。洗澡水逐渐变成了恶心的灰色。他跨出浴盆，环顾四周，想要找条毛巾，很快便看到一条挂在钉子上的又脏又破的毛巾，心想，它在这儿大概挂了二十年了吧！不过至少是干的。于是，他小心翼翼地拿起毛巾在自己身上迅速拍了拍。

他穿上马戏团的衣服，然后小心地从脏外套里取出手表、速写本、铅笔、沼泽眼镜、钱、大脚野人的牙齿——以及灵车的钥匙。他瞄了一眼那个洗澡的苏格兰大汉，紧张地咽了咽口水，随即用速写本盖住了那把钥匙。不过那个苏格兰大汉根本没理会他在做什么。

威尔把所有的脏衣服都扔进浴盆里。他手里攥着肥皂，用力搓洗自己的衣服，他那件外套很可能被他搓破了。洗完后他又将衣服拧干，挂在一根晾衣绳上。

当威尔想到他跟父亲就在同一列车上，却相隔几英里，或许父亲根本不知道自己的遭遇时，他不禁有些沮丧。如果父亲知道了，他会做什么呢？他会让列车停下来，从头到尾搜一遍吗？他会来救自己吗？想到这些，威尔不禁皱了皱眉，突然觉得他其实并不太想让父亲来救自己。

他打开洗漱室的门，只见玛伦正在跟道林先生说话。

"洗得舒服吗？"她微笑着问道。

"很好，谢谢！有人陪伴的感觉很不错。"

"威尔，你想要吃点儿早餐吗？"道林先生问。

他看了看表：刚过六点。这时，他闻到了培根的香味，肚子不禁咕咕叫了起来。

"我听到你肚子叫了。"玛伦说，"走，我带你去就餐帐篷。"

"帐篷？"

"我们管它叫帐篷，就算是在火车上，我们也习惯这么叫。"

"你们先去，我等会儿过去。"道林先生说。

威尔跟着玛伦穿过几节车厢，来到了较低级的卧铺车厢。在长长的公共盥洗池边，男人们穿着背带裤，或者正刮着胡子，或者在洗着脸。闷热的空气里混杂着剃须水和香水的气味。狭窄的过道里，有人在穿裤子，有人在扎腰带，有人在梳头，有人在穿袜子……人们相互推搡着，忙着收拾洗漱。时间还早，大家除了打个招呼都没有再多说一句话。

"这里真……舒服！"威尔感叹道。

"这是异乡的另一个家。"她点头说道。

走到下一节车厢，首先映入威尔眼帘的是一个特大号的双人自行车，一个男人和一个女人正在上面忙碌着。自行车的车轮是悬空的，根本无法移动。粗粗的电缆从车轮处连出来，一直连到了天花板上。

"他们在干什么？"威尔低声问道。

"给车厢发电，"玛伦回答，"白天每个人都要轮班去发电，二十分钟一班。"

"真是不可思议！"他说。

"你该不会以为只有头等车厢才有电吧？"

她又打开一扇门，声浪瞬间淹没了他们。长长的搁板桌塞满了车厢，留下一条狭窄的过道，过道里挤满了人。人们手里端着盘子，盘子里装着煎饼、土豆、培根、玉米松饼、烘豆和一壶壶牛奶。有人前脚刚离开桌子，马上就有其他人端着盘子坐过来享用早餐。狭窄的空间里坐了这么多人，在威尔的记忆里，似乎还是头一次见到。

威尔尽量不去看他们，但是他无法移开好奇的目光。很快，威尔便在人群中看到了巨人博普雷先生，他的体形实在是太大了。

"我想把他扔下火车，"威尔无意中听到他对旁边的家伙说，"可他们说不行！"巨人对面有两个瘦瘦的亚裔男人，两人就像连体婴儿似的挨得很近。接着发生的事更让威尔觉得不可思议——一只灰色的猴子，拿着一堆脏盘子在桌上跑着。它的脸上长着毛，看起来就像一个长着络腮胡子的服务员。接着，在其他桌上，威尔发现了更多这样的猴子，它们正忙着给客人端茶倒水。

"这儿都是猴子。"威尔看着玛伦，满脸惊奇。

"日本猕猴很能干。"

说完，玛伦默默地牵起威尔的手，带着他穿过拥挤的人群，来到一个铺着亚麻布的小桌子旁。当玛伦松开时，威尔看着自己那只被她牵过的手，一种异样的感情涌上了心头。他长这么大，还从来没有被女孩子牵过手呢！

"你随便吃！"她指着盘子里的食物对威尔说道。

威尔拿起一个干净的盘子，将食物一点点地装到盘子里，直到把盘子堆满。他从来没这么饿过。应该先吃什么呢？想来想去，最后他把枫糖浆浇到那堆薄煎饼上，然后切出一块巨大的楔形，刚准备狼吞虎咽时，一只猴子拍了拍他的胳膊。

　　他低下头，只见一只猕猴正拿着热气腾腾的毛巾满眼期待地看着他。

　　"擦下你的手。"玛伦咧嘴笑了笑。

　　"哦！"威尔接过毛巾，说，"谢谢！"

　　擦完手，他开始专心地吃东西。十五分钟后，他吃完了最后一点腌肉和油炸土豆。这时，道林先生不知道从哪儿冒了出来，坐到了他的对面。

　　"哦，威廉·埃弗雷特，你已经吃完了呀！可以聊一下吗？"

　　一只猴子过来拿走了威尔的盘子和餐具。威尔喝了一口牛奶，然后开始讲述起他的故事来。不知道为什么，他信任道林先生，所以把所有的事情都告诉了他。这个故事很长，威尔觉得自己好像从未一次性说过这么多话。他语速很快，但看到他们认真倾听的表情，心里很满足。而且通过这次讲述，他发现自己的表达水平并不是那么糟糕。

　　"真是个精彩的故事！"道林先生说，"你是个深藏不露的人。"

　　听了道林的话，威尔感到脸颊发烫。

　　"能够在晚上跳过那么多节车厢真不容易。"

　　"如果不这样做，可能我已经被杀死了。"威尔回答。

"很有可能！"道林先生说，"你是唯一目击那桩谋杀案的人。他已经杀了一个，不在乎多杀一个。"

听了道林先生的话，威尔觉得刚吃进肚子的早餐仿佛堵在了胃里，很难受。

"他想要那把钥匙。"威尔说。他还记得布罗根紧紧盯着钥匙的样子，记得布罗根对他说过"如果把钥匙给他，就放自己一条生路"的话。

玛伦沉默地点了点头。威尔的目光一直随着她而动，他喜欢这样静静地看着她。

"我可以看看那把钥匙吗？"道林先生问。

威尔从口袋里拿出钥匙，递给了道林先生。

道林先生仔细看了看，又还给了威尔。

"最后一根道钉就在那里面，"威尔小声说，"金子做的那根。"

"是吗？"道林先生一脸平静地说。

威尔不知道，把关于金道钉的事情说出来是不是一个错误。但他真的想给玛伦留下深刻的印象，也希望有人能告诉他现在该怎么做。

"布罗根先生可能还会来，"道林先生说，"再来的话，他不会是一个人。"

"还有麦凯，"威尔说，"他们是一伙的。"

"可能还有更多人和他们是一伙的。现在列车员正在我们车厢周围溜达，监视着我们。"

"是吗？"威尔说。

"他们怀疑你在这里，就等着你跑出去自投罗网。"

"火车上有一个名叫萨姆·斯蒂尔的骑警。"威尔说。

"唉！我们被困在这里，孤立无援，"道林先生说，"我们和移民车厢之间隔着几英里长的货运车厢，而且火车在黄昏时分才会停。"

"那些鸽子呢？"玛伦问，"我们可以给前面的车厢传信。"

"它们飞得很快，但还是飞不过无限号列车每小时四十英里的速度。"

"我能在这里待到下一站吗？"威尔问。

"当然！"道林先生满脸微笑，"但我觉得你的麻烦不会就此结束，他们会一直盯着你。要是像我们所预料的，布罗根迫切地想得到那把钥匙，他们很可能会抓到你。"

"如果他加入我们马戏团，就可以逃得掉。"玛伦说。

威尔以为她在开玩笑，但一旁的道林先生却点了点头。

"我明白你的意思。"道林对玛伦说完，又转向威尔，继续道，"我们和无限号列车有个协定，在旅途中会进行很多场表演，你昨晚看到的是第一场。今天下午火车停了之后，我们会去移民车厢进行第二场表演。然后，我们会待在乘客车厢里，轮流为不同等级的乘客进行表演。最后一场是在头等车厢，那也是我们这次旅程的最后一晚。"

"你可以跟我们一起表演。"玛伦说。

威尔皱着眉头说:"布罗根要是看到的话,会认出我的!"

"你不用担心,有人会给你化装。"玛伦说。

"没有人会认出你的!要知道拉穆瓦纳夫人是世界上最好的化装师之一。"道林先生补充道。

威尔低下头,盯着桌布,手指顺着桌布的花纹抚摩着。"可我什么都不会啊!"

"胡说!"道林先生摆了摆手,继续道,"每个人都会有自己擅长的事情。"

"除了那个来自温斯顿的小伙子。"玛伦说。

道林先生噘嘴说:"呃!他是完全没希望了,不过我们仍然让他参与表演。"

"他具体做什么呢?"威尔问。

"我们每晚都把他切成两半。"道林先生说。

"星期天的话要切两次。"玛伦补充道。

"直到发生了那次事故——"道林先生的脸抽搐了一下。

"难道你们真的……"威尔吓得屏住了呼吸。

一向不动声色的道林先生突然哈哈大笑起来。"上天作证,没有,"他看了看玛伦,继续说,"他以为真的是我们把他锯成了两半!不,没有。他是被骆驼踩成那样的。"

"是的!"玛伦平静地说。

道林先生喝了一口咖啡。"埃弗雷特先生,我觉得你在很多方面都很有天赋,你说呢?我认为这是把你送到乘客车厢最安全的方法。"

"你们两个也去吗？"威尔问。

"当然！我们三个一起。"道林先生说。

威尔觉得这个方法不错，但同时也很紧张。他不知道自己是否能做好，但道林先生似乎对他很有信心。他希望自己不会让道林先生或者玛伦失望。

"好！"威尔说，"我会尽力的。"

"很好！玛伦，你带威尔去排练厅，看看那些新奇的东西。穿过车厢时小心点儿，记得注意随时观察有没有列车员躲在车顶。我要去找拉穆瓦纳夫人，告诉她我们的计划。"

"我从来没有想过我会逃到马戏团。"威尔说。

"这难道不是每个男孩的梦想吗？"玛伦问。

道林先生起身准备离开，但他似乎又突然想起了什么事，俯下身靠近威尔："我不会告诉其他任何人你身上有钥匙。为了你的个人安全，你懂的！"

"钥匙的事已经超出了我们的计划范畴。"玛伦担忧地说。

无限号列车驶过不平整的铁轨时，列车员的卧铺隔间不停地震动着。这种悬空的卧铺隔间并不多，每隔四十节货运车厢才有一个，都悬在车轮上方，而且非常小，只能睡两个人。卧铺隔间里的味道很奇怪，闻起来有点像木焦油，又像是变质的食物，也像是汗臭。卧铺隔间里有一个小炉子、一张桌子，还有两张呈十字交叉悬挂着的吊床，隔间的木板墙上钉着许多钉子和钩子。相比之下，守车简直就像是头等车厢。

"别郁闷了！"布罗根啜了一口威士忌，厉声说道。他虽然一向没什么人性，但以前从未杀过人，这是他第一次杀人。他想要抹去脑海中那个被他杀掉的警卫的脸。"那个蠢货趾高气扬，就知道乱喊乱叫，"他痛苦地摇了摇头，又继续说，"应该也分他一份的。"

布罗根找来的八个列车员同伙都挤在卧铺隔间里。有时他会和这八个人一起谋划。他本来并不完全信任他们，但他抓住了他们每个人的把柄，因此现在他毫不怀疑他们的忠诚度。不管怎样，布罗根现在所做的事情是相当有利可图的。他利用了人性的贪婪，把这些家伙聚在一起。

"我们现在该怎么做？"奇泽姆问道。他凸起的眼睛让布罗根想到了煮鸡蛋。

布罗根又将视线转到其他人身上——麦凯、佩克、里克特、斯特罗恩、德拉瓦、塔尔博特、韦尔奇，他发现所有人都紧绷着脸，他们都在等待他的指令。

"没有那把钥匙，我们什么也做不了！"他说，"钥匙在那个男孩手里，他现在躲在马戏团车厢里，那个混蛋团长把他藏了起来。我们得拿到钥匙，然后才能干我们的事情。"

"你确定他没有从火车上掉下去吗？"麦凯问，"真的很难相信，一个孩子能在大半夜跳过那么多节车厢。"

"他父亲以前也是个列车员，"布罗根说，"而且是个滥好人。我在山上见过那个男孩，这小子不简单，逃过了雪崩。就算他掉下去，也是掉进大象的笼子。"

"要是他现在还活着，应该早就把我们的事说出去了。"韦尔奇说。

"说出去也无所谓！"布罗根说，"再说了，他能跟谁说呢？就算他跟他们说了，谁又会相信马戏团那些怪人的话？不管怎样，他如果还在车厢里，就别想活着出去。"

接着是一阵短暂而令人压抑的寂静。

"你确定要杀掉总经理的儿子吗？"奇泽姆不安地看着其他人。

"你能想到更好的方法让他闭嘴吗？"布罗根咆哮道，"你们这帮家伙可以随时下车！赌注都下到这一步了，这辈子就这一次机会，把握住了，你们就会有花不完的钱。难不成你们宁愿一直在铁路上工作？佩克，你再断几根手指的话，就连邮政车都开不了啦！还有里克特，你还记得在你兄弟麦戈文身上发生了什么事吗？如果在调车的时候，你的腿被切掉了，那谁来照顾你的家人呢？伙计们，没有人能保证你们的安全。我们什么都没有，我们只是奴隶。这次是我们追求自由，主宰自己命运的好机会。"

说完，布罗根看了看其他人，知道自己已经成功说服了他们。

"现在，我们所有人都去马戏团，抓住那个男孩！"他命令道。

第八章

加入马戏团

眼看着那只大手急速向自己靠近，
威尔心里满是恐惧……

但丁马戏团的排练室占据了一整节双层卧铺车厢，整个空间显得很狭长。阳光透过四壁及车厢顶部的窗户照射进来。为了防止外面的人在列车进站时偷窥车厢内部，窗户上都贴了一层薄纸。车厢的墙上贴着各色宣传野生动物、惊险刺激的表演和世上罕有奇观的小广告。

两个高跷表演者在房间里轻快地旋转着，看上去就像在跳华尔兹。威尔发现他们就是之前在餐车碰到的连体双胞胎。他俩踩着三副高跷，动作娴熟优美，让一旁的威尔看得惊叹不已。

"他们是张氏兄弟，"玛伦对威尔说，"他们的表演是我们这里最受欢迎的节目之一。"

"太厉害了！"

"可惜他俩相处得并不融洽。"

"不融洽？"

"他俩互相看不惯。这个嘛，一辈子都和另外一个人连在一起，换成谁心里都不舒服。有一回，张黎真的想要捅死张蒙。幸亏他的眼神不好，没捅到。他还需要张蒙来帮他看清东西呢！"

他们继续往前走，只见一个杂技演员从秋千上一跃而起，在空中连翻了几个筋斗，然后落到一个跷跷板上，接着跷跷板另一端的杂技演员被弹向高空抓住套环。他们身形瘦削，肌肉却非常发达。他们的脑袋光秃秃的，后脑勺上仅有的一股长发被编成了三条辫子。

"难道他们是——"

"对，莫霍克族！"玛伦接过威尔的话，"他们是我见过的最棒的杂技演员，无论站得多高，他们都不怕！"

二人继续朝车厢里面走，看到墙上装着一面大镜子，三个芭蕾舞演员在镜子前做着热身运动。她们的腿纤细修长，头发像牛奶般顺滑。

"道林先生觉得芭蕾能增加杂技团的特色——"玛伦说着瞥了一眼威尔，发现他正盯着舞女们似已入神。"你可别爱上她们，她们可不像各自的外表那么纯洁美好。"她提醒道。

"真的吗？"威尔好奇地问。

"你真该听听她们是怎么骂人的。"玛伦咧着嘴笑道。

在其他地方，一些表演者正练习着高难度的三球抛接，这是他们的日常练习。威尔感到既新鲜又兴奋，同时有点头晕眼花。看了他们的表演，他很难想象自己能做些什么。

"听着，"玛伦说，"别担心！没有人强迫你做这一类表演，只要你能在表演的时候帮点力所能及的小忙，就足够了。"

"就算帮不上什么忙，我也会待在旁边。"威尔说。

"好啊！没准你能在我走钢丝的时候搭把手呢！"

说完，玛伦领着威尔来到一段长长的钢丝前。钢丝离地面只有两英尺高，就算不小心跌下来，也不会受伤。

　　玛伦藏进帘子后面，等她出来的时候已经换上了紧身衣。她十分苗条，但双腿看起来强壮有力。

　　她交给威尔一个小布袋，说："这里面有些东西，等会儿你抛给我。"

　　舒展了一番筋骨后，她拿起一根长长的平衡棒，轻轻踩上了钢丝。她轻松地在钢丝上面走了几个来回，接着翻了几个筋斗。当她平躺在钢丝上时，她的额头上泛起一道浅浅的横纹。她的嘴唇时而向左倾斜，时而向右倾斜。随后，她扔掉平衡棒，猛地向后翻了个筋斗，最后平躺了下去，同时借助脚的回力，整个人顺着钢丝向前滑。一旁的威尔惊叹不已。

　　"好了！"她一边依靠背部保持着平衡，一边说，"现在抛给我四个球，快点儿！"

　　威尔从袋子里取出球，朝她抛了过去。一个打到了她的膝盖，然后弹开了，另一个飞到了她够不着的地方。

　　"你往哪儿扔呢？得朝我手的方向扔。"她笑道。

　　威尔担心张氏兄弟的高跷将球踩瘪了，赶紧到处去捡球。

　　"让开，小不点儿！"张黎低着头冲威尔嚷道。

　　当威尔开始第二轮抛球时，玛伦全都接住了，她用这些球在钢丝上玩起了杂耍。

　　"你真厉害！"威尔惊呼道。

过了一会，她把球都抛了回来。"现在把锁给我！"她说。

他在一个包里找到了笨重的金属挂锁，抛给了玛伦。

她用一只手接住了锁，又从另一只袖子里变戏法似的掏出了一些小玩意。她把这些小玩意插进锁眼里，捣鼓了一会儿，轻而易举地就打开了那把锁。

"我简直不敢相信！"威尔的眼睛都看直了。

"这次花的时间太长了，"她说，"我们再试一次吧！"

他们又从头到尾做了一遍，这次她果然快了不少。威尔咬着嘴唇，有些遗憾地说："我觉得我就没干什么事！"

"要是你能跟我一起走钢丝就好啦！"说着，她从钢丝上跳下来，推给他一架折叠梯，"把你的鞋子脱了，试一下！"

威尔脱下鞋子，光着脚爬上了梯子。

"只踩一只脚上去，"玛伦在一旁指导着，"你要确保钢丝在脚底的中央，刚好在大脚趾和二脚趾之间……就是这样！现在伸开胳膊，死死地盯着前方，保持平衡！"

但威尔很快就失去平衡跳到了地板上，样子很滑稽。

"没关系！"她说，"刚开始大家都这样，再来一遍。"

他一次又一次地尝试着，手臂摇摆得像旋转的风车，跌跌撞撞地，一踩上钢丝就往下掉。他觉得自己像一个白痴。

"我学不会走钢丝。"他说。

"也许我能帮你，重新上来吧！"她鼓励道。

他再一次踩上钢丝，玛伦跟在他身后，用她的双手紧紧地抓着他的腰。他顿时屏住了呼吸，满脑子尽是她的手。

"好，就这么走！"她说。

威尔回过神来，想起自己应该保持平衡，这样一想整个人就开始摇晃起来，他的胳膊胡乱摇摆着。这时，玛伦在后面左右轻推着他的身体帮他稳住了重心。他在钢丝上稳稳地站住了。

"我……不喜欢你扶着我！"

"我是在帮你啊！"

"让我自己试试！"

玛伦没有理会威尔，只是轻拍了他一下，说："你还没准备好，集中注意力！"

威尔尝试着自己往前挪了一小步，结果立即就掉了下来。

"随便你！"她生气地说，"你喜欢怎样就怎样吧！看看有没有其他表演能让你感兴趣！"

她转过身，继续练习去了。威尔并不想惹她生气，他觉得自己蠢得像一只只会扑腾翅膀的雏鸟。他不想依赖别人，尤其是玛伦。

他环顾着整间排练室，不知道自己能做些什么。他看到墙角有一副小号高跷，决定试一下。虽然这副高跷离地面只有几英寸，但他还是费了不少工夫才踩稳。他刚刚迈出第一步，就跌倒在地上。他爬起来又试了一次，尽管最后还是摔得四脚朝天，但已经可以摇摇晃晃地走上三步了。虽然踩高跷也很难，但比走钢丝要容易得多。

排练车厢的另一头，一个小丑正注视着威尔。他的脸被涂得煞白，大嘴巴抹着油彩，头上戴着一顶卷曲的假头套，眼线画得很浓重，鼻头上还挂着小红球儿。他就站在那儿，两条长长的手臂垂在身体两侧，看上去似乎不太高兴。突然，他的骨头像散了架一样，整个人缩到了地上，片刻就把自己藏在了一身蓬松的小丑服里。紧接着，他像弹簧一样立了起来，又变回了原来的样子。一旁的威尔被逗得哈哈大笑。

小丑朝威尔勾了勾食指，威尔会意地放下高跷走了过去。小丑没有说话，只冲他咧嘴一笑。他们互相打了个招呼。小丑轻轻拍了拍威尔的脸颊，逗得威尔不好意思地笑出了声。接着，小丑变戏法般地从威尔的耳朵里掏出一条腌黄瓜，然后两手捂着屁股，扭过头去，沙哑地笑了起来。

"这个不好笑！"威尔说。

小丑停了下来，装作一副悲伤的样子，威尔忍不住笑了起来。

"好吧，这很好笑！"威尔说。

小丑的眼睛睁得溜圆，嘴咧得更大了。他把手搭在威尔的肩上，带着威尔来到墙边。他拍了拍威尔的脑袋，示意威尔站着不动。

"好的！"威尔听从了小丑的指令。

小丑走开去，每走几步都要停下来回头看看，确认威尔是否站在原地。威尔笑了起来。在足足走了二十步之后，小丑转过身子，笑着拍起了手。

"你想让我待在这儿吗？"威尔问。

小丑以握紧拳头、绷紧身体来示意威尔。

"哦，你想让我纹丝不动。"威尔说。

小丑兴奋地跳了跳。

"好吧！"威尔表示同意。

小丑转过身去，背对着威尔，麻利地在自己的眼睛上蒙了一条围巾。他俯下身子打开一个长匣子，从里面取出三把飞刀。突然，他从肩膀上方朝身后投掷了一把飞刀。威尔还没来得及说话，那把刀子已经直直地插在了他脖子旁边的木墙上。

威尔吓得目瞪口呆。小丑背朝威尔又迅速投出第二把飞刀，"嘭"的一声插在了他脑袋上方的木墙上。还没等威尔喘口气，第三把飞刀就直接钉在了威尔脖子的另一边，离脖子很近，近得都让他感觉到了金属的森森寒气。

小丑扯掉围巾，转过身来，满脸笑容，开心得又蹦又跳。

这时，大家都停下了手头的事情，热烈地鼓起掌来。只有玛伦大步走到小丑面前，用力打了一下他的肩膀。

"罗德！"她尖声叫道，"你太可恶了！"

威尔担心身体的某个部位被钉在了墙上，于是小心翼翼地挪着步子。

"我可从没失过手！"小丑噘着嘴说。这是威尔第一次听他说话，他说话的音调里带着些地方口音。

"你吓到他了！"玛伦说。

"我没事儿！"威尔的声音有些颤抖，他还没从刚才的惊吓中回过神。不过这会儿他忽然有些得意，觉得自己有副金刚不坏之躯——能从杀人犯和大脚野人的手里活下来，还有什么能伤害到他呢？

"原来你是个耍飞刀的小丑。"威尔说。

"烦人的是，他还是我哥哥！"玛伦说。

"那换成一个女孩怎么样？"罗德说着，双手抓住了玛伦的肩膀，却不想玛伦轻巧地转了个身，轻易地挣脱了。

"啊哈！还真不错！"他又把目光转向了威尔，"这就是那个罪犯吗？"

"我叫威尔，不是什么罪犯。"

"我可听说你杀过人呢！"

"我没有！"

"换作是我，我也不会承认的。不过，不管你是不是罪犯，能够认识你，我很高兴！"罗德说完伸出了手。威尔刚一握上去，却没想对方那只手像只烂桃子似的瞬间就塌掉了。威尔倒吸了一口凉气，低下头便看见了罗德藏在袖子里的假手。

"你怎么像个长不大的孩子！"玛伦对她哥哥说。

"马戏团可不就是孩子的乐园吗？"罗德一边振振有词地说，一边摘下了自己的假发和红鼻头。原来他头发的颜色和玛伦的一模一样。

"你是怎么练成耍飞刀这项绝活的？"威尔问。

"熟能生巧呗！"罗德说。

"当然还有镜子的帮助。"玛伦用手指着镜子。

威尔这才注意到，罗德面前的墙上原来贴着一面小镜子。

"可是，"威尔继续追问，"整个过程你都是背对着我的啊！"

"嗯，我承认我差点儿失手，不过结果还不赖嘛！"

威尔没有吭声，他决定暂时不想这件事了。

"这么说我们要包庇一个杀人犯！"罗德说着拿起旧毛巾擦掉了脸上的油彩。

"他不是杀人犯！他来这里，是为了配合我和道林先生表演的。我们要带着他一起表演！"

"我猜他的胳膊和腿脚都不怎么灵活。"罗德抿嘴笑道。

"确实是这样。"玛伦说。

"嘿，够了！"威尔反驳道。

"你能教他一些绝活吗？"玛伦问哥哥罗德。

"你要我用多长时间教会他？"

"四个小时。"

"我觉得不行。威尔，你有其他特长吗？"

"好像没有！"他说。

"不，你有！"玛伦突然想起来了什么似的，"你会画画！把你的画给他瞧瞧！"

威尔不情愿地从口袋里掏出速写本，玛伦一把抢了过去，和三年前的动作一模一样。那时的威尔不太喜欢她这样做，现在却大不一样，显得他们像认识了很久的好朋友。"看这些画！"玛伦说。

"这张画的是你。"罗德笑着对玛伦说。

威尔感觉自己的脸有些发烫。

"看这些画画得多棒啊！"玛伦边说边翻看着速写本，脸上也泛起了红晕。

"没错！"罗德耸了耸肩说，"画得很好。那个……你能给我也画一张吗？"

"我试试！"威尔说。

罗德拿起一把飞刀，举到头的后上方，做了一个掷飞刀的动作。"画我这个姿势！"

威尔把目光锁定在罗德身上，随即拿笔迅速画了起来。玛伦在一旁看着，这让威尔不免有些紧张。

"罗德，过来看看吧！"刚画完，玛伦就叫罗德过来。

"这是我吗？"罗德问。

玛伦不耐烦地说："当然是你！"

罗德看了看威尔，只见威尔点了点头。

"可我的头发不是这样子的。"罗德说。

"这是一张素描，"威尔解释道，"只是用来捕捉你的动作。"

罗德英俊的脸上绽开了笑容。"我看起来可真壮，就像一个准备抛大石块的巨人。我想留下这幅画，可以送给我吗？"

不等威尔答应，罗德就把那张素描撕了下来。

"罗德！你不可以从艺术家的速写本里面撕掉任何一页！"玛伦嚷道。

"哦，对不起！"罗德抱歉地说。

"不，你不用道歉，这张就是给你的。"威尔说。

"大家快来看看！"说着，罗德把画举到空中，得意地冲其他表演者咧嘴笑了起来。

还没等威尔反应过来，他身边就聚集了不少人。

"能给我也画一张吗？"最漂亮的那个芭蕾舞女忽闪着睫毛问道。

"我也想要一张！"踩着高跷的张蒙说。

"我年纪最大，先给我画。"张黎说。

"你都快瞎了，"张蒙说，"给你画了你也看不清，有什么意思！"

"信不信我咬你，小弟弟。"张黎威胁道。

"我给你们所有人都画一张吧！"威尔连忙对大家说。

"我想要一张像样的肖像画，"一个身穿骑马装的胖女人挤到了人群的前面，"你能帮我画一幅吗？画得要和这些不起眼的素描不一样。"

"我不能保证，夫人！"威尔说。

"你可以叫我萨布林公爵夫人，"她说，"我的家族是卢森堡的王族，你一定要帮我画一幅油画肖像，就是古代欧洲画师画得最棒的那种。我会给你一百元作为报酬，你吃完午饭就开始吧！"

说完，公爵夫人就走开了。人群中隐约传来一阵笑声。

"她根本就没有一百元。"玛伦告诉威尔。

"那我还给她画吗？"他虽擅长素描，却并不乐意给别人画肖像，因为他画出来的肖像总会走样。

玛伦摇了摇头说："有一回，她还说要用一千元买别人的头发呢！不过你不用担心，吃午饭前她就会忘了这件事。不过，话说回来，你真的可以靠这个挣钱。没准儿道林先生能给你安排一个节目。我们再好好包装你一番，这样……就没问题了！"

"你说什么？"威尔疑惑地问。

"你的表演啊！"道林先生说。

听到道林的声音，威尔吃惊地转过身，发现道林先生就站在身后。

"人人都喜欢别人给自己画肖像。"玛伦说。

"可我画的肖像并不好……"威尔心里有些惶恐。

"而且马戏团也没有这种表演。"罗德补充道。

"如果他能蒙着眼睛画画，就可以了啊！"说着，玛伦从她哥哥的脖子上取下了围巾。

"听起来挺有趣！"道林先生点了点头。

"蒙着眼睛？"威尔有些不安地反问道。

玛伦把围巾紧紧地蒙在威尔脸上。令威尔吃惊的是，他竟然能透过围巾清楚地看到外面。

"这是怎么一回事？"他解开围巾问道。

"有一种绑法可以让你透过它看到外面，而另一种绑法……"话没说完，玛伦再次拿起围巾蒙在威尔脸上。威尔顿时觉得整个房间好像没有一丝光亮。"如果有观众对我们的表演起疑心，我们就像这样蒙住观众的眼睛，回头再用第一种方法去蒙你的眼睛。不过你还是要背对观众，你不能面对他们。"玛伦对威尔说。

"我可做不到！"威尔抗议道。

"你当然能做到！到时候我会在裙子上粘一块小镜子，然后站在你面前。这样你就能看见了，他们也就可以带着美美的画下台了，岂不是皆大欢喜！"

道林先生对她笑了笑，说："你将来一定能成为女团长，拥有自己的班子。另外，我们还有拉穆瓦纳夫人，她拥有高超的化装术。"

这时，一个女人闷闷不乐地走进了车厢，她个头不高，身体圆鼓鼓的像个帐篷。

"我想，我们应该把威尔打扮成……一个印度小伙儿。"道林先生对她说。

拉穆瓦纳夫人看了看威尔，摊开胖乎乎的双手，叹了口气，一副无奈的样子。

"非常好！"道林先生说。

拉穆瓦纳夫人耸着肩走开了。

威尔疑惑地问："刚刚发生了什么？"

"我们应该跟着她走，拉穆瓦纳夫人不怎么爱说话。"玛伦说。

威尔和玛伦跟随夫人来到另一节车厢，走进一间杂乱的房间。房间里散落着五颜六色的罐子、刷子、假发、假胡须和其他零碎的人体道具。在一面大穿衣镜前陈列着许多高脚椅。拉穆瓦纳夫人示意威尔坐在一个锈迹斑斑的金属水池前。

"首先是头发。"她的声音极其低沉。

她在威尔的肩膀上围了一块破旧的粗制麻布，然后让他将脑袋往后仰到金属水池里。把威尔的头发浸湿以后，她麻利地戴上手套，然后打开一个罐子，罐子里面盛着黏糊糊的黑色膏体，气味非常难闻。

"里面是什么？"威尔缩着脖子问道。

"别担心！"

话音刚落，拉穆瓦纳夫人就开始把那玩意儿抹到威尔头发上。她的动作一点儿也不温柔，肥厚的手指头总是戳到威尔的脸。威尔一脸无辜地看着玛伦，玛伦则报以鼓励的微笑。

"眉毛也要弄。"拉穆瓦纳夫人说着将罐子递给玛伦。

"闭上眼！"玛伦对威尔说。

相比拉穆瓦纳夫人，玛伦为他画眉时的动作要温柔得多。威尔用心体会着她的指尖划过时轻柔酥痒的感觉。画完后，玛伦又用湿布仔细擦拭着威尔眼睛周围多余的染膏。

"可以睁开眼睛了！"玛伦说。

"我得保持这个样子多长时间？"他坐直了身子，问道。

"一个小时。"玛伦说。

威尔看着镜子里的自己，惊叹不已。他乌黑发亮的眉毛和头发，与他白皙的脸庞形成了鲜明的对比。

"看起来好奇怪！"他嘀咕着。

"等我化完了再说！"拉穆瓦纳夫人说，"不要用手摸！你先出去走动一下。我要准备油彩，准备好了，你再回来！"

玛伦将威尔带出了车厢隔间。

"我觉得自己像个怪胎。"

"我们这里可不用'怪胎'这个词。"

"哦，真抱歉！"

"我们都叫他们'奇人'，你不觉得用这个词更好吗？"

威尔点了点头，说："好太多了。"

"说到奇人……"她放低了声音，好像又想到了什么，"马戏团以外的人本来不应该去那个地方的，但现在你已经是我们中的一员了。"

威尔暗暗地笑了。他想，要是自己成了马戏团的一员，那会是什么样子呢？这是多么庞大和奇特的一个"家族"啊！

"我敢打赌你一定喜欢，跟我来！"她说。

威尔跟在兴奋的玛伦身后来到了另一节车厢前。接着玛伦打开了一扇门，只见黑色的百叶帘遮住了窗子，天花板上悬着一盏光线微弱的油灯。这里就像一个神秘的博物馆：所有的桌子和展示柜都罩着帷布，到处都是陈列柜和扁皮箱。有的扁皮箱敞开着，露出一张张可怕的面具或一堆骨头。车厢另一头挂着一些真人般大小的提线木偶，当火车轰隆隆地驶过颠簸路段时，这些在天花板吊钩上的提线木偶也跟着摇摆起来。

紧接着，威尔看到一张桌子上横陈着一具盖着被单的躯体，被单边缘露出两只发黄的脚，旁边的工作台上放着锋利的金属器械。突然，那具躯体发出一阵痛苦的呻吟，用骨瘦嶙峋的肋骨顶着被单，似乎想要坐起来。

威尔猛地往后退了一步，惊问道："这是谁啊？"

"垂死左阿维！"玛伦用手扶住威尔，解释道，"它只是一个道具。"

说完，玛伦揭开了被单，一个十分逼真的人体模型呈现在了他们面前，只见它大张着嘴，眼珠不停地在转动。

"它扮演的角色是垂死挣扎，最后痛苦死去。"玛伦说。

"它是怎么动起来的呢？"威尔小声问道。

"它是个发条人偶。"

"是谁在给它上发条？"

"问得好！你只需要每隔几周给它上一次发条，它就能动起来。没人知道它什么时候会停下来。"

"它好吓人啊！"威尔咽了咽口水。

"只有这样，人们才肯花钱来看啊！"

当那具人体模型再次发出呻吟时，玛伦用被单盖住了它，然后掀开另一张条桌上的被单。一具美丽女人的身体呈现在他们面前，只见它双眸紧闭，长发乌黑亮丽，胸部微微起伏，一阵细不可闻的呼吸从它唇部发出，逼真极了。

　　"我们叫它'睡美人'。"玛伦说。

　　垂死之人的阵阵粗喘和睡美人的幽幽轻叹，哪个更恐怖？威尔也说不清楚。

　　这时，睡美人打了一个响嗝，把威尔逗乐了。

　　"它本来不该打嗝的！"玛伦告诉他，"道林先生一直在想法子修好它。他在这儿做了不少事情呢！"

　　玛伦抓住威尔的手，拉着他进入房间的幽暗处。威尔听到从一只密封箱里发出一阵簌簌声，不由得当场呆住了。

　　"那里面是什么？"他问。

　　"印尼黑暗木偶。它们的动作特别灵敏，连道林先生都不清楚其中的原理。不要打开箱盖！要是它们跳了出来，再想抓住就难了。过来，瞧瞧这个。"

　　玛伦说着拉开帘子，露出了一个大水箱，深绿色的水面上居然漂浮着一具奇怪的骨架。只见它浓密的头发荡漾在水中，干瘪的眼球深陷在眼窝里，嘴唇外翻，尾部粘着一些鳞片，弯曲的脊柱和覆满藻类的胸腔上连着一只可怕的头骨。水箱上的标签写着："斐济美人鱼。"

　　"这是真的吗？"威尔低声问道。

"有时候，人们很难分清楚什么是真，什么是假。尤其是这里的东西更不容易分清！"

威尔四处乱看，注意到陈列柜上有个打开的抽屉，只见一截血淋淋的假肢连着一只肥厚的大手。

"那是什么？"威尔问。

"嗯？哦，那只是吓唬小孩子们的东西。你可以摸一下！"

威尔走过去，用手指戳了戳，突然，那只手反过来抓住了他的手腕，威尔吓得尖叫一声，忙不迭地抖开。那只假手掉到地板上，像蜘蛛一样蹿来蹿去。威尔刚要抬脚踩下去，一旁的玛伦笑着拉开了他。

"对不起，我刚刚没忍住。"她说话的口吻就像一个宣传马戏团的演说家，"这只手可不是普通的手，是匈奴王阿提拉的手。是的，女士们，先生们！它一直被冰封在中国北部某一座大山脉的雪层之中！永远保有蛮族单于的精魂！当心了！永远都不要回头，因为它会紧紧扼住你的咽喉！"

威尔饶有兴致地听完，再一看，却不见了那只手的踪影。

"噢，糟了！你看到它了吗？"玛伦问道。

威尔赶紧和她一起趴在地上寻找，其实那只手早已钻到了布满灰尘的箱子下面。

"上帝才知道它钻到哪儿去了！"玛伦抱怨道，"别管它了，以后再找吧！"

这时，从车顶传来"砰"的一声响，威尔惊慌地抬起头，车厢顶上响起了沉重的脚步声。

"是布罗根！"玛伦说。

"他们人好多啊！"威尔想起自己还没化完装，他觉得光靠着那头黑发是骗不了人的。

"没事的，他们找不到我们！走这边。"

说着，玛伦快步走向一个高大的人体模型。它穿着拳击服，伸长胳膊，握紧拳头，一副防御的架势。它抬着下巴，眯缝着眼睛，表情不可一世。在它下面沉重的金属底座上写着：击败我就能赢得一元钱！

玛伦掀起人体模型的衬衫，随手旋转了一下它胸骨上的曲柄。

"这是做什么？"威尔问。

"你猜？"玛伦反问道。

不一会儿，从它的胸腔里发出了极为微弱的嘀嗒声——这声音很快就被车顶沉重的脚步声淹没了。

玛伦调暗了油灯的亮度，然后领着威尔走到那堆真人大小的提线木偶跟前。二人迅速躲进木偶堆里，手忙脚乱地将木偶的牵线缠绕在自己身上，再盖上几小块绸缎和包装纸。

这时，门把手发出了"嘎吱"的转动声。随即门被推开了，两个男人出现在了门口。

"照亮点儿！"其中一个男人喊道。

一个男人费力地穿过杂乱的车厢，卷起了离威尔最近的百叶帘。在暗淡的光线下，威尔认出了这个瘦小结实、眼皮浮肿的男人就是奇泽姆。他断定另一个男人就是布罗根。威尔的心怦怦地猛跳起来，犹如这颠簸的列车。

两个男人踱着步来到了过道中间，布罗根手握着一把匕首。

这时，垂死左阿维发出了一声痛苦的喘息。

那个眼皮浮肿的男人吓了一跳，"是什么玩意儿？"

布罗根用刀尖掀开被单，"一个该死的玩偶！"他说。

"这地方真让人难受！"奇泽姆骂道，"我妈妈说，马戏团的人都和魔鬼有勾当。"

"小点声儿！"布罗根压低嗓音提醒道。

"你有没有想过，那个小鬼可能真的掉下了火车？"奇泽姆说。

"我们还需要那把钥匙呢！"

"警卫不是说还有一把吗？"

"没错，可是另一把更难弄到手。总之，我们不能让那个小鬼走漏了风声。"

威尔感觉自己快要晕倒了。也许过不了多久，布罗根就会发现他和玛伦。想到这儿，威尔努力让自己放松下来，脑袋像提线木偶一样朝前奔拉。

"你猜这个美人鱼是不是真的？"奇泽姆问。

"不知道！"布罗根干脆地回答。

"我不介意遇上个真正的美人鱼。但不是这种破旧的玩意儿。”

这时，从车厢的某个角落传来了一阵扑腾声。

“听见什么了吗？”布罗根说。

威尔知道，那是匈奴王五根粗壮的手指在乱蹿。那声音响了一会儿后，又停了下来。

“没准儿是只老鼠。”奇泽姆说。

“哪能这么大动静，”布罗根说，“你去看看怎么回事。”

奇泽姆不情愿地嘟囔道：“又是马戏团的什么怪东西，两个脑袋的老鼠什么的……”

布罗根站在提线木偶前，凶狠地拨动着离他最近的那些木偶。威尔吓得屏住呼吸，眼睛都不敢眨。

布罗根怎么还不走啊。威尔暗想。

“什么也没找到，”奇泽姆走了回来，“来瞧瞧这个家伙。”

他在拳击手模型的面前俯下身子，读完底座上的文字，大笑了几声，然后直起身子，抡起拳头朝拳击手的脑袋砸过去，但那个装有自动装置的左手立马抬起来挡住了他的攻击。

“真该死！”奇泽姆吃惊地抽回了手，“害我起了一身鸡皮疙瘩。”

“你别没事找事了。”布罗根不耐烦地说。

但是奇泽姆好像跟这个拳击手杠上了似的，他举起两只拳头，和拳击手对峙着。他使出了一记右勾拳，被挡了下来；紧接着是一记左刺拳，又被拳击手拦住了。

"它是怎么做到的呢？"奇泽姆低声问。

"只不过是个机器而已。"布罗根说。

"活见鬼了，这机器太聪明了。"

躲在提线木偶中的威尔只希望这两人快点儿离开。

奇泽姆的出拳变得更快更猛了，他急促的喘气声不时传入威尔耳中。然而，他的攻击又被拳击手轻而易举地拦截了。

紧接着，威尔凭眼睛的余光瞥见了匈奴王阿提拉的手，这只手就在离他们不远的板条箱后面，手指里面的皮绳蠢蠢欲动，整只手正步步逼近威尔。

奇泽姆后退了一步，停在原地喘着气。

眼看着那只大手急速向自己靠近，威尔心里满是恐惧……

"听到没有？"布罗根说，"就是那个沙沙声，跟刚刚的一模一样。"说着，他朝提线木偶走去。

匈奴王的大手先是试探性地摸了摸威尔的鞋子，接着便用指尖不停地轻叩着。威尔害怕刺激到它，便转移了视线。不过很快，从他的脚面上传来一股压力，他紧张得咽了咽口水，知道那只手已经开始往上爬了。

"它一定就在这附近。"布罗根说。这时，他距离威尔已经不足五英尺了。

威尔一动不动地站在原地。那只手向上爬到他脚踝的位置，突然五指紧扣，死死地抓着他。威尔疼得直冒冷汗。

"我找到了，是一只手，它爬到了木偶的腿上。"布罗根说。

"这些木偶真让人头皮发麻。"奇泽姆盯着眼前的威尔说。此时的威尔正装出一副目光呆滞的样子,"这个木偶看起来不太对劲。"奇泽姆说着,把手搭在了拳击手的肩膀上,俯下身子想要看清楚些。

突然,拳击手从下面猛地弹出一拳,正好打中奇泽姆狰狞丑陋的脸,他四脚朝天重重地摔在了地板上。

"你这该死的蠢货!"布罗根说着,举起手狠狠朝奇泽姆扇过去。

"怎么回事……怎么回事……"奇泽姆惊叫道。

那截手又跳到了威尔的膝盖上,他的腿忍不住抖动起来。

布罗根环视着四周,似乎有人在大声喊叫,但听不清在说什么。接着,又传来了脚步声。

威尔听到车厢后门响起了一阵低吼,随即门开了。

"他们牵来了该死的大脚野人!"布罗根生气地说。

门口传来一声野兽的低吼,那声音听起来十分恐怖。布罗根吓得全身紧绷了起来。

"我的妈呀……"奇泽姆尖叫道。

凭直觉,威尔知道有一只巨兽进入了车厢,与此同时,他闻到了一股味道——世界上其他任何生物都不会有这种奇怪和浓烈的气味。

"不要跑!"列车尾部传来一个声音,"它会朝你们扑过去!"

尽管大脚野人被三个驯兽员用铁链拉着,但布罗根和奇泽姆还是往后退了几步。大脚野人哥利亚身高六英尺，别看它很瘦，可体内蕴藏着喷薄而出的力量和愤怒。哥利亚蹲在那儿，一直瞪着布罗根，愤怒地咆哮着。

"放轻松，哥利亚。"驯兽师克里斯蒂安说。

哥利亚对他的指令置若罔闻，绷紧了胸腔，张着肌肉纵横的双臂，向前扑了过去。驯兽员向后仰着身子，使尽全身力气拉着哥利亚。威尔似乎感觉到了从大脚野人身上散发出来的热气。

"快让那东西离我远点儿！"布罗根吓得面如土色。

"我要是你的话，就会把刀放下！"克里斯蒂安说。

"哐当"一声，布罗根把刀丢到地上。

"哥利亚好像认识你。"道林先生从驯兽师身后走上前说。

威尔想起在哥利亚年幼的时候，布罗根在山里用刀刺伤了它的肩膀。显然，哥利亚没有忘记这件事。

"可能第一次见面时，我没讲清楚，"道林先生一改往日的谦和与沉静，愤怒地说，"先生，我们这里不欢迎你和你的同伙！你们要找的男孩也不在我们车厢！"

威尔从未见过道林先生态度如此强硬，不禁吃了一惊。

哥利亚则发出一声可怕的低吼，像是在强调道林先生说的话。

"这是最后一次！"道林先生愤怒地说，"要是让我再见到你或者你的同伙登上马戏团的车厢，我就让哥利亚收拾你们。到那时，它会愉快地把你们大卸八块，我可有好戏看了！这次我说清楚了吗，布罗根先生？"

"我的名字叫布林利。"这位列车员嘟囔道。

"是吗？"道林先生反问道，"那么，布林利先生，现在就给我出去！"

布罗根和奇泽姆灰溜溜地撤到了车厢的尽头。

等确定他们已经离开，道林先生才对威尔说："你们现在可以出来了。"

玛伦伸出手，轻轻按了一下匈奴王阿提拉手背上的小开关，它便一下松开五指，从威尔的腿上掉了下去。

"你没事吧，妹妹？"克里斯蒂安问玛伦。

"当然没事。"她回答道。

"我真想抱抱你，可是哥利亚会吃醋的。"克里斯蒂安说。

"谢谢你今天救了我们。"玛伦微笑道。

威尔望向大脚野人，大脚野人也转过身来，用深邃的眼眸与他四目相对。威尔不由得咽了咽口水，强忍着恐惧，一动不动地站在原地。

"现在你可以把哥利亚送回笼子里去了。"道林先生对驯兽师说。

"这边走，哥利亚。"克里斯蒂安命令道。

大脚野人却不顾克里斯蒂安的拖拽，直勾勾地盯着威尔看了好一会儿。

"它还记得你呢！"道林先生说。

"希望它记住的都是好的。"威尔嘀咕道。

哥利亚打了个响鼻，随即转身跟着克里斯蒂安走出了车厢。

看到道林先生严肃的表情，威尔还以为他在生自己的气。

"我要为我闯下的祸道歉——"威尔张嘴说道。

"别说傻话，"道林先生说，"这些都不是你的错。"

"那儿有多少人？"玛伦问。

"这次有九个。我所能做的就是这些，尽量不让我们的人动手。"道林先生顿了顿，若有所思地说，"九个人，想必布罗根先生早有预谋。"

"没准他已经准备放弃了呢！"玛伦满怀希望地说。

"他知道还有另一把钥匙。"威尔咽了咽口水。

"就在你父亲那儿。"道林先生说。

"我们得告诉他！布罗根这帮家伙正在预谋着一件不可告人的事。而且，要是布罗根打算杀死某个警卫的话……"

"你父亲可不好惹，"道林先生说，"布罗根不一定会冒这个险。如果你父亲待在机车里，而且身边一直有人的话，布罗根根本没机会下手。"

道林先生的这番话没错，但威尔还是担心父亲的安危。

"行了，再过几个小时我们就要走了，"道林先生拍了拍威尔的肩膀，"首先，我们得帮你化好装。拉穆瓦纳夫人在等你呢！"

经过一番涂抹和揉搓，脸上的染膏变得又黏又滑，威尔很不喜欢这种感觉。

"很快会干的。"拉穆瓦纳夫人含糊地说道。

道林先生则在一旁目睹威尔改头换面的过程。

这时，玛伦抱着一套服装回来了。其中有一件宽松的白衬衣，衬衣的领子和扣子周围镶着一圈珠子；还有一条白色的棉裤和一件棕色的皮马甲。

"这套印第安巫师的服装说不定适合他。"她对道林先生说。

"站好了！"拉穆瓦纳夫人边说边打量着威尔。她让他转了几个圈，又从头到脚检查了一遍。

"别摸脸！别摸脸！"她不停地告诫威尔。

现在，油彩不再那么湿滑和黏稠了。

"试试这些衣服。"玛伦把衣服递给他。

威尔拿着衣服，来到一个褪色的日本屏风后面。他不知道该把东西放到哪里，尤其是那把钥匙。当他发现马甲里缝着许多精巧的口袋时，不由得松了口气。他把小物件放进口袋，然后脱下那身借来的衣服，穿上了新衣服。果然新衣服比较合身，他感觉舒服多了。

威尔从屏风后走出来时，玛伦夸张地舒了一口气。

"瞧瞧你们给威廉·埃弗雷特施了什么魔法！"她兴奋地说。

"完美的化装术！"道林先生满意地点了点头。

威尔打量着镜子里的自己，感觉自己就像被装进了一个陌生人的皮囊。

"连我都认不出自己了。"他惊呼道。

"听你这么说，我就放心了。"道林先生说。

此时的威尔看起来成熟了一些，也凶悍了不少。他的牙齿白得令人胆寒，浅棕色的脸上两只眼睛闪着犀利的光，骨子里透着一股狂野。从此他有了自己的独门隐身术。

第九章

演 员 们

虽然威尔的眼睛被围巾蒙着，
但他却可以透过围巾清楚地看见眼前的一切。

威尔一行人在柯克顿下了车，他们看起来一点儿也不像马戏团演员，没化小丑妆，也没穿亮闪闪的衣服，而是打扮庄重得就像要参加一场葬礼。道林先生头戴大礼帽，穿着一身黑得发亮的西装，手持一根握柄镶银的手杖；玛伦将辫子塞在衣领里，穿着长至脚踝的藏青色长裙；威尔的黑色羊毛外衣遮住了衬衫和裤子，一头黑发则被帽子遮住。只有博普雷先生高大的身躯无法掩盖，在人群中格外显眼。这位巨人虽然不参加他们的演出，却坚持要帮他们拿行李，送他们去移民车厢。

威尔想：他该不会是想找机会也把自己丢给布罗根一伙吧！

显然，威尔的顾虑是多余的。

当他们沿着铺有碎石的铁路旁轨行走时，威尔看见几个列车员正在货运车厢顶上吸烟——当然他们也有可能是在检查列车的挂钩，自己这一行人小心翼翼地与他们保持很远的距离。

这天下午天气有些寒冷，似乎要下雪了。他们一路向北，地面崎岖不平，周围的树木看上去又细又长。也不知道是车站太小了，还是柯克顿小镇本来就没多少人，轨道旁的商店都非常冷清，看不到几个人影。

玛伦走在威尔旁边，威尔跟在道林先生后面。他们向前走着，经过了一节又一节车厢。尽管博普雷先生在身后，但威尔依然担心布罗根一伙会突然出现。

威尔下车时就料想过，人们不会重点关注他，但他内心依旧忐忑不安，因为还是有不少列车员盯着他看。不过威尔又转念一想，也许他们只是对马戏团的演员好奇而已，毕竟不可能所有人都效忠布罗根——但要区分好人和坏人不是那么容易。而且从之前闯入马戏团车厢的那群人判断，布罗根应该有不少手下。

就这样，威尔在心里打着鼓，不仅担心被人识破，还不能当着外人的面说流利的英语。幸好他并不爱说话。当然在玛伦身边，他很轻松自然，话也比平时多，而这正是他喜欢玛伦的原因之一。

一路上，博普雷先生只要见到不同的树或者飞过的鸟儿，都会开心地说出它们的名称。这时，一个列车员站在一节牲畜车厢顶上，冲着玛伦吹了一声口哨。

"有本事朝我吹啊，无耻的家伙！"博普雷先生咆哮道。那个列车员吓得赶紧溜走了。

而玛伦早已习惯这种骚扰，并不在意。威尔第一次意识到玛伦这样的女孩子在这个世界上生存的不易。好在此时有道林先生和他的陪伴。面对铁路沿线这些粗野的家伙，威尔瞥了一眼玛伦，内心升起一股强烈的保护欲。

他想和她好好聊聊。三年不见，他有好多话要对她说，还有好多问题要问她。他喜欢凝视着她的侧面，特别是她的鼻子。

他们在铁轨上转了个弯后，看见远处有一大群人。原来是一些移民沿着铁轨一边散步，一边呼吸着新鲜空气。

在最后一节车厢，一个穿着干净制服的乘务员站在台阶上迎接他们。威尔终于松了口气。

"您是道林先生吗？"乘务员问马戏团团长。

"是的。"

"我是托马斯·特鲁里，我们正在等您。先生，可以让我看看您的通行证吗？"

"当然可以。"道林先生掏出一本小册子，交给了特鲁里。

特鲁里瞥了玛伦和威尔一眼。

"请问二位是？"

"玛伦·安伯森。"

"你呢？"特鲁里打量着威尔。

道林先生连忙插话道："这是阿米特·森，我们的灵魂画家。他懂一点英语，但是不会说。"

"那他说什么语言？"特鲁里问。

"印地语。"道林先生答道。

威尔按照一小时前训练的那样，礼貌地说着"印地语"。

"他刚才说什么？"特鲁里睁大了眼睛问道。

"他在为自己不会说英语而道歉。"道林先生说。

"那这位……高个子的绅士呢？"特鲁里战战兢兢地问道。

"这是尤金·博普雷先生，他不和我们一起上车。"

"很好，请上车！"特鲁里做了一个"请"的手势。

"谢谢您，博普雷先生！"玛伦说着，双手环抱了一下那位巨人树干般粗大的腰。

"到狮门城再见，小可爱！"博普雷先生怜爱地看了看玛伦，又扫视了一下四周，似乎想要凭借自己凌厉的目光喝退任何企图骚扰她的人，然后转身向但丁马戏团车厢走去。

威尔上了车，才发现这里比他小时候待过的三等车厢还要挤。起初他还以为这是一节行李车厢，到处都堆满了东西：手提箱、麻布袋、各种包裹……在这些行李之间还有很多人，把车厢挤得水泄不通，而车外还有很多乘客等着上车。

威尔一进车厢，各种难闻的气味便向他迎面扑来，让他几乎不能呼吸。

狭窄的过道旁边有两排光秃秃的木制长椅。一位老人用听不懂的语言唱着童谣，哄着怀里哭泣的婴儿；四个男人低头玩着纸牌；一名神情焦虑的妇女捻着串珠；两个小伙子在一张地图上比画着，似乎在争论着什么。

长木椅的上方是双层的下拉式卧铺。一位母亲和她的孩子蜷在其中一张床上。另一张床上，一名壮汉正在剪趾甲。还有一位母亲在地板上呵斥两个调皮的孩子。破旧的毛毯和硬邦邦的枕头散落一地，几乎没有落脚的地方。越来越多的孩子在过道里跳来跳去，攀爬长座椅，整节车厢似乎变成了孩子们的游乐场。车厢内的光源来自固定在墙壁上的几盏油灯和靠近天花板的狭小窗户。

起初人们并没注意到威尔几个人，但很快他们吸引了越来越多人的目光。

"马戏团……"

"戏班子……"

"杂技班子……"

"变戏法的……"

人们说着不同的语言，小声念叨着。大多数人看起来都很高兴，只有少数人有些害怕。有个小女孩看到戴着黑色大礼帽的道林先生时，吓得哭了起来，直到道林先生从口袋里拿出棒棒糖递给她，她才转泣为喜。一群孩子见状立刻围了过来，一边拉扯着，一边用恳求的目光看着道林先生。只见道林先生从口袋里掏出了更多的棒棒糖和硬糖。车厢里响起了大家的掌声和欢呼声。

"您不能在这儿做这些事！"被众人忽视的特鲁里无奈地说，"要清除过道上的障碍才行！呃，那是一只鸡吗？"

众人循声望去，只见车厢的中部有一个火炉，上面至少放了七口锅。威尔猜想这是大家轮流做饭的方式。

"难道这儿只有一个火炉吗？"玛伦问特鲁里。

特鲁里微笑地看着玛伦，似乎这个问题不值得回答。

"可惜你们必须经过这些车厢，"特鲁里对道林先生说，"这里糟透了，我很抱歉。"

"没关系！我早就想到了。我猜每节车厢只有一个洗手间吧！"道林先生幽默地说。

威尔一边向前挤着，一边想，这些人容身的平均空间比但丁马戏团动物拥有的空间都小。同一列车上，有的车厢拥挤不堪，有的车厢却极其奢华，这是有问题的。父亲知道这些吗？

"这些人多么幸运啊，能登上无限号列车！"特鲁里轻蔑地说，"他们是最底层的穷人，一股脑儿蜂拥至我们国家的海岸上，声称这是他们的土地。"

道林先生说："真有意思！我母亲是印第安克里族人，应该说是阁下这类人涌到了我们的海岸上吧。阁下以为呢？"

特鲁里尴尬地咳嗽了两声。"据说有个杀人犯可能藏在我们车上。我打赌肯定就在这群人里面，请大家保持警惕！"

道林先生摘下帽子，对一个裹着彩色头巾的胖女人说："夫人，愿您度过美好的一天！现在，特鲁里，你能带我们到演出的地方看看吗？"

"我们已经准备了几节车厢，"特鲁里说，"我想那儿足够宽敞了。"

"我相信你们准备的一定是十分宽敞的。"道林先生回答说。

到达表演场地之前，威尔他们还得经过几节车厢。前面的几节车厢都比较拥挤，但后面的车厢被一块帘子隔开了。威尔以为帘子那边就是舞台，但当特鲁里拨开帘子时，他才看到原来是一个小商店。里面有许多货架，货架上摆满了黑麦面包、熟火腿、罐装蔬菜、新鲜水果、肥皂、毛巾，以及各种塞着木塞的瓶子。一个穿着得体的绅士坐在软垫椅子上，抬头看着威尔一行人。

"啊，想必各位今日此行，是来提供娱乐的吧！"绅士说着一口在上流社会中流行的英语，"我是彼得斯先生！"

威尔注意到，绅士的每个手指甲都干净整洁，而且被修剪出一个个完美的弧形。

"您是乘务长吗？"道林先生问。

"不，不，我只是一个付钱上车的乘客。是吗，特鲁里？"绅士说着看向了特鲁里。

"您说得没错，彼得斯先生！"特鲁里说。

他看起来的确和其他乘客不一样。他一个人占据了车厢的整个角落——相当于三排座位的大小，而且用厚帘子隔开了。两个留着胡子的男人分别坐在前后的出口，他们穿着厚厚的外套，各自座位旁斜靠着一把步枪。

道林先生仔细看了看周围的商品说："依我所见，您还是个商人吧？"

"呃！您也知道，无限号列车并未向这些穷人提供餐饮，我这也算是略尽一分绵薄之力。"彼得斯说。

"两元钱一块面包。"玛伦看着标签上的价格。

"是的，小姐。"彼得斯回复道。

"好贵的面包啊！"玛伦说。

"年轻的小姐，在无限号列车上，这可是公平的市场价啊！

您想想，有几个像我这种身份的人会选择和他们待在同一节车厢？现在您应该能理解我了吧！我是为了帮助他们，才来到了这里。"

"啊！"道林先生说，"您可真够高尚的。"

"我们就在下一节车厢。"特鲁里说着，急忙带着他们离开。

威尔等人离开这节车厢后，玛伦小声嘀咕道："那个人真恶心！"

"列车长知道火车上有个奸商吗？"道林先生问特鲁里。此时的特鲁里一脸尴尬。

"他买了这儿所有的座位。"特鲁里说，"他能提供大家所需的东西，乘客们都很高兴。"

这句话，威尔觉得很耳熟。不知父亲是否知道这些事情？

"我们已经清理出去了部分乘客，给你们腾出了一块地方。"特鲁里一边说一边带着他们向车厢里面走。威尔完全可以想象，像特鲁里这样的人是用什么方法清理乘客的。但是令他惊讶的是，所有被清理的乘客却咧着嘴，笑着和他们打着招呼，甚至鼓起了掌，欢迎他们的到来。

"谢谢，谢谢各位！"道林先生礼貌地说，"感激不尽！我们保证给各位带来精彩的表演。各位请坐好，表演将在一个小时后开始！"

人们把床单钉在墙上作为幕布，又在周围腾出几排座位作为后台。特鲁里向他们道别，从车厢前门离开了。

威尔盯着特鲁里离开的那扇门。门的那边是另一节车厢，后面还有数百节。穿过移民车厢可以通向三等车厢，然后是二等车厢，最后是头等车厢。

"彼得斯和那个胆小的乘务员都很讨厌，"玛伦一边将背包放在幕布后，一边愤愤地说，"不应该允许投机倒卖！"

"这种现象一直存在，"道林说，"特别是在列车上。"

"我得告诉父亲。他是一个公正的人，不会容忍这种事。"威尔压低声音说。周围很嘈杂，他觉得低声说话应该没人注意。

道林先生微微一笑，说："威尔，你应该比其他人更清楚铁路是怎样建成的。那可都是贫苦劳工的血汗啊！他们冒着生命危险，一天却只能赚到一块钱，甚至更少。"

"父亲也曾做过劳工。他不会愿意看到在自己的火车上，劳工们受到这样恶劣的对待。"威尔说。

提到父亲，威尔按捺不住急切的心情。"我觉得……从这里开始，我可以自己往前走了。"

玛伦惊讶地看着他，问道："你这是什么意思？"

"你们不再需要我了，我可以自己走回去。"威尔说。

"我们的计划不是这样的！"玛伦解释道。

道林先生平静地看着威尔。"我不建议你这样做，威尔！"他劝诫道，"你没有换乘的车票和通行证，他们是不会允许你通过的。就算他们允许，你应该清楚，布罗根的手下会一直监视你——在我看来，他一直都和特鲁里，也可能是其他乘务员保持着联系。他们在找所谓的杀人犯，一旦发现可疑的人，就会向布罗根报告。在我们到达头等车厢之前，你只有和我们待在一起才是最安全的。"

"再过两个晚上就好，威尔，"玛伦提醒道，她担心地看着威尔，"你和我们待在一起才最安全。"

威尔咬了咬嘴唇，又看了看那扇门。要是布罗根去偷钥匙，会不会和父亲打起来——父亲虽然很健壮，但是否擅长打架？要是布罗根拿着刀子呢，父亲是否能徒手对付？不过听父亲说过，他解决过很多争斗，况且他在铁路上工作多年都能毫发无损，应该有能力对付布罗根这类人。

想到这儿，威尔一边答应着，一边将视线从门口移开。他依然放心不下父亲，也有些害怕接下来的演出。他从来没有当众表演过。以前在学校时，如果他必须在同学们面前讲话，那么在之前的好几天内他都会提心吊胆。等到讲话那天，他从其他同学面前走过时，仍会感到一阵强烈的恐惧，恐惧到几乎要昏厥过去。他的大脑也会一片空白，完全说不出话。

"不会有事的！"玛伦似乎知道他的担忧，"你不再是威廉·埃弗雷特了。你是一个全新的人。这就是表演的妙处——舞台上的不是你，而是另一个拥有绝技的奇人。"

听完玛伦的话，刹那间，威尔感觉自己仿佛脱离躯壳，寄居在了别人体内。

"你会爱上它的！"玛伦说。

布罗根迈着轻快的步伐，越过车厢的顶部，大步向前走着。这是他的地盘，他熟悉这里所有的标识。虽然右腿有些不便，但他仍像野山羊一样向前跳着。

他的跛腿不是爆破事故或铺设铁轨造成的。他在铁路上工作了很多年，身边不断有人在修建铁路时遇难，特别是那些华人，但他从未受过伤。他是最好的爆破工，直到有一天大脚野人抓住了他的腿，把他扔进了山谷。他本以为自己会摔死，但悬崖壁的灌木救了他。他紧紧抓住那些灌木，隐藏着自己，直到雪崩停止，他才一瘸一拐地爬回山顶，换了名字，也换了身份。

其实布罗根并不确定威尔是否在车上，或许这孩子那天晚上真的从车上摔下去了。他只知道自己绝不能回到大脚野人所在的马戏团车厢。他向来是个无所畏惧的人，但他知道那些怪物会把他的内脏捏碎。

不过这也没关系。他从一个喝醉的看守那里得知，还有其他办法。

布罗根来到头等车厢的车顶，从前端跳到站台上。他的穿着不够体面，如果就此进入头等车厢，会十分显眼，所以他必须速战速决，尽快找到钥匙。

他走进雅致的头等车厢，把头探进乘务室，发现没有人。墙上挂着一串软卧包间的钥匙，钥匙上都贴着标签。他看到了那把标着埃弗雷特名字的钥匙，于是取了下来。从乘务室下去第一间就是埃弗雷特的包间。他花了两秒钟打开包间门，迅速走了进去。

楼上没有响动。他悄悄地走近写字台，打开抽屉，在文件中翻找起来。他检查了每一处地面、每一块隔板、每一个储藏间，然后穿过客厅，上了楼。

主卧室看起来乱糟糟的。他仔细搜查了每个抽屉柜，但没有任何收获。他又在威尔的房间搜寻了一番，仍旧一无所得。

他怒气冲冲，恨不得把房间翻个底朝天。但考虑到自身的安全，他不得不调整呼吸，平复了心情。

詹姆斯·埃弗雷特一定随身携带着仅存的另一把钥匙。

想到这儿，他立刻离开房间，走出车厢，爬上了车顶。

他一步步走回后面的车厢，在这段漫长的时间里，他的脑海里又冒出了新的计划。

这个计划更加残忍，但他已经没有回头路了。

威尔透过窗帘的缝隙，偷偷看着外面。

无限号列车又开动了，所有的乘客重新回到了拥挤不堪的车厢里。在临时舞台的另一头，人们紧挨着坐在地板上，互相靠着休息，头顶悬挂着摇摇欲坠的床铺。

"我会一直陪着你。"玛伦说着，紧紧握住了威尔的手。舞台上的道林先生刚刚催眠了一个家伙，让他发出叽叽喳喳的鸟叫声，引得台下观众哄堂大笑。

威尔把幕布重新拉上，紧张地咽了咽口水。

"你还好吧?"玛伦小声问道。

他什么都不想说，只是点了点头。

他的任务不过是完成四幅画像，但他知道自己一定会紧张，说不定还会呕吐。他揣在兜里的手摸到了大脚野人的牙齿，便不由自主地摩挲着牙齿粗糙的表面。

过了一会儿，玛伦碰了碰他，他才回过神，然后就听到了道林先生的声音。他知道自己该上场了。

"女士们，先生们，现在你们即将见证一场不同寻常的表演。大家都知道，历史上有很多擅长肖像画的天才画家，但是如果看不到自己要画的对象，他们还能画出来吗? 接下来要出场的这位小伙子来自印度，他潜心多年，终于练成这项绝技。他将为四名幸运的观众画像。让我为你们介绍这位灵魂画家——阿米特!"

威尔只感觉脑子嗡嗡作响，道林先生说的话大部分他都没有听见。玛伦用手肘轻轻碰了他一下，示意他上场。他这才咽了咽口水，走上了舞台。好在他只和台下密密麻麻的狂热观众简单打个照面，就由玛伦带着走到了凳子旁边。他长舒一口气，面对墙壁坐了下来。

"谁想第一个上来试试?"道林先生问。

车厢里爆发出热烈的欢呼声。

"这位先生，就是您了，请到前面来。站在这里，对，就这儿，站在他的正后方就行。现在看好了，他可什么都看不见……"

这时玛伦拿着一条围巾站在观众面前，然后，她走到威尔后面，用围巾把那位先生的眼睛蒙了起来。

"先生，您看得见吗？"道林先生问。

"看不见，什么也看不见！"那位先生说。

"好！现在将我们灵魂画家的眼睛蒙起来，"道林先生说，"然后就可以开始画了！"

虽然威尔的眼睛被围巾蒙着，但他可以透过围巾清楚地看见眼前的一切。他假装看不见，伸手四处摸索，玛伦把他的速写本和铅笔递给他，然后向后退了几步，站在他面前。

他盯着玛伦裙子上那些精心设计、可以反光的金属片，这些金属片组成了一面小镜子。虽然照出来的身形不够完美，但也足够了。他们事先商量好了提示对方的方法：他抓一下耳朵，她就向右转一点；他轻跺一下脚，她就向左转一点。很快他看见了那个男人的脸：长方形，肌肉紧绷，棱角分明，一边眉毛很浓。

他很紧张，担心观众会看到他的手在抖，但他想起童年时期学画的窍门：眼睛就是画笔。于是他开始用眼神去捕捉，很快便将那张皱纹密布、沟壑纵横的脸记在了心里。他画得很快，因为他知道不能让观众等得太久。

威尔画的作品还有待完善，但是仅仅一分钟后，道林先生便飞快地取走了画，然后展示给观众看。

"大家说画得像不像？"道林先生喊道。

"像！"台下的观众应和着，随即掌声四起，然后一群人涌上台，争着要威尔给自己画。这次上来的是一位太太。通过玛伦衣服上反光的金属小镜子，威尔瞥见那位太太拿到自己的素描画像，满脸兴奋。她惊喜地拿着那张画给她的丈夫和孩子们看，甚至不舍得把画像折叠起来。威尔觉得她应该从未照过相。

很快，他就完成了四幅肖像。表演结束，他向观众鞠躬，台下响起了热烈的掌声。他和玛伦一起退到了幕布后面，他激动得仿佛身体里着了火。

玛伦笑道："并没有那么糟，不是吗？"

"我喜欢这样！"威尔大声说。此刻他们周围一片嘈杂，他不用害怕被人听到。

"早跟你说过了，你会成为马戏团的一分子！"玛伦坚信道。

"你现在还会紧张吗？"威尔问。

"有时候会。"玛伦回答。

过了一会儿，玛伦上场进行压轴表演，威尔透过幕布上的缝隙专注地看着她。

台上的玛伦沉着冷静，手握小型钢丝轴——就像鱼竿上的那种转轴，转动着小手柄，将钢丝沿着水平线慢慢放出。钢丝的末端是一个小巧的多爪钩。玛伦一圈圈转动着轮子，钢丝也跟着一点点延伸出去。当钢丝经过观众时，他们纷纷挪开双脚

为它让路。当钢丝完全抵达车厢对面时，玛伦把一小段钢丝缠绕在自己的手腕上，将末端的多爪钩牢牢钩住墙上三英尺高的窗台。

玛伦又跑到车厢另一头，放出一段钢丝，并把钢丝轴挂在那边的墙上。她将钢丝的一头绑在身上，另一头从车厢中部竖直垂下。接着她一跃而上，头几乎都要擦到了车厢顶。

人群中爆发出一阵热烈的欢呼声。跳上钢丝的玛伦就像换了一个人，威尔突然有种不认识她的感觉。他惊愕地注视着玛伦的一举一动：她在钢丝上跳过去，翻了几个筋斗，又闭着眼睛后退，然后躺在钢丝上假装入睡。

大家都为玛伦的精彩表演鼓掌欢呼。有几个男人猥亵地看着玛伦，这让一旁的威尔非常厌恶。

玛伦邀请观众朝她扔东西，然后她依次接住：帽子、瓶子、腊肠，她还用这些东西玩起了杂要。让大家眼花缭乱的杂要结束后，她从高空跳下来，解开身上的钢丝，单手翻到了过道。

该表演隐身术了。一位观众给玛伦戴上锁链，威尔看到玛伦被巨大的帷幕遮着。他瞪大眼睛，想要弄清其中的窍门。这时，玛伦突然在幕布后面轻轻地拍了一下他的肩膀，吓了他一跳。

"你是怎么做到的？"威尔吃惊地问。

"不告诉你！"她红着脸，上气不接下气地说。

威尔真希望自己同样也能让她着迷。

道林先生拉开了幕布，他们立刻出现在了观众的视线中。人群中爆发出海啸般的掌声，那些有幸抢到座位的人甚至都站了起来，鼓掌喊道："太棒了，够劲儿！"

一种令人眩晕的幸福感在威尔的内心蔓延开来。

观众蜂拥过来，威尔担心他们会被疯狂的观众压倒。没想到观众只是把他们举了起来，扛到肩上，从这节车厢抬到了另一节有火炉的车厢。威尔看到火炉上摆满了锅。

无限号列车开始移动了，观众把威尔他们放了下来。此刻，威尔坐在玛伦旁边的椅子上休息，看到玛伦也和他一样满脸困惑。他刚坐下，就有人把一碗食物放在他的膝盖上，并把勺子递到他手里。威尔这才明白这些人把他们抬过来是想邀请他们一同进餐。

食物很香，但人们一直友好地用手摸着他，并用不同的语言问着问题，他根本没法吃饭。他知道绝对不能用英语回答他们，于是不停地点头微笑，有时还装模作样地说几句硬背下来的印地语。

这时，有个人穿过人群向他靠近，看起来像是印度人。威尔立刻紧张起来，担心对方和他用印地语交流。如果真的那样，他就露馅了！幸运的是车厢里突然响起了音乐声，人们演奏着一些奇怪的弦乐器、口琴，以及一个看起来像是手风琴的新鲜玩意儿。

现在，这些移民开始了自己的表演，看上去像是在答谢威尔一行人。威尔只觉得耳朵震得发麻，但他知道这是移民们表达友好的方式，因此并不介意。

有人把一瓶酒塞到威尔手中，期待地望着他。威尔只好硬着头皮喝了一口，大家高兴地欢呼起来。

等到舞会开始，威尔又喝了两杯酒，开始觉得跳舞是世界上最美好的事情。他兴奋地冲进人群，像是冲进一张由手臂组成的汗津津的网。他与众人一起跳了起来，甚至不记得自己做了些什么。他看到不远处的玛伦正翩翩起舞，不禁头晕目眩，只想抓住她，让她停下来。

不一会儿，他们被人群挤到了一起，大家围在他俩的周围热情地打着节拍。

"他们想让我们一起跳舞。"玛伦说。

威尔差点儿用英语脱口而出，自己不会跳舞。这时，玛伦已拉起他的手，带着他跳起了杂乱的华尔兹。跟着玛伦移动了几步之后，威尔试图领舞，却踩了玛伦的脚，两人开怀大笑起来。

突然，一个女人的尖叫声刺破音乐，从不远处传过来。接着，大伙儿听到了一阵谩骂声，于是纷纷循声望去。

威尔看到彼得斯先生手下一个健壮的警卫，正居高临下地与一个矮小的男人对峙着。矮个男人脸涨得通红，似乎非常愤怒。他的妻子则冲着警卫大喊大叫，旁边的小男孩吓得脸色发白，紧紧抱着女人的腿。

警卫把矮个子男人按到墙上，将手伸进对方的上衣，掏出一个细长的瓶子。男人想要抢回去，却被警卫扇了一耳光。

瞬间，大家都安静了下来。接着，几个移民气势汹汹地冲向警卫，警卫赶紧给自己的步枪上了膛。大家见状停下脚步，给他让出一条道。

"出了什么事？"道林先生向经过他身边的警卫问道。

"不关你的事！"警卫低声嘟哝着离开了这节车厢。

这时，那个女人放声大哭起来。

"他们的儿子生病了，"有个男人对道林先生说，"他没钱买药，卖药的彼得斯先生把药拿给了他，让他稍后把钱还上。他想卖点东西，可是换不到钱。彼得斯先生就把药收回去了。"

"他一分钱也没有吗？"道林先生问。

"他只有带在路上吃的食物，但是彼得斯先生不想要食物。他想要契据。"

玛伦皱了皱眉，问道："契据？"

"是地契，我们这趟就是拿着地契去分土地的。"

"啊！"道林先生恍然大悟，"政府拨赠给他们的土地。"

威尔对这件事也知道一些。火车上的大多数移民需要土地所有权来修建农场和牧场。契据就是他们拥有土地的凭证。没了契据，他们就什么都没了。

"看来我们的彼得斯先生还是个土地投机商啊。"道林先生说。

威尔看了看那个小男孩，小男孩看起来十分痛苦。威尔不由得怒火中烧，不假思索地跟着彼得斯先生的警卫走了过去。

玛伦紧跟在他身后。"阿米特，"她小声地问道，"你要做什么？"

　　他没理她，继续往前走。他知道这是去彼得斯先生所在车厢的路，他知道玛伦就在他旁边，道林先生也跟在身后不远处。玛伦在他耳边小声说："别做傻事！"

　　威尔当然不会做傻事，但他的兜里还有点钱——差不多三块。

　　威尔拨开帘子闯了进去，看到彼得斯先生面前摆着精美的盘子，盘子里堆着丰盛的食物，他一边吃一边喝着葡萄酒。两个警卫站在威尔旁边，企图阻止威尔。

　　"啊，是马戏团的小伙子！"他说，"很抱歉错过了你的表演。毕竟我这个人从不喜欢庸俗的娱乐活动。"

　　威尔从兜里掏出硬币，放在彼得斯先生面前。

　　"药。"他说。

　　"啊！看来你会说一点儿英语。"彼得斯先生笑了笑。

　　威尔一言不发，知道自己犯了错。但转念一想，阿米特很快学会几个英文单词也没什么大不了的，于是整个人也理直气壮起来。

　　"他想给那个男孩买一些药。"玛伦对彼得斯先生说。

　　彼得斯先生抱着一种看好戏的心态看着威尔，他对这个男孩有些好奇。"我很开心马戏团团长给你发了这么多工资，以前我曾听说有些团长喜欢压榨员工。既然你拿来了钱，我也很乐意把药卖给你！"他示意警卫从架子上取下一小瓶药扔给威尔。

威尔接住瓶子，把它放进兜里。

"我不仅富有，还是一个乐善好施的人，"彼得斯先生说，"在这点上我们还是挺像的。还好我有医治那个男孩的药，如果让列车长知道车上有一个患病的家庭，他们也许会被撵下车，那可就惨了。幸好他们遇到了像我们这样的好心人！"

威尔知道这是彼得斯先生在恐吓他：不要声张这件事，不然，那个家庭会遭殃。

威尔假装没听懂，转过身却看到玛伦气得脸色发白。这个时候，必须得拉住玛伦，否则不知道她会做出什么鲁莽的事。

"别忘了拿走零钱。"彼得斯先生说。

威尔转身接过找的零钱。此时，道林先生正掀开门帘看着他们，确定威尔他们无事后，才向彼得斯先生脱帽致意。

威尔穿过一节节车厢，来到男孩的车厢，把药递给了他的母亲。

"那个男人不会又把药拿回去吧？"男孩的父亲不安地问。

"不会！"玛伦回答。

这时，小男孩看到药瓶，大哭了起来。

"他为什么哭啊？"玛伦问道。

"他不喜欢药的苦味。"男孩的母亲说。

小男孩抽泣地说着什么，好像是"小船"之类的。

"他在说什么？"玛伦问。

"他有个玩具小船，不小心给弄丢了，"小男孩的母亲说，"他一直在伤心。"

威尔在玛伦耳边轻声说："问问她是什么样的小船。"

玛伦还没问完，小男孩突然笑了起来。或许是小男孩心情变好了，苍白的脸有了些许生气。当小男孩的母亲把细节都告诉玛伦后，威尔拿出了速写本，迅速地勾画着。按照小男孩母亲的描述，他还原了小船的每个细节。

画完后，他从速写本上撕下了那一页，送给小男孩。

小男孩看着画，皱了一下眉头，然后指着烟囱。他母亲狠狠地训斥了他，小男孩的眼里再次噙满泪水。

"怎么了？"玛伦问。

"他嫌烟囱太小了。"小男孩的母亲窘迫地回答。

威尔看到小男孩在那幅画上，比画了一个更大的烟囱，便走到小家伙身边，拿起笔迅速做了修改，还添加了袅袅炊烟。

小男孩冲威尔笑了起来。那一刻，威尔觉得自己真像个英雄。

"希望您的孩子早点康复。"玛伦说。

"谢谢！"小男孩的父亲说，"谢谢你们！"

"马戏团……"

"戏班子……"

"杂技班子……"

"变戏法的……"

威尔入场时听到的这些话，在离场时也同样听到了。在一片欢呼声和掌声中，特鲁里阴沉着面孔，带领他们走出最后一节移民车厢。此时的威尔拿着行李箱，忽然感到筋疲力尽，他好想美美地睡上一觉，但他知道自己必须前行。

特鲁里把他们带到一扇门前，门上挂着两把特别加固的大锁。当特鲁里终于转开门把手，将门打开时，车轮与轨道摩擦的巨大响声便涌了进来，呼啸的寒风像耳光一样扇打着威尔的脸。

在夜色中，他们穿过车厢的衔接处，另一个乘务员冲特鲁里点了点头，随即打开车厢门。道林先生和玛伦穿过颠簸的平台，走向三等车厢。威尔拖着沉重的步伐跟在他们身后。

第十章

泥炭沼泽

她戴着他的那副沼泽眼镜，
正用尽全力将他往上拖。

"请注意脚下！"这个身材高挑的乘务员边说边带着他们走进了车厢，"邮件车厢有点儿乱，平时不会有太多人经过这里。"

威尔绕过车厢内的帆布包，朝前走着。这是一节很长的双层车厢，没有窗户，照明用的是煤气灯，这让威尔联想到了蜂巢。几个穿着制服的人在整理着桌上的邮件，他们把信件和一捆捆奇形怪状的东西扔进麻袋。车厢的左边，从地板到天花板全都是一些隔成许多小格子的邮件架。工人们的左肩上都挂着一个袋子，他们站在高高的梯子上，将信件分到不同的格子里。

"这是我们的邮件管理员，詹姆斯·基尔戈先生。"那个身材高挑的乘务员说。

一个留着白色络腮胡子、戴着官帽的男人抬头看了看威尔一行人，他就是詹姆斯·基尔戈先生。威尔注意到他的右手只有拇指和食指。

"晚上好！"邮件管理员说，"欧尼，埃德蒙顿的包裹在哪儿？"

威尔惊奇地看着一只棕白相间的杂毛狗将一个包裹拖到了基尔戈先生的脚下，完成任务后，它又听话地退了回去。

"好孩子！"邮件管理员称赞着这只狗，然后将这个包裹扔进麻袋里，并在书写板上做了记录。他摸着狗的头，向大家介绍道："这是欧尼，我们的邮差狗。"

欧尼竖起棕色的三角耳，兴奋地摇着尾巴。在它的脖子上戴着一个项圈。令威尔惊讶的是，项圈上挂着那么多标牌，小狗竟能把脖子抬起。他本想询问一下这些标牌的作用，但很快打消了这个念头。

一旁的基尔戈先生似乎察觉出了威尔的心思。"欧尼去过很多地方，休斯敦、丘吉尔港、安娜堡……每到一个地方，当地的市长就会授予它标牌。它是个很有魅力的幸运儿，十五年了，它一直跟着我们，按时送达邮件，从没失误过。"

"真是一只迷人的小家伙。"玛伦说着，蹲下来拍了拍它的头。

同时威尔也俯下身拍了拍它的头，差点儿碰到玛伦的手。

"的确很讨人喜欢！"道林先生面无表情地说，"我们可以继续往前走了吗？"

"等一下，"邮件管理员说，"新一批包裹正在送过来，前面的路暂时不通。"他看了一下怀表，又继续道："哈里森，里德，把门打开吧！"

话音刚落，只见两个男人跑了过来，在车厢的一侧拉开一根链条，将一块高高的金属板升了起来。寒风涌进车厢，在黑夜中，信号灯的光线在威尔的眼前一闪而过。

伴随着车轨发出的咔咔声，邮件管理员喊道："邮包到了！"

一根坚固的金属杆在车厢中部像桅杆一样升起。两根臂状物从杆上突出，其中一根要高出另一根三英尺左右。哈里森和里德把一个邮包挂在较低的臂状物上，然后转动着那两根臂状物伸出窗户。

"我们来了！"一个男人把头探出窗外喊道。

"笨蛋，把脑袋缩回来！"邮件管理员基尔戈说，"我告诉过你很多次，这样做很危险，脑袋会被削掉的！"说完，他向威尔使了个眼色。

随着一个东西在窗前闪过，响起了一阵咔咔声，威尔循声望去，只见那根较短的臂状物上的邮包消失了，同时之前还空空的长臂状物上，挂上了一个沉重的帆布包。

"看到了吧！"虽然基尔戈见过上千次这种场景，但他依然得意地说，"我们就是这样接送邮包的！行了，伙计们，快来整理吧！离下一次邮包送达，还剩一个小时。之后我们的列车就要经过泥炭沼泽了！"

"再见啦，欧尼！"玛伦跟狗道别。那只杂毛狗摇着尾巴，四处嗅着地上的包裹，似乎在辨认上面的地址。

乘务员领着威尔等人通过下一节车厢。车厢门关闭后，威尔发现这节车厢比移民车厢安静很多，可见这节车厢用了比较好的隔音和减震材料。这节车厢的地板是白色的，车厢顶部有些螺旋状的装饰。沿着墙壁，有间隔地挂置着煤气灯。虽然车厢前后各自放置着一个炉子，却没有一点儿煤灰的痕迹，也没有任何饭菜的味道。

车厢里的人们正准备睡觉，列车员给大家分发了枕头和毯子，并将卧铺放了下来。挂在卧铺中间的厚重帘子，保护了大家的隐私。这儿虽然也很拥挤，但相比移民车厢要好得多。这里有饱经风霜的牧民，也有穿着汗衫和牛仔裤的农民。大家都看着威尔他们，威尔这才发现，自己一行人是多么显眼。

乘务员带着他们又走过了几节车厢，穿过储藏室和列车员的住处，最后打开了一个小隔间的门。乘务员示意威尔等人进去。隔间里，墙边放着三张床铺，挡住了唯一的窗户。对面的墙壁放着一张狭窄的长凳，让整个空间显得更加狭小。看着眼前的一切，威尔突然想起母亲之前形容他们住处的那句话——简直没地方让你换换心情。这也是此刻威尔想说的。

"对面墙上有架子，可以放你们的东西，"乘务员说，"希望你们满意。三等车厢就剩这个隔间是空的。"

"非常感谢，"道林先生说，"谢谢你！"

"我已经让服务员整理你们的床铺了，顺着车厢走到头是洗手间，再往前走一点儿就是餐车。你们今晚打算吃饭吗？"

"我们已经吃过了，谢谢！"玛伦回答。

"穿过餐车车厢就是酒吧车厢，明天中午你们就在那儿表演，"乘务员说，"那个地方很漂亮。"

"好极了，晚安。"道林先生说着关上了隔间的门。

威尔把行李放在架子上，然后就坐了下来。他累极了。

"你在移民车厢时，太鲁莽了！"道林先生小声对威尔说，

"你不该暴露自己。"

"很抱歉，但彼得斯做得太过分了。为什么萨姆·斯蒂尔不阻止他呢？"威尔问。

"骑警不会巡察移民车厢。"道林先生说，"移民自己处理自己的事情。"

"我得告诉父亲这件事。"威尔说，"那些车厢太挤了，连牲畜车厢都不如。"

"我支持威尔，"玛伦说，"太不公平了！"

"很多事情都不公平。"道林先生平静地说。但威尔第一次意识到，道林先生看似平静的外表，涌动着令人不安的愤怒。"先是我父亲的族人从法国来到这里，后来英国人占领了它，再后来美国人又想从英国人手里夺走这片土地。我是梅蒂人，体内流淌着法国殖民者和印第安人的血液。我曾经看到族人受辱，被迫迁移。移民车厢的那些移民所经历的艰难困苦，我也经受过，并不麻木。但是，话又说回来，他们毕竟只是另一群欧洲人——一群抢夺曾经属于印第安人土地的人。"

道林先生的分析超出了威尔的理解，让他一时不知如何回答。

"不管怎么说，"道林先生说，"你为那个男孩做了一件善事，而且你的表演也很精彩。"

"是吗？"威尔对团长的表扬感到十分诧异。

"就首次登台来说，你是我见过的最出色的演员之一。"

"当时我很害怕。"

"你并没表现出来，而且你的画不错，很有活力！"

威尔涨红了脸，记忆中自己的父亲都不曾这样表扬过他。

"您这样说，他会得意忘形的！"玛伦笑着说。

"我认为他很稳重。威尔，我们先去洗漱，让玛伦在这儿换衣服吧！"

威尔想好好洗漱一下。但是，他不知道该怎样洗掉脸上的彩绘。他也刷不了牙，因为他的牙刷和牙膏仍然整齐地摆放在头等车厢的陶瓷水槽里。所以他只能用手随便擦一下。脱下背心时，那副古怪的眼镜掉了下来。

"这是什么？"玛伦捡起眼镜问道。

"哦！"他也不知该如何回答，"临时集市上买的……"

"泥炭沼泽眼镜。"道林先生说，他似乎无所不知。

"关于那个女巫的故事，是真的吗？"威尔问道。

"听人说过，不过我还从未见过。有一次列车经过那儿时，我听到别人在讲这个故事。"说着，他若有所思地点了点头，"就像是铁轨在大地上划破一条口子，释放出了各种妖魔鬼怪。但是也可以这么理解，可能是有人在荒原的月光下进入了半睡眠状态，精神错乱，掉进了沼泽里。"

玛伦戴上眼镜，说："我只能看见模糊的影子。"

"那就对了！"威尔解释道，"这样就看不见女巫的眼睛了。"

玛伦摘下眼镜，塞回威尔的背心口袋，说："听起来有些荒唐。"

威尔突然想起邮件管理员的嘱咐，不安地说："我们今晚就要穿过泥炭沼泽了！"

"到时候我们会把窗帘拉上，"道林先生说，"现在，我们可以去洗漱了吗？"

在洗漱车厢里，威尔和道林先生排队等候着使用水槽和马桶。一个汗毛很重的男人用水冲洗腋下，地面瞬间就变得脏兮兮的。他从镜子里狐疑地看着威尔和道林先生。威尔知道，此时他俩——一个印度画家和一个穿着西装的梅蒂人绅士，在人群中的确很显眼。

洗漱完毕，他们准备走回自己的隔间。这时，车厢的后门打开了，萨姆·斯蒂尔中尉从门外走了进来。

威尔不禁百感交集。一方面，他很高兴，终于又见到了这位骑警，萨姆·斯蒂尔中尉穿着红色的制服，身材魁梧，就像堡垒一样坚不可摧；另一方面，他又有些失望，担心这场冒险很快就会结束，这样未免太短暂，太平凡了。

实际上，只要威尔大声叫喊，说出自己的遭遇，骑警就会把他护送到父亲身边，而布罗根一伙人也会被捕。

就在威尔稍稍犹豫，准备走向骑警时，道林先生却紧紧抓住了他的手臂。威尔困惑地看着道林先生，心中升起一阵莫名的恐惧。道林先生平静地看着威尔，不动声色地摇了摇头。

威尔打消了求助骑警的念头。他相信道林先生，觉得道林先生这样做一定是事出有因。

"哦，道林先生，"骑警萨姆·斯蒂尔说，"在这里的第一晚，我就看了你们的演出，真是太精彩了！"

"谢谢您，中尉！"道林先生说，"我们期待在接下来的几个晚上也能为您献上精彩的表演。"

"这位是谁呢？"萨姆·斯蒂尔问。

"阿米特，我们的灵魂画家。他在用布蒙住眼睛的情况下，也能精确地为人画像。不过既然他已经看到您了，那他就不能再为您作画了！"

这位骑警笑道："太可惜了！你们保重，低等车厢会有一些较为粗俗的人，你们稍微注意一点儿。"

"我们会多加小心的！"道林先生说。

"先生们，今晚我们将要经过泥炭沼泽，你们最好拉上自己的窗帘。"骑警嘱咐道。

"我们会的！"道林先生致谢道。

看着萨姆·斯蒂尔消失在视野中，威尔伤感地拖着沉重的步伐，跟着道林先生回到隔间。刚关上门，威尔就小声问道：

"为什么您不让我告诉他实情？"

"发生了什么？"上铺的玛伦问道。威尔看着玛伦，觉得她披散着头发的样子真美。

"我们在走廊里碰到了萨姆·斯蒂尔。"道林先生说。

"难道您不相信他吗？"威尔问道，"您认为他跟布罗根是一伙儿的？"

"我以我的生命担保，斯蒂尔中尉是值得信任的。不，应该说他是最值得尊敬的人。但是威尔，如果你去找他，把你的故事全部讲出来，布罗根会被逮捕的。"

"那正好啊！为什么——"威尔不解地望着道林先生。

"如果你这样做了，那么灵车也会被严加看管。"

道林先生不再多说，只是看着威尔。

"您也想要金道钉？"威尔惊愕地望着道林先生，低声问。

道林先生微笑着说："不，我想要的并不是金道钉。"

"但是您确实想要灵车里的某样东西吧？"威尔问。

"是的！"道林先生干脆地回答。

"您想在无限号列车上偷东西？"

"我想要一幅画。"

"一幅画！"威尔大声喊道，"您以为我会相信？就为了一幅画？"

"作为一个灵魂画家，"道林先生嘲讽地说，"真令人惊讶啊！你居然如此看待艺术作品。你对艺术作品就没有更高的评价了吗？"

"它很值钱吗？"

"有些人是这样认为的。几年前，我曾给范·霍恩一大笔钱，想买下那幅画。如果他当时卖给我，现在我也用不着去偷。"

听了道林先生的话，威尔立刻回想起当年在商务车厢里，道林先生跟铁路大亨范·霍恩先生的谈话。

"是同一幅吗？"威尔问，"画着铁匠铺子那幅？"

"啊，你还记得！范·霍恩很喜欢那幅画。但出于什么原因喜欢，我并不清楚。我个人认为那幅画水平很一般。"

"那您为什么还想得到它呢？"威尔问。

"那就是我的事了。"道林先生回答道。

道林先生的一番话，让威尔感到很震惊，他转过身，看着玛伦，发现她眼底写满了愧疚。威尔的心像被刀子捅了一个深深的口子。他顿觉口干舌燥，不由得咽了咽口水。

"你知道这件事？"威尔问。

玛伦缓缓地点了点头。

威尔转过身去看着道林先生，说："我以为你们是在保护我——"

"我们确实在保护你，威尔！"玛伦说。

"你们只是在利用我！"威尔看看她，又看看道林，觉得很受伤。他头一次觉得和他们这帮人待在一起是多么恐怖。

"我的钥匙！那就是你们想要的，不是吗？"他愤愤地说。

道林先生坐在下铺，漫不经心地解着鞋带。"你想多了，我有钥匙。"

道林先生从上衣口袋里掏出一条挂着钥匙的链子，递了过来，威尔觉得很眼熟。

"您怎么会有……"威尔吃惊地问。

"当时我们去表演，它就装在你父亲的口袋里。我只是趁机在一块黏土上压了个印痕，然后让我最好的机械师照着样子复制了一把。"

威尔回忆当时的场景：观众们目瞪口呆，或许是因为火车正在跨越时区，或许是因为道林先生的催眠术，抑或两者皆有。道林先生在当时可以轻而易举地做许多事情，而且一点儿也不会被发现。

"那接下来，你们想要我做什么？"威尔不安地问。

"我们需要你保持沉默。"道林先生说，"威尔，只要再过两个晚上，你就可以恢复自由，回到你父亲那儿了。"

"自由？"威尔麻木地说，"意思是说我现在是囚犯吗？"

"或许是我表达不当，"道林先生说，"我希望你能帮我们。"

"帮你们？"威尔怒气冲冲地说，"我为什么要帮你们？你们只是两个小偷！"

"威尔，你累了……"道林先生提醒道。

威尔的确很累，他昨天一整晚都没怎么合眼。

"我知道这段时间你过得很累，"道林先生说，"换了其他任何人，都会感到非常累。"

"别想催眠我！"威尔赶紧把视线从马戏团团长身上移开。

"你需要休息，威尔！"道林先生说，"你现在最需要的是睡一觉，能明白我说的吗？听从你自己内心的感觉……"

"布罗根想杀我！我等的时间越长，他找到我的机会就越大！"威尔提高嗓门说道。

"的确是这样！所以我们给你化了装，就是不想让布罗根找到你。你忘了吗？我们什么都没说，就让你进了我们的车厢，把你藏了起来。"

"我们会保护你的，威尔。"玛伦说。

威尔别过了头。他觉得自己太傻了，还天真地以为玛伦喜欢他——她只不过是利用他而已，就像哄一条小狗一样哄骗着他。

"你们怎么保护我，让我刀枪不入？"威尔讥讽地说。

"要是你引起了别人的注意，会很危险！"道林先生温和地说。

"那我父亲呢？"威尔说，"谁能保证布罗根不会想方设法地去杀害他！"

"小声一点儿，威尔。"道林先生提醒道。

"我必须提醒他！"威尔说。

一旁的玛伦欲言又止地望着威尔。

"你父亲是安全的！"道林先生说。

"您怎么知道他是安全的？您其实压根儿就不关心这件事，不是吗？"威尔愤愤地说。

"再等两个晚上，威尔。相信我这一次！"道林先生近乎恳求道。

道林现在站在门口，挡住了出口。虽然威尔知道道林先生不会伤害他，但如果硬闯出去，道林先生一定会阻止。威尔知道自己不是道林先生的对手，这种想法让他充满了恐惧。

威尔无奈地点了点头。

不过他在心里已经计划好了，今晚就开始行动。

布罗根进入移民车厢时，不由得哆嗦了一下，车厢的温度很舒适，但散发的臭味却让他作呕。当来到彼得斯所在的车厢时，他看到这个英国人正躺在铺着垫子的长椅上，悠闲地看着报纸。

"生意怎么样？"布罗根一边问，一边扫视着货架。

"今天不怎么好！"彼得斯回答。

"早就提醒过你，不要玩得太过火，小心引火自焚。"布罗根再次强调道。

"我估计你是来拿分成的吧！"彼得斯说着，不情愿地挪了挪身子，伸手去摸长椅下面的保险箱。

"你先留着吧，就当作是预付金！"布罗根说，"你拿到我要的东西了吗？"

"啊，是的，拿到了！"彼得斯从货架上取下一个小木盒，撬开盖子。盒子里面装着沙子，沙子中间埋着一个细长的木瓶。

布罗根小心地把木瓶取出来，看了看瓶子上面的标签，然后打开木瓶的盖子闻了闻。

彼得斯假笑道："这个你还满意吗？"

"不错！"布罗根说着从包里掏出一个小袋子，往里面填了些沙子，然后将瓶子塞进去。

"你太随便了，先生！"彼得斯有点儿提心吊胆地说。

"你要是像我一样经常跟这玩意儿打交道，你就知道什么事可以干，什么事不能干了。我记得你说过，还有其他东西可以卖给我吧！"布罗根问。

"当然！"彼得斯说着从柜台里面取出一个小箱子，打开了它。

"这就是我要的东西。"布罗根说着，伸手去拿箱子里的枪。

彼得斯拽回他的手，说："你要的这个东西可是很贵的。"

"担心什么，我会付钱。"布罗根说。

"我更喜欢你在吹嘘之前先把钱给付了。"彼得斯坚持要先拿到钱。

这时，彼得斯的一个警卫清了清嗓子，用他的枪托敲着地板，像是在警告布罗根。

布罗根哼了一声，从口袋里掏出一沓钞票，抽出几张递给彼得斯。"我够大方吧！"

"看样子，你有个大计划！"彼得斯说。

"没错！你见过我上次跟你说的那个男孩吗？"布罗根问。

听到这话，彼得斯诡异地望着布罗根问："那个红色头发的男孩？"

布罗根死死地盯着彼得斯，不假思索地回答："就是他！"

"我觉得你应该为这条消息买单。"狡猾的彼得斯不放过任何赚钱的机会。

布罗根咬了咬牙，又从那叠钞票中抽出几张，递了过去。

"你最好去看一看和道林先生同行的那个印度男孩。"彼得斯说。

"为什么要看他？"布罗根恶狠狠地问。

"他的身份是伪装的，"彼得斯解释道，"他们说他不会英语，但是我的一个手下无意中听到他在讲英语。而且他身上有三块钱，要知道这对一个马戏团的小家伙来说简直是天文数字。"

"希望我们不要为你的话白忙活一场，彼得斯！"

"可是你只有真正忙活了，才知道自己到底是不是在白忙活，不是吗？"

"他们还在这儿吗？"布罗根问。

"今晚他们会前往三等车厢。"彼得斯提示道。

"非常感谢你的帮助！"

"这是我的荣幸！你不打算为你的手枪再买一些子弹吗？"

此时，威尔躺在中铺上，心中充满了愤怒和恐惧。

下铺的道林先生轻轻打着呼噜，上铺的玛伦很安静。除了微弱的月光透过帘子照射进来，隔间里几乎一片漆黑。威尔不知道自己等了多久，但可以肯定这个时候道林先生和玛伦都睡着了。

威尔觉得自己像个笨蛋，竟然被他们利用了。马戏团的人都是坏蛋，所有外界关于他们的传说都是真的。尽管道林先生表现得彬彬有礼，也有精湛的说话技巧，但说得不好听一点儿，他就是一个惯偷。至于玛伦……一想到玛伦，威尔眼前总是浮现出三年前遇到的那个眼神清亮的女孩。

不！他在内心呼喊着，又用力摇了摇头，就像亲手撕碎一幅画一样，想努力甩掉脑海深处那段三年前的记忆。现在，他觉得自己必须离开这里。

只要轻轻地爬下床，快步走到门口，就可以逃走了。但接下来怎么解决在车厢间通行的问题呢？毕竟他没有票。如果遇到值班的列车员，他也许会被发现。如果告诉列车员实情，他们应该会相信他的故事。如果他大声喊叫，引起骚动，说不定他们会把他拽到萨姆·斯蒂尔面前——除非他们是布罗根的同党。他觉得不可能所有人都是布罗根一伙的。他必须试一试。

他用力吸了一口气，绷紧了身体。

"威尔！"上铺的玛伦小声叫道。

威尔闭着眼，没有回答。他知道玛伦在一阵响动之后，正靠在床边看着自己。

"我知道你没睡着！"玛伦用手指戳了戳他的肩膀。

威尔依然没有回应。

"别走！"玛伦继续说着。

他还在躺着一动不动。

她又戳了戳他的眼睛。

"哎哟！"他倒吸了一口气。

"不好意思，我是不是戳痛你的眼睛了？"玛伦柔声说。

"是的！"威尔终于忍不住说道。

夜色中，玛伦披散着头发，威尔只看得见她头部的轮廓。下铺的道林先生动了动，随即又轻轻打起了呼噜。

"很抱歉，"她小声说，"我只想戳一下你的头，没想到戳到了眼睛。我知道你想走。"

"你在说什么啊？"

"如果你走了，道林先生就偷不成灵车了。"

"我猜，这件事你也有份？"

"算不上啦！"

"算不上？什么意思？"威尔皱了皱眉。

"我对那幅画没兴趣！他只要我帮着切断电源。"

"为什么他不自己做？"

"因为列车是开着的，而且锁眼在灵车车厢的底部。"

"开着车的时候？这么危险！"

"我可以做到！我以前练习过。"玛伦自信地说。

威尔想起在排练车厢的时候，玛伦顺着背上的钢丝缓缓滑下。不知道为什么，他现在想起那场景就觉得很不自在。

"他逼你做的吗？"威尔问。

"不是！"玛伦回答。

"那你为什么要这样做？"

她叹了口气，说："他说，如果我这样做了，就解除我的合同，还我自由，也包括我哥哥的。他还会给我五千块钱。”

他猛吸一口气。那可是一大笔钱啊！

“我们——我的整个家庭，可以开始我们自己的表演。我爸的腿是好不了了，没有人会再雇用他。如果我们想安定下来，就很需要这笔钱。这也是我获得自由的机会。”

“即便如此，偷东西总归是不对的。应该还有其他的办法。”

不知不觉间，威尔又恢复了他字正腔圆的上等人说话方式，就像火车变道时发出的咔咔声，清脆悦耳。

“按照你的说法，威尔·埃弗雷特，你会为我做些什么呢？你打算解救我吗？”玛伦问。

威尔的脸一下子红了，幸亏车厢里一片漆黑，才不会被玛伦发现。“我不知道怎么救你。但是这件事你做得……做得不对，你在拿你的生命冒险。”

“我不怕。”

“什么锁也锁不住你，什么链子也捆不住你。”

“你说得对。威尔，求求你，留下来吧！”

他不想被她动摇，他还是不相信她。他本以为她喜欢他，但现在他很不确定这是不是真的。他也知道他们的确在帮他，但同时也是在利用他。除开这些不谈，为了一幅画要一个女孩子做这么危险的事？他真的要提防道林先生。

“你会和我们待在一起，对吗？”玛伦问道。

“是的！”威尔答道。

"撒谎！"

她说得对。不过现在他已经不相信她了。他觉得，她父亲受伤是她编造出来的；解除合同，可以独自演出的说法也是编造出来的。或许那幅画也只是一个幌子，他们的真正目标是那根金道钉。

"我要睡了。"他说。

"我不会睡，会一直看着你。"玛伦说。

"随便你。"说着，他翻了一个身，没再理会玛伦，等着她离开。但是他再也抵不住袭来的困意，没一会儿就睡着了。

布罗根、麦凯和奇泽姆提着灯，挨个爬到无限号列车的车顶。

轨道两边延伸着天然的屏障——那是一片古老的岩层，被远处广阔的、深不见底的泥炭沼泽侵袭着。干枯的树木就像丑陋的老太婆，佝偻着身子抵御着刺骨的寒风。这种一成不变的景色，布罗根都看厌了，在他的印象中，没有比这更丑陋的荒原了。

"我们不应该待在这儿！"布罗根听到身后的奇泽姆说，"这儿有女巫。"

布罗根冷笑地回头看了一眼，不屑地说："女巫怎么了？"

奇泽姆全身隐没在黑暗中。"据说，女巫喜欢在有月光的晚上出来。"

"这里没有女巫！"布罗根说，"如果真有的话，我会狠狠地给她一拳，打得她永生难忘。话说回来，要是你上次看到那个男孩时，认出了他，我们现在根本不用待在这里。"

"那个巨人一直和他待在一起……"奇泽姆说。

"现在没有了。"布罗根转身说道。

此刻，布罗根的思维活跃。他想：要是那个混血魔术师认为这样就可以拐走那个男孩，就大错特错了。脸上涂些油彩，也只能糊弄一下奇泽姆这种人，换成他布罗根一眼就能认出那个小家伙。当时，在马戏团的车厢里，道林叫出他的真名，他就该起疑的。是谁告诉道林他的真名叫布罗根的？要真是那个男孩的话，就意味着这个小家伙还活着，而且就在列车上。想到这儿，布罗根一阵窃喜。

他继续顺着这个思路推测下去。要是那个男孩在列车上，那么现在肯定是在三等车厢里，那里可以安排马戏团的演员过夜。他们现在肯定睡下了，他只要用手枪的枪托就可以把马戏团团长和那个女孩打晕，让他们多"睡"一会儿。

至于那个男孩，就得用刀子了，最好是神不知鬼不觉地解决掉。

突然，从列车头传来一阵长长的鸣笛声。作为列车员，他知道这表示列车要立即刹车。

"赶快回你们的车厢！"他朝奇泽姆和麦凯喊道。

人们冲到车顶，寻找制动轮刹车，提灯的光不停地闪烁着，一阵阵鸣笛声划破了宁静的夜空。情况紧急，看情形可能是前面的轨道上有什么东西……

当布罗根冲回自己的车厢时，列车已经开始减速。他朝车下看了看，发现水快要漫过铁轨了，而且还在不断上涨。他知道发生了什么。

泥炭沼泽。

威尔做了一个梦。他梦见一个女人站在床边盯着他，然后尖叫了起来，接着她的手猛地一拉，掀开了他的被子。

当他醒过来时，耳边传来了疯狂的鸣笛声和刺耳的刹车声。列车颠簸了几下，随即进入了刹车状态。列车车身就像一匹渴望脱缰的野马，拼命抖动着，他赶紧将身体紧贴着防护栏。隔间外传来人们的惊叫声，他仔细一听，似乎还夹杂着婴儿的哭声。

威尔想坐起来，却发现自己被铐在了床上。

"嘿！"威尔喊道，并用力扯着手铐。

"她把你铐了起来！"黑暗中，道林先生坐在长凳上平静地说，"她是为了保护你。"

"保护我？"威尔吼道。

"要是你真的逃走，他们会抓住你的！"

"即使这样，你们也不能把我铐起来啊！"

"小声一点儿，威尔。"

"放开我，不然我就喊'救命'了！"

听威尔这么说，道林先生突然站起来走到了床边，黑暗中，他显得面目狰狞。"你可以喊救命，但我得提醒你，要是你这样做了，就会有乘务员过来，问你很多问题。在他们弄清楚你身上发生的事情之前，消息会在列车员中迅速传递。恐怕你还没走到二等车厢，布罗根就会找到你……"

此时威尔又气又急，连呼吸都变得急促起来。他转移了话题，问道："列车为什么停了？"

"我正准备出去看看，也许出了什么意外。"道林先生说。

威尔立刻想到了父亲，连忙问道："什么意外？"

"待在这儿。"

"我哪儿也不能去，对吗？"威尔拼命挣扎着，将手铐弄得叮当作响。

道林先生打开门，走了出去，并随手关上了门。

"玛伦！"威尔一边喊，一边重重地敲打她的床底。

她含糊不清地嘟囔着什么，听起来好像在说"我不要"之类的话，然后翻了一个身，又沉沉地睡去了。他用脚踢她的床底，不但没有把她叫醒，还撞伤了自己的脚趾。

他听到门外响起了脚步声，接着传来一个声音："一部分铁轨被水淹没了。他们正在努力铺设新的铁轨……不用担心，不会等太久的……这种事经常发生……"

威尔侧过身子，拉开窗帘。眼前的泥炭沼泽是一块荒原，然而在银色月光下，它显得异常美丽。这里有灌木丛，有黑针枞以及波光粼粼的水洼。火车轨道缓缓延伸到左侧，他可以看到无限号列车的全貌，甚至可以看到远处列车头的轮廓，就像是水平面上的一座小山丘。驾驶室闪烁着灯光，看起来一切正常。他的父亲应该还是安全的。

此刻，威尔心中有种强烈的渴望。从这里到列车头是一段很长的距离，但他可以下车跑过去。他不需要麻烦乘务员，也不用担心没有通行证。他可以沿着开阔地带奔跑，直接到达列车头。然后跳上火车，就能和父亲会合了。

突然，威尔发现一个女人正站在轨道旁盯着他，不觉倒吸了一口气。四目相对，一阵寒意袭来，威尔觉得眼前的女人似乎就是在梦中出现的那个人。

他赶紧拉上了窗帘，并用手紧紧按住，他想用这种方式将刚才看到的一切全部抹掉。

我干了什么，我到底干了什么？威尔心慌意乱。

他眨了眨眼，试图摆脱脑海中那个女人的影子。但是他做不到。

一阵风从车窗外吹来，伴随着马牛般微弱沉闷的嘶鸣声。威尔不想扭过头，他害怕——不，他很肯定——有人在他床上，就在他身边。他努力让自己一直盯着窗帘上的褶皱，却发现根本做不到。他的头不由自主地扭了过去，就像有人粗暴地拧着他的脑袋。

他看到了她。她正蜷缩在他身旁，四肢不自然地交叠在一起。她看着他，脸上带着令人毛骨悚然的狂喜。

他想要尖叫，但恐惧压制着他的内心，就像处于噩梦之中，他只听得到自己沉闷的呼吸声。

女巫伸手碰了一下他的手铐，手铐"咔"的一声就弹开了。

"你想要冒险。"女巫说。但她的嘴巴分明没有动。

"是的！"他的心跳得很快。

"那么，就来冒一次险吧！你可以朝列车头的方向奔跑，然后就能和你的父亲会合了。"

接着，他的双腿完全不受控制，只能任凭它们挪下床铺，踩到地上。他摇摇晃晃的样子看起来像一个提线木偶。他穿着长裤和背心，颤颤巍巍地朝门口走去。他打开门，来到走廊，目光呆滞地看着前方。他没法回头，但他知道她就在身后，像影子一样无法摆脱。他觉得有爪子一样的东西在紧紧抓住他的手臂。

转眼间，他已经来到了车厢门口。这儿没有乘务员，他走到平台上，接着连走了四步，下到了旁轨。黏稠、油质的污水如潮汐般拍打着路基。

"快看，列车头就在眼前了。"他的脑海里又响起了她的声音。

他开始向列车头跑去。如果他只盯着烟囱，不看身边的女人，他想他很快就可以达到那里。

可惜的是，他奔跑的路线偏离了铁轨，他陷入了淤泥中。

淤泥在他脚边流动，漫过他的脚踝。

这时，从他耳中传来一个声音："继续往前走，走直线最快！"

他的脚底满是苔藓，以致他每次抬脚都只能迈出一小步。

他继续前行，淤泥渐渐漫上了他的膝盖，冰冷刺骨的水淹没了他的大腿。他拼命挣扎，却越挣扎，腿反而陷得越深。到最后，他整个身子都陷了进去，只剩下脑袋在水面上。

救命啊！他想要大声喊叫，却发不出任何声音。

他抬起下巴，以防水浸到嘴里来。他奋力在泥水中行走，胡乱挥舞着双手，踢着脚，想要找到可以站稳的地方。沼泽里的水如饥似渴地"吮吸"着他，他知道这不是普通的水，这是可以将他整个人都吞没掉的沼泽水。

不到五英尺远的地方有一棵枯萎的树，他朝着那棵树拼命扑腾着双手，只听见噼里啪啦的水声，他整个人却还停留在原地。沼泽女巫蜷伏在扭曲的树根之间。

他知道他永远也到不了那棵树了。

"你喜欢冒险吗？"沼泽女巫无声地问。

她离威尔很近，近到一伸手就能将他拉出来。但是她什么都没做，只是面无表情地坐在那里看着威尔越陷越深。

她说："慢慢往前走，然后呼吸。"

可是，此刻的威尔已经无法将自己的双臂从深深的淤泥中抬起来。

她死寂的双眼没有一点儿神采，只是微笑着说："不要紧！深呼吸就好。"

威尔不断往下沉。

"呼吸！"女巫的声音一直在威尔的耳边回荡。

威尔强烈地渴望呼吸，这时，有什么东西狠狠地从侧面戳了一下他的头，他感觉自己仿佛又一次从睡梦中惊醒，恐惧瞬间袭来。他缓慢地举起一只手护住头部，但他的肩膀又被戳了一下。他将手伸向那个"戳"他的东西，刚一碰到，他就下意识地用双手抓住了它。在那个东西的拖动下，他的头部被带出了淤泥。他开始大口地呼吸着空气。

紧接着，他看到了玛伦。在长长的钢丝的另一头，她戴着他的那副沼泽眼镜，正用尽全力将他往上拖。

他蹬着双腿朝她那边拼命挣扎。

"不要回头！"玛伦喊道。

"回头看。"女巫说。

他不由自主地又转过头去。

"看着我，威尔！"玛伦朝他大声喊道。他回过神来，两眼紧紧盯着玛伦，就像他在画她时那样专注。很快，她牢牢抓住了他，然后猛地一拉。他跌跌撞撞地冲出了淤泥。

她看了威尔一眼，随即转过身，望向沼泽女巫，又回过头催促威尔赶快回到无限号列车。威尔的双腿已经麻木了，他几乎感觉不到它们的存在。

"快回到火车上去！"她说，"你脸上的装都被洗掉了。"

"谢谢！"他喘息着说。

清醒过来的威尔发现他们已经离火车很远了，不由得大吃一惊。他用力跺着脚，想要恢复双腿的知觉。不一会儿，他看到有三个人向他们走了过来。

"嘿！"布罗根喊道，"你们在这儿干吗？"

"他们是谁？"麦凯问道。

"看不太清。"奇泽姆答道，眯着眼睛看着泥炭沼泽里摇摇晃晃的两个人。

布罗根举起提灯，看到其中一个是女孩，另外一个正靠在她身上——应该是个男孩，但他也不太确定，因为那个人耷拉着脑袋。在这种地方游荡简直是找死……除非他们想要逃跑？布罗根从包里摸出匕首，紧紧握在手里。

突然，那两个人朝列车拼命地跑去。

"抓住他们！"布罗根吼道。他们追了上去。天很黑，他们踩在松软的泥土上，提灯随之摇晃起来。月亮藏在了积云的后面，布罗根一个不小心，绊倒在地，手里的提灯飞了出去。夜色中，布罗根站起来后，看到沼泽中出现了一张女人的脸，似乎在冲着他笑。布罗根知道这只是一个幻影。这时，月亮探出了头，布罗根继续向前走，然后看到了他要找的那个男孩——威廉·埃弗雷特。

"不用问了，就是他。"有个声音对布罗根说。

布罗根随即抓住了他，并把他摔倒在地，他们一起陷入了深约两英尺的淤泥里。

"你可以悄无声息地将他淹死。"那个声音在布罗根脑海里回荡。

"布罗根！"男孩大叫着，"布罗根，快住手！"

布罗根痛打着男孩，他们一起陷入沼泽的更深处。布罗根想要站起来，但双腿不听使唤。他稳住身子，朝男孩脸上打了一拳，然后掐着他的脖子往泥沼里按。男孩的头陷入泥沼，又挣扎着浮了出来。布罗根再次将他按入泥沼中，这次终于奏效。

"就是这样，"女巫又在布罗根耳边说，"再按下去……"

"布罗根！"有人在布罗根身后大喊，"布罗根，快放开他，那是奇泽姆！"

"快跑！"玛伦喘着气说。

威尔回头看了一下身后，发现布罗根正在泥沼中与他的手下扭打在一起，旁边还有一个人——是麦凯吗？——在浅滩处大声叫喊，试图将他们唤醒。

发生了什么事？威尔惊诧不已。

不过，威尔根本没时间去想布罗根他们发生了什么，当务之急是必须赶上列车。于是，他扭过头，拖着麻木的双腿，向无限号列车奔去。

第十一章

奇迹世界

当他们的眼神交汇时，
威尔说："你刚才把我铐在床上！"

道林先生正在车厢门口等着，见到他们回来，赶紧将他们拉上了车。

　　"谢天谢地！"他如释重负，"我正要去找你们呢！"

　　威尔浑身是泥，全身湿透，冻得瑟瑟发抖。经过走廊时，威尔一直低着头，以防别人看到他洗掉了油彩的脸。

　　"他们只不过去沼泽地转了一圈。"道林先生向那些好奇的人解释道。

　　刚进入隔间，道林就锁上了门，问："发生了什么事？"

　　"我无法相信自己拉开了窗帘。"威尔嘟囔道。

　　"我醒来时，你已经不在了，只看到地板上的手铐。我朝窗外望，看到你在外面，走路的样子像梦游一样，很不正常。于是我赶紧戴上了你的眼镜，跟了出去。"玛伦说。

　　"做得很好，玛伦！"道林先生说。

　　"你看见她了，对吧？"威尔问玛伦。

　　"我戴着眼镜，眼前看到的都是黑影。但我肯定有人跟着你。她一直在移动，感觉她的脚似乎没着地。"

　　"她确实来过，"威尔指着地板上的手铐说，"还解开了手铐。她到底是谁？"

　　道林先生深吸了口气，说："我不知道！她的举动超出了我的理解。不过这个世界到处都是奇迹，特别是在这条路上。"

"布罗根和他的手下也出去了！"玛伦告诉道林先生。

道林先生扭头问威尔："他们认出你了吗？"

"不知道！他当时冲着我们大喊大叫，我们没理直接跑了。"他说。

"我以为我们完蛋了！"玛伦说，"刚开始你跑得太慢。但是布罗根突然抓住了他的一个手下，像是和他的手下起了冲突！"

"他肯定看见了那个女巫，"威尔说，"她会控制人的思想。"

"他大概把那个手下当成了你。"玛伦说。

"大概是吧！"威尔想到可怕的女巫，不由得打了个冷战。

"你赶快把湿衣服脱了吧！"道林先生对威尔说。

"对不起！"威尔小声说，因为他的衬衣臭气熏天。他脱下湿透的衣服，有些尴尬地瞥了一眼玛伦。

"我不会看的！"玛伦背过身说，"干净衣服已经放在了你的床上。"

"这些湿衣服就交给我吧！我拿到洗漱室去洗一下。"道林先生说着，把脏衣服放进麻布袋里，然后离开了房间。

威尔感激地用毛巾擦干了身体，然后换上了干净的长裤和衬衫。

玛伦打开包。"拉穆瓦纳夫人给了我一些油彩，可以用来补妆。"说着，她拿出几个小瓶子和一把刷子。

此刻，威尔坐在长凳上，玛伦蹲跪在他面前。

"你会补妆吗？"威尔问。

"可能没有拉穆瓦纳夫人画得好，但我会尽力的！"

玛伦一边仔细地用刷子在威尔的颧骨上涂抹着，一边习惯性地轻咬着下唇。威尔看她注视着自己，不禁有些尴尬。于是他盯向地板，却依然忍不住瞟了她几眼。

当他们的眼神交汇时，威尔说："你刚才把我铐在床上！"

"我只是为了救你！"玛伦回答。

"感觉你把我当成了囚犯！"他有些气愤地说，不过与之前相比，怒火已经平息了很多。

"我知道你会跑，所以才把你铐上。"玛伦解释道。

这时，道林先生走了进来，手里拿着两个冒着热气的杯子，进门后，他随手锁上了门。

"热巧克力！"他分别递给威尔和玛伦，"你的衣服挂在洗漱室晾着呢！"

"谢谢！"威尔说，"列车的情况还好吗？"

"没问题！我打听过了，铁轨下面有一个大污水坑，他们正忙着用沙子和碎石填平。"

"能完成吗？"

"无限号列车装着备用的铁轨。"

"前面有人受伤吗？"威尔问道，他想到了自己的父亲。

道林先生摇了摇头。威尔喝了口热巧克力，甜度适中，味道不错。但他仍然不知道该怎么面对道林先生。他想，道林先

生是把自己当成朋友，还是视作囚犯呢？

"您还要给我戴上手铐吗？"

"那得看情况。我们能相信你吗？"

"相信我？我又不是小偷！"

"我自己会判断。"道林先生说。

"那幅画有什么特别的吗？"

"没什么特别的，只是没有它，我就活不下去。"

威尔轻笑一声，道林先生的表情却十分严肃。威尔见状立刻收敛了笑容。

"你有权知道！"说完，道林先生又看向玛伦，"特别是你，玛伦，因为你一直在帮我。我的家族似乎受到了某种诅咒。我的曾祖父是一个力大无穷、精力旺盛的人，却只活到了三十九岁。我的祖父也只活到三十九岁，还有我的父亲也是。他们三个都死于心脏病突发。现在离我三十九岁的生日还有两周。"

看着身强力壮的道林先生，威尔简直不敢相信他会受到疾病的折磨。

"您看过医生吗？"威尔问道。

"看过很多次，他们说的都一样。我的心脏有致命的缺陷，而我一点儿办法也没有。它就像一个时钟，最终会在某一刻出现问题，然后停止转动！"

但威尔想不出这一切和偷那幅画有什么关系。

"考虑到我身上背负的诅咒，想经营一种更好的生活并不是件容易的事，"道林先生说，"但是我做到了。我把马戏团打造成了世界上最好的马戏团之一。不过，我还有太多的事想要去做，太多的设想等着我去完成。我不想在我最好的年华死去！"

"但是，您也不确定，这种事是不是也会发生在您身上啊！"玛伦说。

道林先生干笑了一声，说："从家族史来看，情况不容乐观。但我还是要尽力搏一搏。"

"要怎么做呢？"威尔说话间看了一眼玛伦。她看起来和自己一样困惑。

"你听过'不老泉'的传说，对吧？"道林先生问。

威尔点了点头。"但是——"

"听我说！关于'不老泉'有很多流传的版本。传说西印度群岛的阿拉瓦克人把这事告诉给了第一批西班牙殖民者，那眼泉水在佛罗里达，据说能让人永葆青春。之后，一个叫胡安·庞塞·德莱昂的西班牙人找到了它。但是他没有留下相关的文字记载。我已经花了很多年来寻找那眼泉水。"

"我以为您并不相信魔法。"威尔说。

"我确实不相信魔法。'不老泉'并不比大脚野人和沼泽女巫更有魔力，但这两样东西你们已经亲眼见过了，不是吗？这些东西都不是魔法，它们是这个世界的一部分，只是我们无法了解罢了！"

"您找到它了吗？"玛伦问。

"只找到了它的位置，不过这个泉眼早就干了。但我知道有一个聪明的家伙想了一个法子，偷偷运走了一些泉水。他用布料把最后一点泉水吸干，然后把吸过水的布料分成了几块画布。如果在这些画布上画出某个人的肖像，那个人就会永葆青春，只有画中的肖像会变老。"

威尔诧异地说："这……这是不可能的！"

"时间是一种神秘莫测的东西。当我们跨越时区的时候，你已经看到了它是如何消逝的。这个泉水只是让时间忘了自己。除此之外，我无法理解它的功能。据说有一块画布流传到了英国，而且让一个令人讨厌的家伙长期葆有青春。有一块画布被带到了波斯，有一块据说在俄罗斯王子手里。还有一块画布被海水冲到我们国家的海岸上，落到了克里格霍夫[①]先生的手中。克里格霍夫先生在画布上画了一个铁匠铺子，显然他还没发现画布上的秘密。同样科尼利厄斯·范·霍恩先生也没发现这个秘密。"

三年来，威尔已多次预感到自己的生活会发生转折，因此他清楚地记得每一个转折的时刻。当他第一次在山上遇见玛伦时，他就有这种感觉。现在他再次感受到，世界远远比他想象的要广大，要陌生得多。现在，就在他的眼皮子底下，不仅有大脚野人，有沼泽女巫，还会有可以欺骗时间的画作。他无法理解，甚至不敢相信这些东西的存在。

---

① 克里格霍夫：19 世纪加拿大著名画家，以绘画冰雪风景知名。

"我需要那幅画，"道林先生说，"我知道它就在范·霍恩先生的灵车上。它被挂在一个大家看不见的地方，就像埃及法老坟墓中的遗物一样。我想把自己的肖像画在那幅画的背面，这样我的身体就不再变老，我的心脏也不会在三十九岁时停止跳动。威廉·埃弗雷特将会见证这一切。现在你还会觉得我是一个坏蛋吗？"

威尔陷入沉思。虽然道林先生现在的这种行为属于偷窃，但也是为了挽救生命。既然如此，为什么要把这幅画永远遗弃在黑暗里呢？可是……

"让玛伦爬到车底下……"威尔迟疑地说，"您不该让她做这么危险的事情！"

道林先生笑着说："威尔，你的这种骑士精神值得赞赏。但是我认为玛伦已经做出了决定。"

"是的，"玛伦有些烦躁地说，"请别再提了！"

威尔有些意外，只好皱着眉头说："好吧……"

"跟一个认为你做不成事的人在一起，真是一件不幸的事。把手伸出来——"玛伦命令道。

威尔伸出了手，玛伦又简单地给他的脸上涂抹了一些油彩。

"我知道您能行，但是如果像刚才那样停电了，您还能找到门口吗？"威尔小声说。

"当然！"道林接过话说，"在右边，就是那节车厢前面，往后十英尺的位置。"

威尔闭着眼睛努力回想大门的位置。那天他只是在临时集市大概看了一眼，因为当时他正急着找玛伦。他记得那些五花八门的装饰品，上面雕刻着金属的花冠、花环、常春藤、花朵和水果。他觉得大门一定是隐藏在那里。

"如果您得到这幅画，谁来给您画肖像呢？"威尔问。

"拉穆瓦纳夫人，"道林先生说，"她有一双巧手。"

"啊！"威尔不禁有些失落。

这时，列车向前猛地一冲，接着朝另一个方向移动了一段。

"好了！"道林先生说，"列车回到了轨道。"

"布罗根和他的手下呢？"威尔问道，"肯定还在找我，不然他们刚才出去干吗？"

"希望他们全都淹死！"玛伦嘀咕道。

"我觉得不太可能！"道林先生说，"但我希望他们没看清楚是你。不管怎样，今晚这么多人没睡，他们还敢到处走动，应该什么事都做得出来。我锁了门，没有一点儿睡意。希望你不会再逃，威尔！"

威尔深吸一口气，他们已经救了他两次。最主要的是，他也没力气跑了。

"我不会跑了！"威尔说。

一旁的玛伦露出了赞许的微笑。

"很好！"道林先生从胸前的口袋里掏出一个印第安人用的工具，威尔记得曾经在头等车厢包间的墙上看到过同样的东西。

"这是什么？"威尔有些不自在地问。

"一把克里族人的兽皮刮刀。计谋的确很有用，但我发现，刀子也同样具有说服力。"他把锋利的金属刀片放在膝盖上，转身面向大门。

"您守在这里是为了提防布罗根，还是防止我逃跑？"威尔问道。

道林先生回过头，微微一笑，说："你俩应该趁黎明前的空闲时间多睡一会儿，我们在中午还有场表演。"

第十二章
在 酒 吧

神奇的是，那些纸牌瞬间变成了二十几只白鸽……

威尔醒来时，玛伦已经穿好了衣服，正盘腿坐在地板上出神地望着窗外。

"道林先生呢？"他问。

"给我们拿早餐去了，他不想让我们到处乱跑。"玛伦说。

窗外的树叶随风摇曳，清晨的阳光透过枝叶闪烁着斑驳的光影。列车早已驶出了泥炭沼泽。雾气笼罩着田野，远处的房屋谷仓旁，一匹马正在屋前悠闲地吃着草。

他取下床边挂钩上的衬衣和裤子，然后躲到帐后穿好。

"你觉得那是真的吗？"他不禁问道。

玛伦摇了摇头，说："那些画布吗？我不知道！他懂得太多了。没有什么东西能够骗过他。他对所有的把戏都了如指掌。如果他认为'不老泉'是真的，那就肯定是真的。"

"你对他了解多少？"

"不是很了解。我觉得其他人也不太了解他。他想表现得迷人的时候会很迷人，但是该凶狠的时候呢，会让人胆寒。"

"他是个好人吗？"威尔满怀希望地问。

"嗯，他经营了一个很棒的马戏团。没有人比他更擅长发现人才、集合新的创意。他的节目已经是全加拿大第一了，他还想成为全世界第一。但是也有人认为他是一个苛刻的上司，因为他让员工签长期合同。"

"就像你的长期合同那样？"威尔问。

玛伦点了点头。"他给的薪水很多，对马戏团的演员们也很好。但是演员们赚的钱大部分还是被他拿去了。我听说他小时候生活很苦。"

"因为他是梅蒂人。"威尔说。

"他很少提这个。但是我想，他母亲可能经历了一些痛苦的事。我只知道这么多了。他就像一个谜，但我猜其实他和普通人没什么不同。"

威尔盯着门口。现在已经没有人守在门口了。

"你还在犹豫要不要帮他吗？"玛伦问道。

"我不确定是不是要帮他，"威尔说，"但我想帮你！"

"你会留下来吗？"

"我会留下的！"

看到玛伦灿烂的笑容，威尔忽然觉得脸颊有些发烫。

她从架子上取下那卷具有特殊意义的钢丝，刷掉了沾在上面的泥巴。

"昨晚你为什么要把它带在身边？"威尔问。

"这是我的一个习惯。你可能会觉得我很傻，但只有带着它我才会心安。我觉得唯有这样，才可以避开所有的危险。"

"一点儿也不傻！"威尔说，"我完全理解你。"

"有时候我会梦到自己在一个巨大的空间里走钢丝。"玛伦说。

"尼亚加拉大瀑布？"威尔问道。

"可能是吧！我走到半空中，下面全是水，眼前全是雾，什么也看不见。我离陆地很远很远，甚至看不见对岸。"

"很可怕吗？"

"刚开始还好，一切都很平静。可走着走着我就有些害怕，不知道自己该怎么继续。"

"如果是我做了这样的梦，肯定会掉下来。"威尔说。

"哦！我也一样。总之，不管在哪儿，我都会带着这卷钢丝。我想这就跟你随身带着铅笔一样。"

威尔吃惊地笑了笑，说："是的！在我忙着用眼睛和手画画的时候……嗯，我就会有灵感。事实上，我的铅笔有助于我的思考。"

"我看得出来。"

"画到某些部分的时候，是很有趣的。"

"比如说？"

"嗯，我不知道怎么说。有的东西你就是觉得它很有趣。像布满褶皱的窗帘、斑驳的影子这些，都是我很喜欢的，我在画它们的时候就会觉得非常有趣。"

"听起来好像很难。"

威尔笑了笑，说："没有走钢丝难！"

"每当走在钢丝上，我就感觉自己无所不能。"

"嗯！"威尔说，"现在我画得不算好，我想要画得更好。"他想起和父亲那晚的谈话。"我父亲想让我进铁路公司做一名职员。"

"那是你想要的吗？"

"嗯，我正在考虑。如果我在铁路上工作，我也许可以为移民们做点儿好事，让他们不再受彼得斯那种人的剥削。"

"那样挺好的！"玛伦说。

"我还可以结合自己的绘画功底设计些东西，"威尔说，"比如桥和船之类的。"

"我相信你会干得很好。"玛伦语气肯定地说。

"这是份好工作。"威尔说。

"没错！但这不是你真正想做的，对吗？"

"对！我想去旧金山一所艺术学校学习。"

"为什么不去呢？"

"我父亲不给学费。"

她哼了一声。"你可以找份工作，自己付学费。我从五岁起就开始工作了。"

听玛伦这样讲，威尔觉得很惭愧。即使很穷时，他也没出去工作。那些年他和母亲相依为命，他也只是跑跑腿，做做简单的家务。当时许多小孩都去工厂工作，他却没有这样的经历。自己赚钱这样的事，对他来说好像很难。

"也许我适应不了艰苦的生活，"他说，"我父亲也是这么认为的。"

"你相信他说的吗？"

他耸了耸肩，说："如果道林先生没收留我，布罗根早就把我给杀了。我忘了戴沼泽眼镜，甚至还中了巫术，如果不是你，我早就淹死在沼泽了……"

"你总是喜欢往坏的方面想，"她说，"你已经摆脱了布罗根！你还在'无限号'的车顶上跑过——而且是在晚上，这已经很了不起了！"

他点头微笑道："我喜欢你看待事物的方式。"

"我觉得你应该去你喜欢的那所艺术学校念书。"玛伦说。

当威尔推开酒吧车厢的门时，噪音像海啸一样席卷了他，角落里竖式钢琴演奏的乐曲淹没在顾客的笑声和踩踏声中。

只见一个高高的木质吧台几乎贯穿了整节车厢。男人们坐在凳子上，脚踩着黄铜脚踏，一边喝酒，一边将他们带着烟草味的唾沫吐到痰盂里。在吧台后面的墙上挂着一面大镜子，一眼望去，整个房间显得大而拥挤。柜台上一对野鸡标本带着惊恐的表情站立着，不远处，带有一对犄角的麋鹿头庄严地注视着赌桌。

变质的啤酒味、烟味、汗臭味弥漫着整节车厢，其中夹杂着一股女人的香水味。从上火车的第一晚起，威尔就从未闻过这样的味道。这香味完全不像他曾经在休息室里闻过的那种淡香，也不像母亲身上的香味。这香味太浓烈刺鼻了。人们在火车的摇晃和轰鸣声中翩翩起舞，每个人都东倒西歪地旋转着，整节酒吧车厢嘈杂而喧嚣。

酒吧车厢由一节上下铺车厢改造而成。在车厢的第二层，男人们一边靠着栏杆喝酒，一边观赏着美丽的舞者和牌桌上的动态。车厢内有很多扇门，分别通向不同的小隔间。

服务员领着威尔等人穿过酒吧中间。威尔一行人将威士忌箱子推到靠墙的位置，用它们搭建成一个小小的舞台，又用一块幕布隔开，为表演者留出一个小小的后台。

"我希望一切顺利！"服务员说。

道林先生冷冷地说："我相信我们会成为唯一的焦点。"

"哦，他们是特意来看你们表演的，"服务员说，"难怪这么多人。"

这时，牌桌上突然有个男人抓着一大把钱，在一阵欢呼声中站了起来。紧接着，另一个男人扑向他，两人一起滚落在地板上，互相殴打着。在吧台后面，服务员从墙上的壁架上取下一把锤子，砸向柜台。随着一声巨响，这场斗殴很快便偃旗息鼓，几个人都带着伤离开了。

服务员转身退后，静待马戏团的表演开场。这时玛伦说："很好！我有些迫不及待了！"

"我们要准备了吗？"道林先生一边问，一边带着威尔和玛伦走到了幕后。

躲在帷幕后的威尔脱下外套，心想只需要再表演两三个节目，自己就可以回到头等车厢了。同时他又对这场表演充满了紧张和期待。

威尔等人仔细准备着舞台道具。道林先生正脱着上衣，突然感觉身体不舒服，脸色惨白。他深吸一口气，挺胸站直了身子。

"您没事吧？"威尔问道。

道林先生穿过幕布间的过道，一句话也没说。

威尔和玛伦不约而同地看向出口。这时，威尔闻到了玛伦身上那珠光宝气的演出服所散发出的刺鼻的陈腐气味，但也闻到了她身上那股柔和的肥皂味，还有皮肤和头发的香味。在这个充斥着浓厚啤酒味的酒吧里，玛伦身上的香味显得格外清新。

道林先生站在临时搭建的舞台上，一言不发，台下立刻就停止了一切喧闹。在安静有序的气氛下，道林先生卷起了袖子。

威尔也和其他人一样，对道林先生接下来的一举一动表示十分好奇，因为之前道林并未告诉威尔他会做些什么。威尔注视着道林先生，只见他举起手臂，张开手指，然后双手闭合。一会儿之后，道林先生打开双手，他双手的大拇指和食指中间都夹着一张扑克牌，是两张红桃 2。

人群中发出一阵嘀咕声。

"什么啊！这种小把戏我奶奶能玩得更好！"有人嘲笑道。

威尔在幕后小声对玛伦说："他们好像觉得表演不怎么样！"

"等着瞧。"玛伦自信地说。

"他要干吗？"威尔问。

"你马上就会知道。"玛伦头也不回地说。

道林先生把牌举到空中，正反面转了一圈，向大家证明这只是一张普通的扑克牌。

接下来，道林先生手腕一晃，双手就各多出了一张红桃3。这时，周围有几个观众小声夸了他几句，给了点稀稀拉拉的掌声。随后，道林先生在酒箱上跺了一下脚，就像是在训斥那些怀疑他的观众。他在空中慢慢挥动双臂，时而交叉，时而分开，就像是两条舞动的蛇。不一会儿，更多的牌出现在他手上：红桃4、5、6、7……他的手移动得更快了，同时他用脚后跟打着节拍，就像在跳弗拉明戈舞一样。他手中的牌逐渐摆成了扇形。

现在，车厢里除了道林先生激烈的节拍声外，一片寂静。所有的玩牌老手都停下了手中的纸牌游戏，目不转睛地盯着道林先生，纷纷赞叹不已。

道林先生的手臂在空中一闪，变出了三张红桃纸牌，组成了各种更加精巧的图案，然后大手一挥，双手又各出现了一张红桃A，凑齐了一副牌。

台下顿时掌声轰鸣。道林先生的表演还没有结束，他把手中的两组牌往空中一扔，纸牌在空中散开，然后又像两把扇子一样交叉在一起。道林先生机警地站了起来，举起双手指挥着空中的这些纸牌，让它们呈螺旋状交替上升。

"够了！"道林先生对着空中的两组纸牌大喊一声，这些纸牌就像瀑布似的落回到他手中。接着，道林先生把这两组纸牌合成一堆，似乎要放回他的裤袋中。突然间，他改变了主意，把纸牌都扔向了观众。神奇的是，那些纸牌瞬间变成了二十几只白鸽，盘旋在天花板附近，然后飞向高高的窗户外，消失不见了。

台下响起了热烈的掌声，还有不少人在欢乐地跺着脚，吹着口哨。

"女士们，先生们，我是道林先生，这里是但丁马戏团！"

道林先生说完又表演了几种奇妙的魔术，不费吹灰之力就征服了现场所有的观众。他催眠了几个人；他把一个男人的头发变成了蝙蝠状，很快又变了回来；他腾空向上走了六步。

透过香烟和雪茄带来的浑浊空气，威尔看到一个男人大摇大摆地走进酒吧车厢，他往柜台上扔了一张钞票，然后指向架子上的一个瓶子。威尔顿时全身绷紧。因为他发现那个男人不是别人，正是可恶的布罗根。只见布罗根手里拿着酒瓶，转身看着台上的道林先生。

"他没淹死！"玛伦低声说。

又一阵热烈的掌声响起，道林先生的表演结束，他退回到了幕后。

"布罗根在观众里面。"威尔对道林先生说。

"要不我们别让威尔上场？"玛伦向道林先生建议道。

"他可能会在你上台之前离开，"道林先生告诉威尔，"如果他没走，我们不会让你上场！"

道林先生回到舞台上为观众介绍完下一个表演者玛伦，接着帮玛伦系上绑在夹层栏杆之间的钢丝。观众中有人轻佻地吹起了口哨。

威尔盯着布罗根。布罗根背靠吧台坐着，手里拿着啤酒，眼睛注视着跳上钢丝的玛伦，一副怡然自得的样子。威尔觉得布罗根暂时不会离开。当玛伦完成她的第一个表演，回到后台时，布罗根又要了一瓶酒。

"我们直接结束吧！"道林先生说完，走到了台上。

"女士们，先生们！请让我再次请出神奇玛伦，来为我们的表演画上一个圆满的句号。"

玛伦正要登场，观众中却有人喊道："小苏丹！"

威尔屏住了呼吸。

"小苏丹在哪儿？"有人叫道。

"就是那个画画的棕发男孩！"

"我们要见小苏丹！"

"肯定是有人散播了你的消息。"玛伦轻声说。

"赶快给我画张像！"一个女人操着大嗓门喊道。

道林先生退到幕后，对威尔说："已经没有别的办法了！你要出去吗？"

威尔感觉喉咙有些干涩。不过他还是点点头，走了出去。观众中响起一阵欢呼，但听起来并非全都出于善意。威尔没有看向布罗根，但他知道，自己一出场，那道炽热的目光就牢牢盯住了自己。他礼貌性地鞠了个躬，然后转身背对观众。道林先生开始介绍新的表演及表演者，玛伦拿着围巾走上台，紧接着选出了第一个志愿者。

威尔蒙着眼睛，坐在凳子上。他照着映在玛伦衣服金属片上的人影开始作画。他的意识有些混乱，手也在发抖。他画得不太好，但是时间一到，道林先生就收走了他的画。威尔如释重负。

"画得并不差！这个棕发男孩很有天赋！"道林先生一边说，一边将威尔的画举起来给观众和志愿者看。

观众又爆发出一阵欢呼声，这次的掌声听起来真诚多了。

"他在耍你们！"一个声音从人群中突然传出来。

威尔听出是布罗根的声音。

"有什么问题吗，先生？"道林先生问道。

通过玛伦衣服金属片上反映的影像，威尔隐约看见布罗根穿过人群向舞台走来。

"'先生'这样的废话就别说了。道林，咱们可是老朋友了，对吧？"布罗根说。

威尔害怕极了。他杀了看守——他也会杀了我。想到这儿，威尔觉得浑身僵硬，他努力控制住呼吸，只想尽快逃离这个地方。

"我有种感觉，道林先生，这小子是个骗子。"布罗根说。

"我向您保证，阿米特不是骗子。"道林先生反驳道。

"那让他给我画一幅！"

"很好，先生，我很享受那种让怀疑者变成信徒的快感。那就请您站在那儿……"

"不，不，"布罗根说着，从他自己的脖子上取下了一条黑色围巾，"就用这条。"

车厢陷入了一片死寂，就像暴风雨将要来临。威尔担心极了。

"您是不是怀疑我们在围巾上动了手脚，"道林先生说，"要是这样的话，您可以戴一下我们的围巾试试。"

"不，这里肯定有花招——别想骗我。就用我的。"布罗根坚持道。

威尔紧张地咽了咽口水。

"那好吧！"道林先生说，"但这不会对阿米特的技术有任何影响。"

"好，那就让我来吧！"布罗根邪恶地笑着，跳上了舞台。

威尔头上的围巾被拽了下来，他顺势转过头。这是他第一次近距离看着布罗根，自那晚被追着跑进树林里之后，他再一次体会到了生死攸关的感觉。他强迫自己正视布罗根的目光，祈祷着不要让布罗根从眼神中看穿他的秘密。他的心怦怦直跳。

威尔装作若无其事的样子看着道林先生。道林先生用印地语跟他说了几句话。威尔其实只死记硬背了三个印地语短语，他复述了其中的一个来假装回答道林。道林先生点了点头。

布罗根的围巾散发出难闻的烟草和头油味。威尔受不了这种气味，但他必须强迫自己保持冷静。

"好了！"他听到布罗根说，"让我们看他画吧！"

"是画您吗，先生？"道林先生问。

"不是！他已经仔细看过我了，让他为这位女士作画。来吧，亲爱的！让他为你画一幅吧！你就站在这个魔圈里面。"

此时狂躁的人群中爆发出一阵巨大的呐喊声和笑声。他们和布罗根一起，等着看一出好戏。

一堵黑色的大墙将威尔和世界隔开了，他心中的恐惧迅速蔓延到全身。

"让那个女孩离他远点！"布罗根在威尔身后说，"那姑娘可能会告诉他些什么。"

"当然！"玛伦说着，将铅笔和速写本塞到了威尔的手里。就在这一瞬间，玛伦用铅笔尖飞快地在他的手掌上画了些什么。是一个字母"B"。"B"指的是布罗根吗？威尔想。

难道这是布罗根的诡计？站在他身后的不是什么女人，而是布罗根自己？想到这儿，威尔深吸一口气。他努力回想着布罗根的那张脸，但是这些记忆都是模糊不清的。不过，当他的铅笔落到纸上时，他立刻恢复了镇定，他的肩膀也随之放松下来。因为看不见，他的手比平时移动得更快了。渐渐地，威尔记忆中关于布罗根的嘴唇、鼻子和眼睛的轮廓从他的笔尖流淌出来。最后，威尔大手一挥，将那页纸从本子上撕了下来，举到空中。道林先生从他的指间拿走了画纸，并且举到观众面前。

"女士们，先生们，看一看他的超能力！"道林先生说。

话音刚落，人群中响起了一阵欢呼声，其中也夹杂着一些对布罗根的嘲弄声。

"这个男孩蒙着眼睛也能看见你！"有人对布罗根说，"他把你画得很好！"

威尔感觉头上的围巾被人轻轻地解开了，眼前出现的人居然是布罗根。此时，布罗根手里拿着画像，眼睛却紧盯着威尔。威尔飞快地扫了一眼自己的作品，觉得画得还不错。布罗根皮笑肉不笑地拍了拍威尔的头，又用大拇指在威尔的头上狠狠按了一下。

"玩得不错嘛，小子！"布罗根低声说。他说话时呼出的气就像臭鸡蛋一样难闻。

威尔挑了挑眉，假装什么都听不懂。

"是这个人在找麻烦吗，道林先生？"

威尔循声望去，原来是骑警萨姆·斯蒂尔。萨姆·斯蒂尔正盯着布罗根，他那身猩红色的制服在人群中格外显眼。布罗根看见斯蒂尔的瞬间就全身僵硬了，他偷偷瞄向道林先生，等待着这位马戏团团长的回答。

威尔沉默不语。他知道这个时候自己最好什么都不说。

"没有啊，斯蒂尔中尉！"道林先生兴奋地说，"马戏团一直都很欢迎观众的参与！"

"那就好！"骑警说完又用低沉的嗓音对现场的观众说，

"注意自己的言行举止，任何损害人身安全或是财产的行为都将被严肃处理，当然也不能有任何不道德的行为。"说完，他扫了一眼走廊，那些浓妆艳抹的女人纷纷俯身向他露出纯洁无瑕的微笑。

布罗根从台上退下，又背靠吧台坐了下来，继续欣赏着表演。他的表情平静得令人有些害怕。萨姆·斯蒂尔也留在了酒吧车厢。

威尔溜回到幕后，才松了一口气。在一片嘘声和飞吻声中，玛伦再次登台，准备表演压轴节目隐身术。道林先生选了一名女观众为玛伦绑锁链，但这位打扮得花枝招展的女士一边摇着她那花边百褶裙，一边不停地和观众搭讪。她抚摸着玛伦裸露的肩膀说道："哦……啦啦，她还是个鲜嫩的小东西呢。是吧，先生们？"

那一刻，威尔真希望玛伦马上离开舞台。

一旁的道林先生用围巾盖住玛伦，说："女士们，先生们，很高兴今天能为你们表演。我希望你们能记住但丁马戏团带来的美好时光，当我们下次去你们的城镇时，记得再来看我们的表演，我们将会带给你们更多的惊喜。"

说完，他掀开围巾，玛伦不见了。

"能告诉我是怎么做到的吗？"威尔吃惊地看着出现在他身后的玛伦。

"知道了，你会失望的！"她说，"就这样保持一颗好奇的心，不好吗？"

威尔不知道该说些什么。

很快，威尔等人收拾好东西，在一位瘦高服务员的护送下离开了酒吧。

当他们从萨姆·斯蒂尔身旁经过时，骑警朝威尔点了点头。

他们身后那扇通往三等车厢的大门关上了。威尔知道这阻止不了布罗根，不过还是感到安心了不少。他只要稍加回忆，便能清晰地感觉到，布罗根那长了老茧的拇指按在他太阳穴上的力道。自己脸上的油彩有没有被擦掉？他也不知道，他根本找不到机会照镜子。

一个矮小的服务员护送他们穿过一节车厢，这里是员工卧铺和维修间。然而令威尔吃惊的是：当服务员打开一扇门时，呈现在他们眼前的竟是明媚的天空。乘客们靠在敞篷平板马车的栏杆旁，欣赏着绵延起伏的山峦。威尔不禁深吸了一口气，微微笑了起来。他在室内待了太久，这种微风拂面的感觉简直太美妙了。

"这是观光车厢？"玛伦问服务员。

"不是的，小姐。这是射击场。"服务员回答。

威尔走近一看，这才发现乘客们手中拿着步枪。车厢的另一端有一个很大的橱柜，里面装着很多枪。一个男人给了列车员一些钱，然后挑了把枪。

"他们在做什么？"玛伦问。

"呃，他们只是有时候喜欢玩玩枪而已。"服务员回答道，"我觉得这对某些人来说是一种精神慰藉。有时候会碰到一些野生动物，看看他们在列车行进过程中是否能射中，也是一件挺有意思的事！"

威尔望向远处，发现地平线的景色令人沉醉，放眼望去是一片草原，那是在经历漫长冬天后出现的第一抹绿。无限号列车呼啸而过的痕迹倒像是草原上的一道伤疤。头顶上，苍穹如圆顶般笼罩着大地。

"你听到什么了吗？"威尔问玛伦。

在列车的喧腾声中，威尔感受到了巨大的震动，好像有一股气流从他的鞋底穿过，直达双腿迅速蔓延至全身。接着他看到了这样一幕：在火车的左边，一团灰蒙蒙的烟尘笼罩了整个山峰，迅速向车厢涌来。烟尘散开，只见无数健壮的野牛由远及近，它们有力的蹄子震动着大地。

"看这里！"一名乘客高喊着举起了枪，"快来打野牛！"他顺势瞄准了目标。

大草原顿时变成了一片喧闹的黑色海洋。野牛冲着乘客们奔来，威尔担心它们撞翻列车。但没想到，在最后一刻，它们突然掉头，开始沿着火车轨道向前狂奔。

乘客们赶紧沿着左边的栏杆移动，不停地朝着牛群开枪。威尔觉得这些人非常不道德。

"我好像打中一头了！"一个乘客大声说。

"我也是！看！"另一个乘客也大声嚷道。

威尔看到一头巨大的野牛"扑通"一声跪倒在地，无力地刨着面前的尘土。其他野牛迅速从后面冲了上来。

威尔瞥了一眼道林先生，发现一向冷静的道林先生，正愤怒地看着那些狩猎的乘客。

"这就是消灭一个种族的方式，消灭他们赖以生存的'食物'。"道林先生苦涩地说。

"印第安人！"其中一个乘客惊呼。

只见几十个骑马的印第安人朝这边冲过来，他们身后紧跟着牛群。其中一些印第安人拿着步枪，另一些则拿着弓箭。他们巧妙地分开牛群，带它们奔向不同的方向。威尔看见一位年轻的勇士正愤怒地冲着列车挥舞着步枪。

"我们最好回到车厢！"列车员大声喊道。

"不，我正在兴头上！"一个家伙说着，又开了一枪。

"该死的印第安人！"另一位乘客满脸通红，眯着眼睛喊道，"他们从我们这边绕开了！"

说完，这个人瞄准最近的印第安人，连开了几枪。

道林先生冲了上去，一把抓住那人的枪管。"您在干什么，先生？"他红着眼睛，大吼一声。

"就是开枪警告一下，"那人挑衅道，"关你什么事？"

"他们的吃穿全靠这些野牛。"

"我又没抓他们的野牛，我在帮他们打猎！"

"那也用不着开枪啊。"

"多死个印第安人又能怎样？"那人哼了一声。话音刚落，一支箭正中他的心脏。他踉跄着后退了几步，倒在地上当场毙命。

车厢里爆发出一阵尖叫。有些人向车厢门口跑去，但大多数人却重新装上了子弹，再次朝印第安人射击。

"住手！"道林先生对着乘客喊道。这位马戏团团长再也无法冷静了，他气得满脸通红，用力夺过一个人的枪，用膝盖把枪折断。"马上住手，你们这些蠢货！"

"大家快进来！"列车员又喊了一声。

"道林先生！"随行的服务员大叫道，"赶快进来！"

伴随着刺耳的枪声，这些印第安人一边向火车靠拢，一边开枪回击。威尔蹲伏着身子，抓着玛伦的手。"跟我来！"他拉着玛伦穿过惊慌的人群，朝下一节车厢跑去。

突然威尔闻到了一股布料烧焦的味道，他发现离自己不远的小箱子冒起了烟。他转身去找报警器，却看见一个用帽子遮住脸的男人，正靠在栏杆上用枪指着他。接着，威尔便听到了枪响，不由得绷紧了身体。眨眼间，道林先生冲到了威尔面前，用他厚重的外套挡在威尔前面。一颗子弹从外套的皱褶上掉到了地上，连跳几下。

"快跑！"道林先生大喊。

威尔尽可能地猫着身子，跟在道林先生身后冲了过去。快要靠近车门时，威尔看见一个勇敢的印第安骑手在客车车厢附近挥动着缰绳抽打一匹黑马，它的速度快得让人难以置信，甚至超过了无限号列车，而且在枪林弹雨中毫发无伤。这位印第安猎手拉开弓，射中了一名乘客，然后又从箭袋里拿出一支箭，拉开了弓。威尔本能地一把推倒玛伦。印第安人的箭"嗖"的一下穿过了木桩，而玛伦几秒钟前就站在那里。她看着威尔，一副惊魂未定的样子。

突然，耳边传来一个声音。威尔从没听过这么大的声音，这声音甚至盖过了人们的叫喊声、枪声和火车的咔嗒声。

"立刻放下武器！"

威尔循声望去，一眼便看到了萨姆·斯蒂尔猩红色的身影。只见萨姆·斯蒂尔大步穿过平台，高举着手枪，开了一枪，以示警告。

"放下武器，快点，不然我就开枪干掉你们！"说着，他又转身面向那些印第安人，"你们也给我住手！"

枪声立刻停止了，威尔喘息着，服务员将他推进了紧邻的车厢。车厢内大家正热烈地谈论着刚才的战斗。身穿制服的列车员挤过人群，上前协助骑警。

"现在请把枪交出来，先生们！"列车员一边说，一边拿走乘客们手中的枪，"这些列车上的枪，只能在射击场使用。"

"我们用枪教训了那些红皮鬼，让他们知道谁更厉害！"一位乘客喊道。

服务员领着威尔、玛伦和道林先生穿过车厢。威尔还没从刚才的恐慌中镇定下来，他的膝盖不停地发抖，玛伦也和他一样。过了一会儿，玛伦凑到威尔耳边，低声说道："谢谢！"

很快，服务员将他们带到了一个隔间。一进门，道林先生就锁上门，拉开窗帘，望向草原。此时已没有了牛群和印第安人的踪影。

"斯蒂尔中尉很快平息了这场战斗，"道林先生脸色憔悴地望着威尔，"其实不是印第安人朝你开的枪，你知道的，对吧？"

威尔点了点头，说："我觉得是奇泽姆。"

"我瞥见了他。他想趁乱干掉你，这样就不会引起怀疑。"

威尔看着手提箱上的弹孔，心中一阵难受。

"谢谢您！"威尔对道林先生说，"在他开第二枪的时候救了我。"

"一件好外套有很多用处。"道林先生笑着说。

"他们知道我是谁！"威尔说，他尽量压制着心中的惊恐，"他们又打算来抓我了！"

"嗯，很有可能。"道林先生点了点头。

威尔眨了眨眼睛。他本来期待道林先生说"不可能"，好让自己有点儿安慰。

"但是他们不会在白天动手。"玛伦告诉他。

"他们刚才就在白天动手了！"威尔大叫道。

"我们会在天黑前换个隔间，"道林先生说，"在那之前，我们最好待在公共区域，人越多越好。先去趟餐车吧，你俩肯定都饿坏了。"

威尔现在根本吃不下，有人要杀他，他的处境很危险。但在玛伦换下演出服后，他还是冒着危险和他们一起来到了餐车。

二等车厢虽然没有头等车厢豪华，但比三等车厢的环境好很多。车厢的走廊上铺着地毯，墙上贴着布墙纸。走在厚厚的地毯上，威尔的脚步轻柔了许多，列车运行的噪音也听不到了。这里的窗户很大，煤气灯也很多。

在餐车上，警惕的威尔觉得大家似乎都在盯着他，他还认出了两个刚才在射击场的男人。无论威尔瞥向哪里，他都觉得自己好像看到了布罗根、奇泽姆或者麦凯。

菜送上来了，看起来很可口，威尔却不敢吃。他担心饭菜被布罗根或他的手下下了毒。他羡慕地看着玛伦大口吃着鸡肉馅饼。玛伦似乎知道威尔在担心什么，她挑了一下眉，用叉子叉了一些威尔盘子里的菜，放进自己嘴里。

"味道不错！"她说着，一口咽了下去。

威尔笑了笑，也开始大口吃起来。大家都在谈论着与印第安人的枪战，威尔听到了一些小道消息：乘客死了十个，印第安人死了十五个；乘客死了三个，印第安人死了两个；一个印第安勇士跳上车，剥下了一个列车员的头皮；萨姆·斯蒂尔跳上一匹印第安人的马，把对方踢下去，然后拿着一把战斧重新登上了无限号列车……

吃过饭，威尔感觉好多了。有玛伦和道林先生陪在身边，威尔在心里对自己说，现在是安全的。他可以站起来，他可以回到正常的生活中去！

他们快吃完时，萨姆·斯蒂尔大步走进了餐车。他和一位高级列车员说了会儿话，然后继续往前走。

"女士们，先生们！"列车员说，"斯蒂尔中尉让我通知你们，不久前，无限号列车上的乘客与印第安人发生了一起小规模的战斗，我们的两名乘客在这场战斗中不幸去世。"

话音刚落，恐怖的喘息声笼罩了餐车。男人们用力拍着桌子，叫嚣着复仇。道林先生嚼着食物，直视前方。威尔看到那两个在射击场见过的男人，好像在说着"混血儿"之类的话。

威尔眼睁睁地看着萨姆·斯蒂尔从视线里消失。他不由得向前走了几步，随即发现玛伦正不安地看着他。难道她担心自己再次逃掉吗？他确实很想逃，但现在他不会这样做。道林先生和玛伦救过他两次，再说他向玛伦保证过，不会逃跑。

奇泽姆一边用叉子从罐头里取着肉，一边气愤地说："差点儿就干掉他了，枪口都对准了，道林突然冒了出来，用大衣挡在他面前。衣服怎么挡得住子弹呢？"

"你应该让我出手，"麦凯说，"第一枪我就不会失手。"

"放轻松点儿，麦凯！"布罗根说着用手抠着牙缝中的菜渣，

"这可不容易打中。"

虽然他对奇泽姆的失手很生气，但他觉得还是不要得罪奇泽姆比较好，一是因为上次差点儿把他淹死在沼泽；二是因为他还要团结所有手下，为接下来的事做准备。

他们三个退到了列车员佩克和斯特罗恩的隔间，这里离移民车厢很近。

"我们不会再有那样的机会了。"麦凯阴沉地说。

"我们并不是非要那样的机会不可！"布罗根说。

"你这是什么意思？不是你说我们要干掉那个男孩吗？"麦凯不解地问。

"我们肯定要干掉他。"布罗根回答道。

"你是不是有了新的计划？"奇泽姆瞪着眼珠子问。

"我在酒吧车厢的时候，那个骑警正好也去了。我当时觉得这下完了。但那个男孩为什么不去找他？他想要什么东西，这就是原因——我觉得很可能是道林想要什么。他已经拿到了灵车的钥匙。我估计他们就要行动了。"

"我不喜欢这样的等待！"麦凯说。

"那个道林能让东西消失，"奇泽姆说，"他不会在拿到东西后连人带东西一起消失吧？"

布罗根想了想，摇了摇头，说："那是魔术，我可不相信！"

列车员巡视完车厢后，去休息间睡觉了。威尔、玛伦和道林先生悄悄溜出了隔间，他们拿着行李，穿过了五扇门，进入了一间较小的房间。锁上门后，威尔开始默默地帮他们拉下卧铺。

"什么时候动手？"威尔一边问，一边铺着床单和毯子，"我是说偷画。"

道林先生拿出表，正反两面都看了看。下午的时候，他就问了列车员好几次，掌握了自己的准确位置和速度。"我们需要在凌晨四点之前进入灵车。"

"你可以待在这儿，威尔，"玛伦告诉他，"我们走后，你要锁上门，不会有人知道你在哪儿。我们会在吃早饭之前回来。"

威尔摇了摇头说："我不想一个人待在这里。"

"你最好不要掺和，威尔。"玛伦说。

"你是担心我会把事情搞砸吗？我要和你一起去，这样我会觉得更安全。"威尔笑着说。

道林先生盯着威尔，表情严肃地说："我要提醒你，威尔，你可能会后悔你的决定。我有种不祥的预感，可能会出事。"

这个决定对威尔来说并不难，他害怕一个人待着。当然，他更想留在玛伦身边帮忙。

"我要去！"他又重复了一遍。

"好吧！我建议你们都睡一会儿。"

"您不睡吗？"玛伦问道林先生。

"不睡！"

威尔裹着被子，辗转反侧。煤气灯的亮度调到了睡眠状态。

玛伦在他上铺，已经睡着了。对面的道林先生则穿戴整齐地写着东西。

这时，道林抬起了头，发现威尔正注视着他。

"在您的肖像完成之后，您会永远年轻吗？"威尔问。

"我觉得不能！肖像本身会变老，老到一定程度，估计肖像里的那个'我'就会死掉。"

"那您呢？"

"可能我会突然衰老，或者再一次像普通人一样慢慢变老。那会是一份不可思议的恩赐。我只是想活到我该活到的岁数，威尔，我的想法很贪婪吗？"

威尔不知道怎么回答。"玛伦说您已经为马戏团做好了远景规划。"

道林先生笑了，这次他的笑有些特别，是那种当你想着心爱之物时焕发出来的笑容。"是的！"他说，"我要把马戏团扩展到海外去，到时候马戏团会拥有更多的动物——挪亚方舟都比不上它！"

他轻轻地笑了，威尔也笑了。

"带着大脚野人的马戏团肯定独一无二。"威尔说。

"是的，至少目前是这样的。但是还有更多的动物和奇观要收集。你想，要是我能抓住一只雪怪，那该多好呀！"道林笑着说。

"您之前见过吗？"威尔问道，他的热情也被道林先生点燃了。

"还没有，不过我打算去看看。听说远东有一个会飞的人，我希望能赶在巴纳姆①先生之前把他招募进来。我想尽量收集世界上每一样神奇的东西，打造一个属于我们的更美好的世界。"

道林先生从口袋里掏出一张纸，对折之后在第二面上写了几句话。

"通过这张小纸条，告诉马戏团的伙伴们我们的情况。"他告诉威尔。

"要怎么送到他们手里呢？"威尔小声问道。

"顺着风。"道林先生回答说。

在威尔的注视下，道林先生把小纸条折了又折，折法既复杂又奇特。折完之后，小纸条看起来像只振翅欲飞的白鹤，尾巴上还拖着个小标签。

"它真的可以飞吗？"威尔难以置信地问道。

"当然可以！"

道林先生走到窗前，一把推开窗户，一股煤烟味就顺着夜风飘了进来。道林先生伸出头，警觉地朝两边看了看，又调整了几下纸鹤的翅膀。

接着，他把这个小家伙扔向空中。

此时的威尔好希望自己可以跟纸鹤一起飞。他很想仔细观察一下纸鹤的俯冲和轻微晃动的样子，但这列火车开得实在太

---

① 巴纳姆：19世纪美国的马戏团演出经理人，1881年与其主要竞争对手创立了世界三大马戏团之一的玲玲马戏团。

快了，只见纸鹤似乎扇动了一下翅膀来控制上升或转弯。很快，车厢便在它身下一闪而过。

一个列车员正站在货运车厢顶上抽着烟，看着飞过来的纸鹤，不由得眯起了眼，想伸手抓住它，但是小家伙从他的手边突然转了个弯。

不远处，另一个列车员也看到了它，以为是一只蝙蝠，就挥手拍了一下它。纸鹤在空中旋转了几圈，偏离了航线。它挥动翅膀，调整到平稳状态，但是火车已经离它远去了。这个纸做的小玩意并不能识别方向，它只能在夜空中朝前飞去。

此时，无限号列车的后半段，正对着纸鹤飞的方向绕了一个大圈。纸鹤稍微偏斜了一下后，又调整到了与列车运行一致的方向。不管这个小家伙多么顽强，现在它看起来飞得很吃力。它渐渐停止挥动翅膀，慢慢地朝着货运车厢的车顶下落。

最后它落到了一个网状的东西里。那东西是从车厢窗口伸出来的，车厢外面写着：但丁马戏团。

那不是一张网，而是印第安人的一种捕捉器，纸鹤掉进去后，捕捉器就关上了。

拆开纸鹤，大家看到了上面的内容。

第十三章

灵　车

为了大家的安全，道林没有点亮手中的提灯，
　　而这样却不方便他们跳过车厢。

睡梦中的威尔被一只手摇醒。

"时间到了！"玛伦说。

煤气灯的亮度又被调暗了一些。玛伦和道林先生都已穿戴整齐，他的肩上还挂着一圈细绳。

待威尔穿好衣服，玛伦问他："下定决心了吗？"

威尔点点头。道林先生拿起一盏未点燃的提灯，打开门，和威尔、玛伦一起溜进走廊。车厢里的每个铺位两边都挂着厚厚的帘子，乘客们的呼吸声和鼾声似乎都被帘子挡在了床铺内。威尔担心有人偷袭，一直扫视着周围，每一声咳嗽和梦呓都让他感到不安。道林先生仿佛有第六感，总能提前避开值班的乘务员和失眠的乘客。每当他预感到这些情况时，就会提前带着威尔和玛伦钻进洗手间或空铺位上，等到安全了再出来。

他们来到餐车内，发现里面空无一人。餐桌上全都铺着亚麻桌布，餐具也摆好了。他们经过厨房时，透过门上的圆形窗户，看到里面闪闪发光的长柜台、炙热的烤箱，以及像烟囱一样喷着蒸汽的壶。为了方便第二天尽快做出早餐，厨师们已提前切好了菜，揉好了面团。

每次在进入下一节车厢之前，道林先生都会让威尔和玛伦退到自己身后，然后透过窗户观察车顶是否有列车员在值守。

确定安全后，他悄悄打开门，带着威尔和玛伦一起飞快地跑到下节车厢。

他们来到了洗衣车厢，车厢内的空气夹杂着令人头晕的粉尘和漂白剂的味道。一排排桌布、床单和制服随着火车的行进有规律地震颤和摇摆着，它们在微亮的煤气灯下散发着淡淡的光芒，投射在车厢内的影子怪异得让人有些害怕。威尔见此情景急忙离开了。

在下一节车厢的门口，道林先生警觉地张望着，突然，他闪身后退。

"车顶有人！"道林小声说，"就这样过去一定会被他盘问。"

他们静静等了一段时间，那个人依然没有离开。

"他还是没动！"道林先生说，"我们得想办法转移他的注意力。"

"我有个主意。"威尔说。

威尔沿着原路小心地回到洗衣车厢，从晾衣竿上拿了一件浆洗过的白衬衣。他推开一扇窗户，将衬衣搁在两扇窗户中间，紧接着将另一扇窗户关紧，夹住衬衣。露在外面的衬衣在风中飘飞，远看就像一个人在拼命挥手求救。

"干得漂亮！"道林先生说，"现在就等他上钩了。"

威尔和道林先生回到车门处等待着。威尔跪下身去，透过窗户偷偷向外看。只见列车员嘴边衔着的烟头闪着橙红色的微光。忽然，列车员的头动了一下，他随即点亮了手提灯，接着跳过车顶，朝洗衣车厢走去。

"赶快！"

威尔说着，飞快地推开了门，跑进了下一节车厢。玛伦在车厢里冲着他笑道："这个主意不错，不愧是我的同伙！"

"我不是你的同伙。"威尔对"同伙"这个词有些反感。他觉得，自己和实施偷盗的道林以及协助偷盗的玛伦是有本质区别的。

"凡是互相帮助的人，都可以叫作同伙。"道林先生解释说。

威尔皱了皱眉，轻笑了一声，说："但愿我们是互相帮助，而不是做坏事的同伙！"

威尔非常了解范·霍恩，觉得这位铁路大亨确实对珍贵的艺术品有着敏锐的鉴赏力。他想，或许范·霍恩根本就不会在乎那幅画。这位铁路大亨的人生已经非常完满，但如果他知道这幅画的惊人作用，自己却没有享受到，也会不开心的。不过据威尔了解到的范·霍恩，如果看到自己的画引起各种明争暗斗，这老家伙也会觉得十分有趣。

快要到二等车厢尾部时，道林先生拦住威尔和玛伦，说："我们现在需要爬到车顶上去。不过，车尾有乘务员站岗，不能让他们看见我们。"

威尔虽然已经准备好爬车顶的准备，但其实心里并不想这样做。

"这次又要在车顶上面走，你准备好了吗，威尔？"道林先生问，"这会儿列车开得比较慢，这段路是直路，列车不会拐弯。"

威尔点点头，说："我走过一次，应该没问题！"

"那就好！我们要尽量走快点儿，说不定车顶上还有其他人。"道林先生提醒道。

经过列车的下一个连接处，道林先生先爬上梯子，将头探了出去，观察着周围，觉得没有危险，才打了个手势，示意威尔和玛伦跟上来。

尽管威尔穿着外套，但到了车顶，还是在寒风的侵袭之下瑟瑟发抖。他努力平衡着身体，让自己站稳。客运车厢和货运车厢不同，客运车厢的车顶没有走道，显得更加倾斜。

夜空中只挂着一轮弯月，朦胧的月光下，威尔只能看到几英尺的地方。为了大家的安全，道林没有点亮手中的提灯，而这样却不方便他们跳过车厢。道林先生从容不迫地走着，玛伦更加不慌不忙——对一个天天走钢丝的人来说，这算不了什么。

走到第一节车厢的尾部，威尔看到道林先生和玛伦先后跳了过去，隐没在黑暗里。在列车两侧信号灯的照射下，威尔瞧见他们沿着车顶前进的身影。他不由得摸了摸口袋里大脚野人的牙齿，鼓起勇气冲入了黑夜。他隐约看到了前面一节车厢，抓住机会猛地一跳。一阵眩晕，他一个趔趄，跌落到了车厢顶部，玛伦伸手扶住了他。

"干得不错！"玛伦低声说。

接着，威尔跳过了一节又一节车厢，很快他的身体适应了火车强烈的颠簸，动作越来越娴熟。

突然，威尔看到前面大概三节车厢的距离处，闪烁着提灯的光。他挪到玛伦旁边，刚准备拍玛伦的肩膀提醒她时，玛伦已经转了过来。接着，威尔看到道林先生示意大家后退。威尔赶紧蹲下，匆忙回到了车厢尾部。

"下去！"道林先生小声对他说。

威尔爬回平台，紧贴车厢的一侧，以防有人透过窗户看到他。很快，道林先生和玛伦也像他一样紧贴车厢。

"他还没发现我们，"道林先生说，"我们从他下面的车厢穿过。"

说着，道林先生探出头警觉地观望着，确定安全后，才打开门让威尔和玛伦进来。再次回到头等车厢，威尔感觉很奇妙，仿佛这里变成了另一个世界，不过或许一切都没变，变的只是威尔自己。如今的威尔乔装成印度灵魂艺术家，跟随同伙一起偷盗灵车里的画作，成了一名盗贼。

威尔环顾着四周，顺便抓了一把烤杏仁和爆米花，小声说："前面是电影院。"

他们悄无声息地走在铺着地毯的走廊里。粉色灯罩里的灯泡发出的光亮，给他们照亮路。很快，他们就到了车厢的尾部。玛伦查看了一下车顶，冲他们点点头，示意一切安全。于是，他们轻轻地打开门，钻进了双层车厢里。

威尔爬上六级台阶，走到铺着黑白瓷砖的泳池平台。喷泉在泳池中心散发着银色光泽，欢快地将水花喷洒到鱼影斑驳的水中。

威尔跟随他们走过泳池旁的平台，经过布制的帐篷。突然，车厢前端传来了金属把手转动的声响。

情急之下，威尔抓住玛伦的手，将她拉入旁边的帐篷。帐篷的门帘上有个拉链，但是威尔担心拉动拉链会发出声音，进而暴露他和玛伦，便扯过门帘在他们身前。威尔透过门帘的缝隙，看见道林先生钻进了他们前面的帐篷。

不久，威尔看见一名戴着鸭舌帽的列车员沿着梯子爬上平台。虽然看不清他的脸，但威尔感觉那人应该就是麦凯。只见他手里拿着一根长长的金属叉，扫视了一下周围。

接着，麦凯沿着平台开始巡视。突然，他抡起金属叉，叉向第一顶帐篷。"砰"的一声，厚厚的篷布上被叉出了深深的皱褶。他又走向第二顶帐篷，用力敲砸了几下，然后继续走向下一个。眼看麦凯就要走到道林先生的帐篷，威尔握着玛伦的手，紧张不已。只见麦凯狠狠地叉了下去，帐篷瞬间凹陷了一大块，里面传出了滑稽的尖叫声。

"好疼啊！"

"快出来！"麦凯厉声叫道。接着，他后退了一步，握紧金属叉。威尔料想道林先生会浑身是血地从帐篷里摇摇晃晃地走出来，但道林先生一点动静也没有。

"出来！"麦凯再次怒气冲冲地说。他敲打着帐篷，帐篷里又传出尖叫声。只听一个熟悉的声音喊道："进来打我啊！"

麦凯皱着眉头，挑开了帐篷的门帘，大步跨了进去，准备痛打对方一顿。令威尔大吃一惊的是：麦凯一进去，道林先生就从另一顶帐篷中走了出来。道林先生迅速拉上了麦凯所在帐篷的拉链，又朝帐篷踢了一脚。帐篷翻倒在地，麦凯在里面一边挣扎，一边咒骂。

"帮我一下！"道林先生大声叫道。

威尔跟着玛伦从帐篷里跑了出去，他们合力抬起帐篷扔进了泳池。几秒钟后，帐篷沉了下去。

"他会淹死的！"威尔说。这时，他看见麦凯的手从帐篷里挣扎着伸了出来，扯开了帐篷的帘布。

道林先生领着威尔和玛伦走到游泳池车厢的外面，又一次爬上无限号列车的顶部。在这节双层车厢顶上，火车晃动得更厉害了。

威尔尽量跟着道林先生和玛伦，他知道他们必须赶快离开这儿。

他第一次从头等车厢上跳过时，心都快跳出了嗓子眼。虽说偏离了车厢的中心，但毕竟安全落地了。第三次起跳时，他不再那么慌张，试着计算出了自己所在的位置，估计是餐车车厢顶上。前方露天车厢的煤气灯闪烁着暗淡的光芒。几分钟后，他们跳上了露天车厢。他还记得几天前，火车离开哈利法克斯站时，他就待在这儿，此时回想起来却恍如隔世。透过半圆形的玻璃，他看见一位绅士手里握着白兰地酒瓶，孤零零地躺在扶手椅里打着盹。

接着，他跳过了雅座车厢、台球车厢、图书车厢，再往前一点儿，就是列车头了。煤水车像一座用活塞演奏着交响曲的小型机械城市，上方冒着的蒸汽犹如高耸入云的大烟囱。

威尔又急忙跳了一次，谁知脚刚一离开车顶，风向就改变了，一股夹杂着煤灰的热浪向他扑来，直熏他的眼睛。他拼命眨眼，忽然发现前面一节车厢正在拐弯变向。

他低吼一声，张开了双臂，准备跳过去，然而一只脚踩到车顶边缘时，却滑了一下，肩膀撞上了车顶。慌乱中，他一只手抓住了车厢边缘，另一只手拼命乱抓。

玛伦听到了威尔的呼救声，转身飞快地冲了过来。她顺着倾斜的车顶滑下，一把抓住了威尔的手腕。玛伦虽然身体娇小，但在这一瞬，却爆发出了惊人的力量。终于，威尔的双脚落回车顶，慢慢挪到了车顶中间。

"小心点儿呀！"玛伦说这话时，几乎和威尔头挨着头。

威尔喘着粗气，点了点头，重新跟上了玛伦。很快，他们走过了双层车厢，又踏上了单层车厢的顶部。他们必须比刚才更加小心，因为这下面是维修车厢和列车员车厢。天快亮了，服务员和列车员很快会醒来，为新的一天做准备工作。

现在，威尔能远远地望见灵车上的金属羽毛了。他们跳过两节车厢后，到达了灵车。威尔跟在道林先生和玛伦后面，小心地走到那个摇摇晃晃的小平台，后面是维修车厢没有门的一端。不远处，灵车的钢铁外壳在黑夜中闪着微弱的光芒。

"先不要靠近！"道林先生提醒道。

突然，铁轨传来了巨大的响声，火车震动了起来，威尔知道，这是电流通过灵车金属外壳时造成的。

道林先生取出怀表看了一眼，说："我们有三十五分钟。"

"要是时间过了会怎样？"威尔问道。道林先生并没回答，只是默默地将手里的提灯点亮。

玛伦脱掉外套，蹲下身，取出她的钢丝轴，她将进行一场足以令世人惊叹的盛举。威尔盯着灵车底部，看着飞速转动的车轮碾过铁轨，听着"咔嗒咔嗒"的声音，感受着列车的剧烈摇晃，他不禁为玛伦捏了一把汗。

"让我下去吧！"他对玛伦说。

"嘘！"玛伦穿上橡胶鞋，"在演出之前千万不要说这种话。"

"这不是演出！"他说。

"她之前专门训练过。"道林先生安慰威尔。

"你真的确定那里有足够的空间？"他还是不放心。

"没问题！"道林告诉他，"我已经仔细测量过了。"

威尔盯着快速行进的列车车厢，看到那一段狭窄的空隙，脑海里闪现出她掉下去的画面。

"为什么不能等到列车靠站呢？"他向道林先生提出。

"必须是现在！"道林先生厉声说。

"为什么？"他质问道。

"够了，威尔！"道林不想再继续解释下去。

"但这样很危险啊！"威尔愤怒地喊道，身体也不由自主地颤抖起来，"这是对您来说很重要的事，您为什么不自己去？"

"安静！"

身后传来玛伦的声音。威尔转过身，看到玛伦一脸愤怒。

"你不想做就离开！"她说，"不要再干涉我的事情！"

玛伦的话狠狠扫了威尔一记耳光。他极力保护着她，而她却把他当作一个无理取闹的孩子。

"那你就去吧！"威尔生气地说，他委屈得差点儿哭出来，却极力掩饰着受伤的内心。他想爬上梯子，直接回到头等车厢，不再参与这场疯狂的盗窃，但他没有这样做。

玛伦准备向站台的边缘滑下去时，威尔从口袋里掏出一把钥匙，说："拿着，这把原配的钥匙可能更好用。"

"谢谢你，威尔！"玛伦感激地说。

道林先生调整了灯罩，一小束强光射向了高速运转的车厢底部。上过油的钢架、桁架钢丝和旋转的金属杆，在运转带发出的咔嗒声中呼啸而过。

玛伦转动着钢丝轴的把手，坚硬的钢丝延伸得越来越长。

"记住，不要碰到车底的任何部位。"道林先生提醒玛伦。

玛伦点点头，把钢丝的一头送了出去，她的手在车厢底下捏着钢丝的另一头，直到钢丝越过金属杆，套挂在远处的车钩上。然后，她把钢丝的一头绑在平台的下面。她可以开始走钢丝了。

只见玛伦迅速荡过去，踩到了钢丝上。接着，她伸出双臂稳住重心，努力使身体保持平衡。她穿着橡胶底的便鞋，微微弯曲着腿，以免碰到车底的钢铁外壳。

道林先生平躺着，调整灯光的角度，尽量照向玛伦。威尔把脸紧紧地贴在平台冰冷的金属表面，紧张地盯着玛伦。他屏住呼吸，不敢发出任何声响。火车颠簸着，玛伦摇晃得更加厉害了，手也在空中晃动着。此时的威尔好想恳求她回来。

"闸门就要关上了！"道林先生冷静地喊道。此时的玛伦看不到自己身后。"再加把劲……就在那儿。"道林先生鼓励着玛伦。

玛伦在一个黑色箱子下保持住了身体的平衡，然后从袖子里拿出了钥匙。她的身体随着火车不停地左右摇摆。她找准时机，迅速将钥匙插进锁孔里转了一下。随即，机器嗡嗡的轰鸣声戛然而止。

"你做到了，我的好姑娘！"道林先生松了口气说，"你真是个聪明的孩子，你做到了。现在回来吧，小心点儿！"

威尔看着玛伦慢慢顺着钢丝滑了回来。尽管这回她可以用手触碰车底，以此来保持平衡和推动自己迅速前进，但威尔依然很担心，生怕她出一点儿意外。

玛伦滑回平台上，开心地笑了。威尔这才松了口气，情不自禁地把玛伦揽入怀中，紧紧地抱住。

"对不起，刚刚对你太凶了！"她在他耳旁轻声说。

"只要你安全就好。"

"我们得快点儿！"道林先生提醒道。

他们沿着梯子爬上车顶，继续朝前走。接着，道林把绳子系在金属横档上，然后抓住绳子，沿着火车一侧快速下降。

威尔看到，道林先生先是摸索了几下密密的金属叶饰，接着将钥匙插了进去。列车的一部分很快弹开，并平稳地向后慢慢伸展开来。道林先生摇晃着进入了车厢。

"你下去吧！"玛伦告诉威尔，"我会帮你抓牢绳子。"

"谢谢！"威尔感激地说。

如果几天前，有人要他像这样在一辆飞驰的列车上沿着一侧下降，那他一定会觉得那人是在开玩笑。因为他觉得自己不可能有那种勇气。

但他现在勇气倍增。尽管害怕得满手是汗，但只要回头看看玛伦，就会信心满满。

道林先生在窗口等着他，当他下降到窗口时，道林先生把他拉了进来。很快，玛伦也进来了。道林先生再次点亮了提灯。

车厢里有一股强烈的类似麝香的气味——那是蜡烛、灰尘、家具擦亮剂混合在一起的味道，还有一股令威尔毛骨悚然的、由科尼利厄斯·范·霍恩的残骸缓慢分解而散发出的微甜气味。威尔朝四处看了看，这里有作为收藏品的一把椅子和一个脚蹬，一个装饰着孔雀羽毛的茶壶，一盘摆好的静待"开局"的象棋，一双破旧的雪地鞋，一只爱犬的标本，一大幅挂在墙上的带框照片。威尔走近几步，不由得喘着气。

他发现挂在墙上的带框照片是他从没见过的，但是照片中却有他。他记得那是在克雷盖拉希拍的，他在照片的正前方位置，照片拍的正是他挥动着锤子砸中最后一根道钉的瞬间。

"照片里有你？"玛伦问。

"那是一个美妙的日子！"道林先生说。

"太令人难以置信了，"玛伦说，"怎么会没人知道呢？"

"唐纳德·史密斯应该更喜欢另一张照片，"道林先生说，"他是第一个敲道钉的，结果把道钉给锤弯了，又不得不重新把它弄直。"

"所以这张照片才是事实。"玛伦冲着威尔笑道。

看到玛伦的眼中写满了赞赏，威尔不觉满心欢喜。他一直觉得自己在这件事中并没有发挥多大作用，所以也就从来没有把这看成是自己的功绩。他觉得自己只是碰巧坐在"飞吻火车站"的月台上，范·霍恩先生又碰巧有点儿喜欢他。

"这是这条铁路的最后一根道钉，"她说，"你算是个名人了！"

"不算！"威尔回复道，"修铁路我又没有出力。"

这时，道林先生正细致地扫视着车厢的墙壁。

"那幅画在哪儿呢？"威尔问道。

"不在这里！他视它如珍宝，大概藏在里面。"

道林先生说完走到一面内壁前。威尔察觉到这面内壁将车厢分成了两半，内壁中央是一道金属门，看起来像银行金库的入口。

"我们进不去吧！"威尔小声嘀咕道，"又没有钥匙。你能把门撬开吗？"

玛伦深深地叹了一口气，摇了摇头。

"不需要撬门，"道林先生说，"门锁在一个计时器上。"

这个答案真是出乎威尔的意料。

接着，威尔隐约听见从门内传来的嘀嗒声，他凑上前，只见两个钟并排着被嵌入了金属门。

"你们看——"道林先生说，"第一个钟显示的是我们现在的时间，第二个钟显示的是我们到达狮门城的时间和日期。这把锁只有在特定的时间才能打开。"

"接下来我们要做什么呢？"威尔有些恼怒地问。他觉得既然道林先生一开始就知道这些，那为什么还要带领他们踏上这愚蠢的旅途呢？

道林先生看了看怀表，说："正如我之前给你们展示的那样，时间是个玄妙的东西，五分钟内我们将穿越时空。"

威尔还清楚地记得那天道林先生的表演，他怀表上的指针明明还在颤动着，却不再往前走动。"但我从不确定，那是否只是……"

"一个把戏？"道林先生笑着问威尔，"自然规律就是最神奇的把戏。"

"您居然知道这把锁所有的秘密。"玛伦惊讶地说。

"当然!"道林先生回答道,"我认识这把锁的设计者,就是我自己。"

"所以当我们穿越时空的时候……"玛伦似乎明白了。

"指针将会颤动,时钟将会停止。几分钟后,这把锁会以为我们已经到达了目的地,或者以为至少我们不再知晓真正的时间。不管哪种情况,这把锁都会自动打开。"

几声缓缓的掌声突然从身后响起,威尔只觉得一阵恍惚,循声望去,发现布罗根正站在他们后面鼓着掌,旁边还站着奇泽姆和麦凯。奇泽姆颤抖的手里握着一把刀。强壮的麦凯右手戴着指节铜套,身上裹着已经湿透的衣服。布罗根则拿着一把手枪。

"让你来带路果然是件好事!"布罗根说,"拿到这把钥匙才只是个开始,不是吗?我没有想到里面会有这么多陷阱。你才是那把真正有用的钥匙,不是吗,道林先生?"

此时的威尔只能干瞪着布罗根一伙人。

"伪装得真不错,小伙子!"布罗根说,"当时在酒吧看见你,我就知道你在找什么东西。当时我就寻思,为什么你不和那个骑警说话呢?后来我才知道你跟我一样,都想从灵车里拿些东西。"

道林先生说:"推理得不错,布罗根先生!"

"所以你继续吧,施展你的魔法……"布罗根说。

"我可不相信什么魔法,先生。"道林先生反击道。

"那就做你该做的事，把门打开！"布罗根说。

道林先生仔细地看着怀表，一旁的威尔瞥见了怀表表盘的两面：一面是地球时间，另一面是宇宙时间。

"你期望在里面找到什么呢，布罗根先生？"道林先生平静地问着，眼睛却盯着自己的怀表。

"你不用管，你只需要把我们带进去。"布罗根说。

"为什么我们不能带着各自的战利品，愉快地分道扬镳呢？"道林先生建议道。

布罗根讽刺地笑道："你怎么知道我们不是在找同一件东西？"

"我猜你要找的是金子。"道林先生说。

"这么说来，你对金子不感兴趣？"布罗根问。

"这会儿不感兴趣。"道林先生回答。

"算你识相，那接下来要怎么做？"

"我们只要再等一会儿就可以了。"

布罗根紧张地瞥向麦凯："盯住他，伙计们，他太狡猾了！"

接着，布罗根用枪对准了道林先生的太阳穴，恶狠狠地说："千万不要跟我耍花招！"

"我没想过耍花招。"道林先生镇定自若地说。

威尔看着玛伦，想象着要是布罗根开枪的话，他们都会毙命，毕竟他们都是血肉之躯。

道林先生举起计时器给所有人看。"先生们，时间马上要到了……"他的动作看上去有点儿夸张。

所有人都抬头看着计时器，紧盯着上面的秒针。

"从现在开始的每一刻……"道林先生说，"每一刻你都能感觉……当它附着在你身上的时候，你就能感觉到它……"

"住嘴！"布罗根吼道。他紧绷着脸，脸上的沟壑像干涸的河床，"我知道你想做什么！"

"我什么都不需要做，"道林先生轻柔地说，"它已经完全在我掌控之外了。"

"住嘴！"布罗根再次说，但这次他的嗓门明显低了一些。

"什么都不需要做……"

这时，威尔感到一种奇异的东西在身体里流淌，意识飘出了身体，就像灵魂出窍了一样。

"从现在开始的每一刻。"道林先生微弱的声音仿佛来自远方。

接着，威尔看见怀表的秒针停了下来，并不停地颤动着。他听到脚下的铁轨发出轰隆的巨响，而保险库门上的钟表发出的嘀嗒声却异常清晰。他瞥了一眼钟表，忽然有种在水中穿行的感觉。这时，嵌入金属门的第一个钟表指针颤动着，停止了运转。紧接着，从门内传来一声清脆的咔嗒声，就像指针折断发出的声音。

这一瞬间发生了太多事情，车厢似乎在不断地膨胀着，威尔知道玛伦就在他的身边，当然布罗根和他的两个手下也在。

奇怪的是，道林先生不见了，突然他出现在了威尔右边，正准备伸手扭动门上的转盘。

转盘缓慢地转着，上面的辐条闪烁不止，反射着提灯的光亮。门缓缓开启，一股浓烈的金属气息扑面而来。接着，时针又开始了转动。

威尔深吸一口气，感觉灵魂又回到了身体里。布罗根一把夺过道林先生的提灯，挥着手枪，对准威尔。

"进去！"布罗根说。

威尔一脚跨了进去，只听到从里面传来一阵金属撞击声。威尔惊讶不已，但他已经没时间问道林先生那是什么声音了。

威尔借着提灯晃动的光线扫视着房间。与前厅相比，这个房间显得空荡荡的，一个巨大的石棺放置在房间中央。威尔曾经有三年时间，都待在一个到处散布鬼故事的港口城市，听惯了恐怖的灯塔和船只、被水淹没的矿井以及冒险者的骨骸和灵魂的故事。但他从未有过今天这样的感觉，他觉得自己正面对着一种超自然的力量。他的脚趾感到刺痛，关节变得虚弱，耳朵里传来哀鸣声。这模糊的哀鸣声持续不断，使他的心跳加快，脉搏加速。

灯光扫过悬挂着的范·霍恩的家庭照，旁边就是那幅铁匠铺的画。威尔不经意瞥了一眼道林先生，发现他正盯着画布，就像沙漠旅者在渴求绿洲。

"很喜欢那个呀，是吗？"布罗根说，"行了！会给时间让你欣赏个够的。伙计们，快点儿拿到我们想要的东西！"

"你想要道钉，对吗？"威尔说。

布罗根轻蔑地哼了一声，说："道钉？"

"你在山区时就想偷它。"

"啊！我会拿到道钉的，但好戏才刚刚开始。"

布罗根眯起了眼睛。"你父亲从没告诉你，是吗？"他说。

火车突然颤动了一下，威尔不由得迈开一步，保持身体平衡。

"告诉我什么？"他好奇地问。

"在山里，你父亲和我可不仅是在修铁路，我们还在挖金子。当时铁路公司已经破产了，孩子。范·霍恩穷途末路，眼看谁也救不了他，我们已经两个月没领到工钱了。你还记得当时饿过肚子吗？还记得那几个月你妈给你吃的是什么吗？"

威尔的确记得那些艰苦的日子。那时父亲没往家里寄钱，他们不得不每天吃着清汤小菜。后来如果不是母亲去工厂干活，维持生计，他们恐怕早就流落街头了。

"范·霍恩已经差不多绝望了，没人愿意再为他的铁路公司多投一分钱。但他从一群印度人那儿听说山上有金子。于是，他组建了我们这个团队，让我们想办法炸出几条隧道，看能不能找到金子。托上帝的福，我们真的找到了金子。那些金子保住了他的铁路公司。但是他把这件事当成不可告人的秘密，因为他不想让人们知道他能够成功全凭运气。而且金子是不是归公司所有呢？哈，这可是个棘手的问题。有一件事是可以肯定的，范·霍恩的手上没有沾上煤灰和爆炸用的硝化甘油。别人为他流血流汗，他却坐享其成。我们辛苦地开采出金子，范·霍恩却拿走了它们。不过那些金子还剩很多。这节车厢运的可不仅是一个死人啊！"

布罗根调整了一下提灯，好让灯光照亮后面那堵墙旁边的三个板条箱。其中的一个箱子是开着的，里面的金条散发着诡异的光。

"你父亲打算用这些金子开辟一条横跨太平洋的轮船航线，"布罗根说，"但是现在它们归我了！"

"你不能这样做！"威尔愤怒地喊道，"你不能偷走他的金子！"

"这些金子是我挖出来的！"布罗根吼道，"和他一起挖的，为什么我就不可以拿走属于我的那一份？我可没像你父亲一样升职，也没像他一样接管了铁路公司！"

"他救了范·霍恩的命！"威尔反驳道，"他靠自己挣来的，不像你，是个小偷！"

接着，威尔感到肚子一阵剧痛。等他缓过神来，才知道自己挨了布罗根一记重拳。他跪倒在地，喘着粗气，不停地流着眼泪。

布罗根朝威尔身旁啐了口唾沫，说："小偷？如果你还见得到你父亲，就去问问他，他是不是把山里挖到的金子都放进了自己的口袋。"布罗根说完又扭头对他的手下说，"快点儿！把这些板条箱拖到门口。"

麦凯往前走了两步，突然停了下来。他听到石棺里有吸气的声音。

箱盖向后猛地一滑，威尔吓得一个激灵。一旁的玛伦死死地抓住威尔，她的指甲像是要深深嵌入威尔的手臂似的。而威尔就像被闪电击中了一样。

这时，范·霍恩从黑黑的棺材里站了起来。他茂盛的胡须和鬓发遮挡着他那张皱巴巴的脸，凹陷的胸前随意地挂着一件上衣，曾经强有力的双手布满了皱纹。他好像疾病发作一样，身体颤抖着，然后剧烈地抽动了一下。接着，他就像那些打开盒盖就会跳出来的恶魔玩偶一样，直直地跳起。

伴随着一声巨响，一股辛辣的气味袭来，紧接着是麦凯大声干呕的声音。众人循声望去，只见麦凯弯着背，踮着脚，下巴扬着，看起来像是被一根无形的链条拉着。他身上的湿衣服冒着水蒸气，身体两侧的胳膊不停地颤抖着，脖子上的筋像是打着结的麻绳一样突显了出来。威尔仿佛看到一具尸体直立在他面前，顿时吓得魂不附体。

奇泽姆尝试把麦凯拉回来，但他一碰到麦凯的身体，就好像和麦凯焊接在了一起。接着，他也和麦凯一样发出了可怕的窒息声。

威尔回头看了看范·霍恩的尸体，他有点儿怀疑是它对布罗根的手下施加了这种恐怖的魔力。不过很快，他就知道了——它并不是范·霍恩的尸体，而是一部制作精巧的机器，和马戏团的那些人偶一样。

"这只是个木偶！"布罗根也发现了，冲着手下大声喊道。

"他们触电了！"道林先生冷静地对布罗根说，"这是个陷阱。"

布罗根用枪指着道林先生，说："你最好把开关关掉！"

"陷阱用的是独立的电源。"道林先生解释道。

只听啪嗒两声，布罗根的两个同伴倒在了地上。

布罗根警惕地看着道林先生，小心地向倒下的人踢了几脚。那两个人一边呻吟一边浑身颤抖，很快眼睛发直，眼珠不动了。

"他们会恢复过来的，"道林先生说，"你不用担心。"

这时，威尔看到，范·霍恩摇晃的"尸体"无声无息地伸出干枯的手抓向布罗根的手臂。布罗根大叫一声，猛地转过身，努力想要抽出自己的手臂。但随着金属齿轮转动的声音，人偶的手指一根根地扣住了他的身体。这个人偶的手臂非常坚硬，力量大得出奇，它紧紧地抓住布罗根，使他无法靠近石棺。

布罗根愤怒地回头对道林先生说："你早就知道有陷阱！"

"当然！这个房间是我帮范·霍恩先生设计的。"道林先生冷冷地说。

"放我走，要不然我就开枪了！"布罗根威胁道。

"恐怕不能如你所愿！"道林先生说。

布罗根扣动了扳机，只听见一声咔嗒响。他又反复扣动扳机，才发现六个枪膛都是空的。

"没有这些东西，很难把枪打响吧！"道林先生说话间摊开手来，子弹就在他的手中。布罗根想冲过去抢回子弹，却被"范·霍恩"抓住不能动弹。

"等列车到狮门城，我就放了你，"道林先生又转身对玛伦说，"请帮我把那幅画拿下来，小心别碰到地板。除了我们站的地方，其他地方都设有陷阱。"

玛伦像猫一样灵巧地穿过车厢，踩在墙边的一个小衣柜上，将画从钩子上取了下来，精准地抛给道林先生，接着又迅速地回到了威尔身边。

道林先生拿到画后，就开始疯狂地敲击它的边框。他拿出藏在大衣口袋的刮刀，沿着画框将画布割了下来，然后塞进了上衣口袋。整个过程，他的手一直在颤抖。

"我们得赶快离开！"他大吼道。

"别犯傻啊！"布罗根也吼道，"我们可以瓜分这些金子，你马上就有钱了！"

道林先生没有理睬布罗根。很快，威尔等人回到了前厅，道林先生试图锁上大门——"砰"的一声，却没能关上。道林先生用力推了一下门，才发现有什么东西卡住了。

"是螺栓，"威尔说，他明白之前听到的是什么声音了，"它弹回来了。"

道林先生仔细看了看，发现有个很大的金属螺栓突了出来。"只要我们穿过时区……"他喃喃地说，"它就又会自动锁起来。"

"太丢脸了！"门的另一边传来布罗根扬扬自得的声音，"现在你锁不住我们了，对吧？"

威尔第一次看到道林先生如此慌张。

"快点！"道林先生说，"我们得回去了。"

此时，一棵棵堆满积雪的树从敞开的车门闪过。玛伦顺着绳子往上攀爬，一直爬到了灵车的顶部。威尔紧随其后，但是用手抓着绳子往上爬对他来说很困难。好在有玛伦的帮助，威尔很快就被拉上了车顶。

接下来呈现在威尔眼前的一幕，令他吃惊不已。从东方投来的第一道阳光照射着周围的群山，山坡犹如镀了一层金，威尔却冻得直哆嗦。

道林先生也顺着绳子，跌跌撞撞地爬向车顶，他看起来非常痛苦。威尔和玛伦半跪在车顶，抓着他的胳膊往上拉。道林先生感激地点了一下头，然后将身后的绳子拉了上来。

在阳光下，道林先生的病容一览无遗，威尔不禁心中一震。

"您还好吗？"玛伦看着道林先生。

"只是着凉了。"道林先生站起身说。

"大功告成，"威尔静静地说，"都结束了！"

"还没结束呢！"道林先生意味深长地说。

威尔转过身去。只见六个列车员正穿过无限号的露台，朝他们走来。在旭日的照耀下，对方的身形在列车上投射出巨大的阴影。

第十四章

无限号车顶

只见她仰头倒了下去，头重重地撞到了车顶，
然后整个人一动也不动。

"起来！"布罗根一边怒吼，一边捏着麦凯的下巴，并用靴子踢他。

麦凯嘟囔着，翻身吐到了布罗根的鞋子上。

"怎么回事……"吐完后的麦凯呻吟着说。

"你被电到了！快退回来，把奇泽姆也拉回来，不然下一轮电击又来了。"布罗根说。

这时，奇泽姆那张像黄鼠狼般的脸剧烈地抽搐了起来。他睁开眼睛，像烂泥一样瘫在地上。

"这不过就是个人偶！"布罗根喊道，"这家伙抓着我的手，快帮我弄开它。"

"我不想碰这玩意儿。"麦凯说。

"那你想困死在这儿吗？快把这只手弄开！"布罗根急了。

麦凯强忍着恶心，不情愿地走到范·霍恩的人偶面前。他抓住它的手腕，想要掰断。

"太硬了！"他用拳头砸了砸人偶的前臂。

人偶的另一只手突然伸了出来，紧紧抓住了麦凯的衣领。

"它抓到我了！"麦凯哭喊道，"抓得好紧啊！"

"白痴！"布罗根气急败坏地吼道，"奇泽姆快滚过来，帮我们解开！"

奇泽姆慢慢靠近，眼里充满恐惧。

"你确定这不是他的尸体？"他胆怯地问。

"他的尸体埋在下面哪个地方，这玩意儿是人造的，"布罗根说，"把它的袖子卷起来！"

奇泽姆小心地解开它的袖口，然后卷起它的袖子。他发现"尸体"的肉色看上去极为逼真，怎么看都不像是模型。

"你们看！"布罗根说，"那里好像有块小板子。"

奇泽姆用他的小刀不断向"尸体"手臂里面刨，终于撬开了一块嵌板，接着，便看见一连串电线像血管和筋腱一样紧紧嵌在它的手臂里。

"把电线剪了，它就没力气了，"布罗根说，"拿老虎钳来！"

"给！"麦凯从背包里拿出一把老虎钳，递给奇泽姆。然而奇泽姆却失手把老虎钳掉在了地上。

"我的手还有点儿哆嗦。"奇泽姆解释道。

"递给我！"布罗根咆哮着。

很快，布罗根便用老虎钳夹住了人偶牙齿旁的主线。他用力捏紧，电线终于"啪"的一声断掉，人偶的手指松开了，布罗根获救了。紧接着，他把麦凯也解救了出来。看着房间那头装有金子的板条箱，布罗根气急败坏却又鞭长莫及。他知道，再往里面多走一步，就会触动陷阱，再次遭到电击。

"我们待会儿回来取金子！"他说，"先去看看弟兄们把道林解决了没有。"

在距离威尔等人一节车厢的距离处，六个列车员挡住了威尔、玛伦和道林先生去往头等车厢的路。

"布罗根在哪儿？"他们中最高的那个人喊道。

威尔马上意识到，他们是在这里等着分金子的。

"他和麦凯、奇泽姆被关在了灵车里！"道林先生喊道，"都结束了，先生们。你们已经输了！如果不想蹲监狱，就赶快回去，站好自己的岗，我们就当没见过你们。"

威尔看到，他们中有人拿着匕首，有人拿着大扳手，还有人带着指节铜环。看样子他们并不打算退缩。

"我们可以转身跑到列车车头去，"他小声对道林先生说，"那里有锅炉工，还有工程师。我父亲也在……"

道林先生什么也没说，脸色苍白，注意力始终在那些列车员身上。他黑色的上衣被风吹起，就像迎风舒展的双翅，这时候的他看上去比往常更像一只渡鸦。

"我们该怎么办？"玛伦问道林先生。

道林先生看上去有点儿疑惑，喃喃自语道："他们应该快到了吧……"

"谁？"威尔问。

"干掉他们！"一个熟悉的声音在威尔背后响起。威尔转过身，看到布罗根爬上了灵车的另一头，麦凯和奇泽姆紧随其后。

他们被包围了，威尔紧张地咽了咽口水。接着，那六个列车员一起大喊着向他们冲了过来。

"我们冲过去！"威尔对玛伦说，"地方很窄，他们一次只能上来一两个人。你趁机跑去头等车厢拉响警报。"

"我来对付布罗根。"道林先生说着，从上衣口袋里掏出了刮刀，大步走向布罗根和麦凯，对着二人凶狠地比画了几下。

排在最前面的列车员跳上了灵车。

"他们来了！"玛伦提醒道。

威尔有些害怕，但还是强迫自己勇敢地面对这伙人。他手无寸铁，慌乱中突然想到道林先生的一句话，'一件好的大衣可以有很多用处'。这时，有两个列车员朝他冲了过来，他们张开双臂，犹如俯冲扑食的猛禽。

"抓住他！"一个列车员对他的同伙大喊道。

威尔脱掉大衣，扔向两个列车员。呼啸的寒风吹动着大衣朝他们劈头盖脸地砸了过去。他们乱挥着双手，试图甩开大衣，却踉跄着失去了平衡。其中一个家伙从车顶失足掉了下去，惨叫着摔到铁轨上，接着又滚进了旁边的灌木丛。另一个家伙好不容易甩开大衣，却又栽倒在车顶，滚到了一边。慌乱中，他紧抓车顶的边缘，双腿却悬空乱蹬。威尔想把他踢下去，却狠不下心。

道林先生从威尔身后冲了上去，与麦凯和布罗根面对面展开了对峙。他手中可怕的刮刀斩裂了空气。他咬紧牙关，眼底燃烧着怒火。

一名列车员抓住了威尔右边的玛伦，不过玛伦很快摆脱了他。列车员再次用双手去抓，她耸了耸肩轻易地抖开了。这时，对方的一只手腕上突然出现了一副手铐。他怒骂着又向她冲了过来，与此同时，另一个列车员也扑过来，将她紧紧抓住。但是她又一次敏捷地挣脱了。当他们再次扑向她时，却发现他俩的手被铐在了一起，两个人互相拉扯，随后跌作一团。

现在，威尔和剩下的两个人之间隔着车厢连接处的空隙，只要威尔向前跑，经过五六节维修车厢，就可以抵达乘务车厢。到了那里，他就可以拉响警报。想到这儿，威尔拼命地向前跑去。

他躲开了一个列车员，正要跳到下一节车厢，脚却被人拽住了。他猛地摔倒在了车顶，摔得晕头转向。他喘息着翻过身，一脚踢开了那双手，接着他又猛扑过去，一拳打在对方脸上。挨了一拳的列车员感到有些意外，哼唧几声缓缓后退。不过很快这个家伙缓过了神，他抡起粗壮的胳膊挥向威尔，打得威尔眼冒金星。当威尔恢复意识时，他的头已经悬空倒吊在列车的边缘。列车员弯下腰，准备把威尔从车顶扔出去。危急中，威尔拼命想抓住一些什么，却什么也没抓住。

突然，列车员被一根长木杆击中了腹部，弹下了火车。威尔抬头一看，只见张氏兄弟踩着他们的高跷，大步朝他走来。

"你好呀，小不点儿！"张黎朝威尔点着头说。

威尔从车厢边缘爬了回来。他半眯着眼睛，看见另一个人踩着高跷在阳光下走了过来。是罗德！他开心极了。只见罗德的胸前绑着一条插满飞刀的带子，他的身旁是博普雷先生。

在车顶上站立的博普雷先生不再需要低头弯腰，他站直了身子，足有八英尺高。他冲了过来，加入了搏斗。

威尔正准备跑向头等车厢，却看到一个列车员挥动着扳手，接着，玛伦仰面倒下了。他不确定她是被绊倒的，还是被扳手打倒的。只见她仰头倒了下去，头重重地撞到了车顶，然后整个人一动也不动。威尔一边喊着她的名字，一边冲了过去。

博普雷先生正要从那个列车员手里夺下扳手，却没想被对方的一个同伙从背后偷袭了。这位巨人被猛击了一下。这时，玛伦的身体开始从车顶向下滑落，威尔拼命朝她扑了过去，一把抓住了她的胳膊。

玛伦的手立即紧紧地抓住他，拖着他向车顶边缘滑去。

"玛伦！"威尔大喊道。

"哦！"玛伦睁开眼睛叫道，"我还以为是他们的人呢！"

"你还好吗？"威尔问。

"我是装的啦！我本来准备把他骗过来，扔下去！"玛伦说。

"我们得救了！"威尔抑制不住内心的兴奋。

"我知道！"玛伦轻声道。

"隧道！"不知是谁喊了一声，威尔猛地一扭头，看到巨大的石头隧道仿佛张着血盆大口的巨魔头颅，正飞速地朝他们逼近。转眼之间，火车已经喷着蒸汽冲了进去。威尔平躺在车顶，张氏兄弟跳到车厢下方的平台上，斜倚着木头高跷以确保平安穿过石头隧道。

"罗德！"玛伦突然尖叫道。威尔循声望去，只见她的哥

哥看着头上呼啸而过的岩石顶壁，像是被吓呆了。随即，威尔听到一声沉闷的巨响，头上的灯被撞碎了，接下来便是漆黑一片。

黑暗中，威尔不停地一边咳嗽，一边眨着眼。

"罗德！"玛伦再次大喊。其实罗德只是蹲了下去，并无大碍。他重新支起仅剩的一根高跷，一跃而起。

"我没事！"罗德大声说，接着他将高跷在车顶上撑了起来。

"当心头顶！"道林先生一边提醒其他人，一边敏捷地跳开了。高跷将麦凯踢倒了。布罗根冲向道林先生，却被道林一刀砍退，血从布罗根的脸上喷涌而出。

两个被玛伦用手铐铐在一起的列车员向张氏兄弟冲了过去，他们用自己的身体撞击两兄弟的高跷，很快便把其中一根撞成了两半。这对连体双胞胎倒在车顶上，他们就像一只瘸腿的蜘蛛，正努力想要重新站起来。忽然，他们猛地支起仅剩的两根高跷站了起来，看上去就像踮着脚尖舞蹈的芭蕾舞女。罗德掷出了飞刀，只听对方一声惨叫，飞刀深深刺入了其中一名列车员的肩膀。

威尔转过身，看见罗德手握另一把飞刀，蓄势待发。但罗德刚要将飞刀掷出去，一阵从列车头喷出的浓烟和蒸汽袭来，遮住了他的视线。威尔被困在这团刺鼻的烟雾中，只感到头晕目眩，他双膝跪下，蹲伏在车顶上。

烟雾散去后，威尔看到一个列车员被博普雷先生扭着胳膊，痛苦地哀号，他的另一只胳膊无力地耷拉着。巨人博普雷先生一把抓起他，吼道："我要把你扔下火车！"说完就把这个家伙丢了下去。

威尔看着前方，发现火车正笔直地冲向另一座山的岩石峭壁。

"是康诺特！"一个列车员喊道。

威尔听说过这个地方——那是三条在山腹中炸出来的螺旋形隧道。火车眨眼之间就冲到了隧道跟前，漆黑的洞口迎面而来。

洞里伸手不见五指。这时，列车头爆发出三声巨大的汽笛声，震得威尔头痛欲裂。他感觉到隧道的顶壁在头顶呼啸而过，整个人吓得不敢动弹，生怕一站起来脑袋就没了。

借助火车侧面信号灯的微弱光线，隧道的形状依稀可见。隧道顶壁比威尔想象中的还要高，否则有着高大烟囱的火车肯定无法通过。火车开始在山间盘旋下行，车速也随之放慢了许多。照理说，本来不该这么慢的，但是那么多列车员都不在岗位上，车也无法正常运行了。

"我在这里！"威尔身旁传来玛伦的声音。她抓住了他的手。

因为不久前和列车员对峙时扔掉了大衣，冰冷的水滴从隧道顶壁滴落到威尔身上，他感到非常寒冷，车顶也异常湿滑。

列车头的烟囱在隧道中喷出滚滚浓烟，刺痛了威尔的眼睛，他无法看清两英尺以外的东西。他想像狄徐一样蜷缩起来，然后隐身消失。他紧张地打了个寒战，担心有人会趁机对他发起攻击。正在这紧要关头，浓烟突然消散了。

"小心！"玛伦说着抓住了威尔的肩膀，一把将他拉开。只见一个巨大的阴影从他眼前闪过。在模糊的光线下，威尔看到一大块生着绿色青苔和褐色冰柱的石头。

"钟乳石！"威尔深吸一口气，又躲开迎面而来的另一块石头。

很快，威尔周围又充满了蒸汽，他再次陷入一片模糊之中。紧接着，他听到了喊叫声，却不知道发生了什么事。他在心里迅速计算着还剩下几个列车员。五个？六个？有两个列车员被铐住了，其中一个肩膀上还插着飞刀，另一个断了一只胳膊。那么就只剩下布罗根、麦凯和奇泽姆了。

这时，又刮来一阵令人目眩的烟雾，一个巨大的阴影随之罩住了他们。威尔仔细一瞧，只见博普雷先生弯着腰，正微笑地看着他们。

"我又把一个人扔了下去。"

说完，博普雷先生突然瘫坐在地，胸口的血浸湿了他的衣服。

"你受伤了！"威尔惊恐地说。

"他们有个人拿着刀。"博普雷先生显得很平静，似乎在叙述一件与他无关的事情。不过他的头耷拉了下去，就像睡着了一样。接着，他倒向了车顶。威尔和玛伦试图将他的身体缓缓放下，可是随着火车的连续急转弯，他的身体开始滚动。威尔急忙抓住他，可是巨人的身体实在太重了，威尔不得不放手，不然自己也会被拖下去。威尔眼睁睁地看着博普雷先生的身体滑落下去，消失在隧道之中。

他们再一次被笼罩在一片烟雾中。当浓烟散开时，奇泽姆拿着刀子站在了威尔面前。

"原来你在这儿！"说着他朝威尔冲了过来。

威尔和玛伦一起爬着后退，奇泽姆手里的刀子颤动着。火车正在连续转弯，奇泽姆无法站稳。昏暗的光线从他后面射了过来，这就表示火车正在接近隧道终点。

威尔突然看到一块形状奇特的钟乳石从隧道一旁突出来。

"小心！"他忍不住大喊。

奇泽姆刚露出不屑的狞笑，就被钟乳石猛地击中了头顶，随之撞到了隧道的石壁上。

无限号列车从隧道里呼啸而出，皑皑的白雪在明亮的阳光下格外刺眼，威尔一时间什么都看不见了。他眯着眼睛，小心地蹲下来，扫视着周围。只见那两个被铐住的列车员正向后退着，他们一瘸一拐地跑上了临近的车厢。那个胳膊受伤的列车员跳过车厢连接处的间隙，紧随其后。布罗根和麦凯不见了！他们是逃掉了，还是被扔进了隧道里？想到这儿，威尔不由得深吸了一口气。张氏兄弟抓着他们断掉的高跷。道林先生怒眼圆睁，环顾四周，他手里还紧紧地握着刮刀，随时处于备战状态。罗德从车顶捡回他的一把飞刀，然后急忙向他妹妹跑过来。

"博普雷先生……"玛伦刚一开口，就泣不成声。

"我知道！"罗德抱着她说。她把头埋进罗德的胸前。

威尔不觉有些失落，他也想这样抱着她。

"发生了什么事情？"道林先生问。

"他被刀子捅了！"威尔说，"我们抓不住他，他掉进了隧道。"

道林先生神情颓然，瘫坐下来。

"你想要的东西拿到手了吗？"罗德问他。

此时的道林先生神情恍惚。过了好一会儿，他才回过神来，点点头说："是的，是的，我拿到了！"

"但愿这一切都是值得的！"玛伦嘶哑地说，"为了得到它，您牺牲了他人的性命！"

罗德轻轻地对玛伦"嘘"了一声，示意她不要再说。一旁的张氏兄弟有些紧张地看着道林先生。

道林先生什么也没说，威尔很想知道他此刻的心情。

天上突然飘起了雪花，美丽的雪花飘落在众人的衣服上，瞬间融化。

"我要回头等车厢，"威尔说，"事情已经完成了。"想起过去的四天，威尔觉得就像整个人生一样漫长。他活了下来，心里却空荡荡的，感觉不到一丝喜悦，唯有疲惫与悲伤。他深吸一口气，准备回到头等车厢。他要告诉萨姆·斯蒂尔中尉在临时集市发生的事情以及接下来的一切。等列车到下一站，他会去列车头和父亲相见。然后……

"事情还没完！"道林先生看着威尔说，"暂时还没完！我需要你帮我，威尔。"

威尔皱着眉头问："还要做什么？"

"请你帮我画完我的画像。"

"为什么不找拉穆瓦纳夫人？"

"这件事必须由你来做，威尔，而且必须现在就做。"

道林先生费力地站起身。

威尔咽了咽口水，猜测道："您是说，您马上就要……"

"是的。"道林肯定地说。

"我不确定自己行不行。"威尔绝望地说。他不是对自己绘画的技巧没信心，而是不确定是否应该继续帮助道林先生。

"你听我说，"道林先生说，他脸上的肌肉抽搐着，"我花了多年的宝贵时间，还有巨额的财富，就为了今天这一刻！现在我终于拿到了画布，必须由你来帮我画肖像！"

"为什么要我画？"威尔咆哮着，怒火腾地从心底蹿了出来，"凭什么您就该活着，博普雷先生却该死？您拿我们大家的命去冒险，玛伦也差点儿没命了！您在乎过这些人吗？"

"我当然在乎！"道林先生疲倦地说。现在的他看起来似乎已经奄奄一息。

"怎么回事？"罗德惊慌失措地问道。

"他快死了！"玛伦对威尔说。

威尔看了一眼道林先生，心中的愤怒平息了下来，不觉有些怜悯他。

"好！"他说，"我帮您画肖像。"

第十五章

道林的画像

此刻，另一个人的生命就握在他手里，
可威尔不知道自己是否有能力做到。

玛伦撬开了维修车厢的锁，他们迅速走了进去，道林先生无力地靠在罗德身上。车厢内十分狭窄，两边的架子上塞满了东西，空气里散发着油脂和油漆混杂的刺鼻气味。玛伦点亮了提灯，威尔开始四处翻找。在疲惫和慌乱中，威尔不小心碰落了一些东西。不久，他找到几支画笔、几罐颜料，还有一壶看起来像松脂一样的东西，准备就地给道林先生画像。

　　罗德扶着道林先生背靠着几个架子慢慢坐到地上，他则走到张蒙和张黎的跟前叮嘱道："小心看着车厢后面，不要让人进来，"他又扭头不知所措地看向威尔，"我还是觉得应该送他去看医生。"

　　"不需要！"道林先生咬着牙说，"我就要待在这里。"说着他从口袋里扯出画布递给了威尔。

　　"我会留意布罗根和麦凯。"罗德一边说一边走向车厢前方。

　　"我们得把它固定在什么东西上。"威尔边说边跪下来展开画布，画布的边缘染着油彩。

　　"没时间了！"道林先生咳嗽着说。

　　"不固定好我没法画。"威尔说着在附近找到了一块胶合板。他把胶合板放在地上，又在箱子里找来了钉子和锤子。

　　"帮我抓紧！"威尔叮嘱玛伦，然后开始沿着画布四周钉上钉子。不知何故，这块画布让威尔心生胆怯。虽然它既不是寒冷刺骨，也不是热得发烫，却让他害怕得不敢触碰。他的父母也没教他读过多少圣经，可他就是忍不住想，这块画布上是不是有什么邪恶的力量。终于，他钉完了。画布有的地方还是有些松弛，但他已没有时间准备，道林先生的身体不允许，他必须马上开始画。

道林先生笔直地坐着，尽可能地维持好自己的面部表情，确保他马戏团团长的尊严。

威尔看着散乱的画笔和颜料，有黑色的、白色的、绿色的和红色的，都是用来给无限号列车各节车厢外壳上色的。他可以用这些颜料调配出更多的颜色。

他突然想到一个问题，不觉有些担心起来。"要画得多逼真才行呢？"

此刻，另一个人的生命就握在他手里，可威尔不知道自己是否有能力做到。他擅长作画，但从来没有画过一幅精确的油画肖像。

"威尔，这是你一直等待的机会，一个能让你成为艺术家的机会。"道林先生说。

玛伦把提灯放在威尔的身边，可是灯火能带来的温暖太微弱了，威尔不停地打着哆嗦。灯光映出了道林先生的影子，他的头看起来像骷髅。

威尔振作起精神，从上衣口袋里找出用剩的铅笔头。真是幸运，它还在。威尔想，要是能顺利完成这幅画，他要把它当成幸运符，一直保存起来。他弯着腰，在画布上方先画出了道林先生的轮廓，大致描绘出了他的容貌，拿捏出了他的头和肩的角度。

事实上威尔还不会上色，怎么都上不好。他勾勒的素描栩栩如生，画的油画却没有多少生气——至少他是这样认为的。一旦他开始上色，画面就失去了生命力。他一笔笔落下去，却慢慢地把整幅画都毁掉了。他努力地将注意力放在道林先生身上，催促着自己抓紧时间。

玛伦撬开颜料罐的盖子，问道："把它们放在哪里比较好？"

"放在我右边就好！"威尔答道，"我可以在这些盖子上调颜料。你能给我找些放画笔的碎布吗？"

他一边说一边用铅笔在画布上勾勒着，但心中并未燃起半点儿灵感。他在想，现在所做的一切是否都是无用功，如果真是这样，那道林先生就是白白在拿其他人的性命冒险。博普雷先生死了，有几个列车员也死了。威尔想起那个和自己打斗时掉下火车的人，他也死掉了吗？

"威尔？"玛伦轻声叫道。

威尔这才意识到自己一直在盯着画布出神。

"开始吧！"道林先生喘着气说。

威尔却不敢动笔了。他又纠结了一会儿，然后在盖子上挤了点红色和白色的颜料，将它们混合在一起，调成粉色。光线十分微弱，他看不清调好的粉色是不是接近正常的肤色。在另一个盖子上，他将红色和绿色颜料混合在一起，调成棕色，然后加了一点儿到粉色颜料中，把颜色调得柔和了一些。他又用松脂稀释了颜料，好让画出的线条更加精细。

他拿着最小的画笔，沿着素描画出的轮廓，开始给道林先生的身体上色。或许他应该把颜料调得白一点，因为道林先生现在的脸色苍白得可怕。他以前没用正确的方法清洗画笔，所以现在画笔的毛显得很硬。他控制不了自己的画笔，恐惧从心底升起。他思索着，要怎样才能画好道林的嘴巴和眼睛呢？

他一直盯着道林先生，努力使自己的目光凝聚在对方身上，然而他的眼睛却不听使唤。他担忧不已，满脑子就像是有一只乌鸦在不停地聒噪。

"威尔，麻烦你快点儿！"道林先生说着，又蜷缩了一下身子。

威尔知道他得加快速度了，却还是担心随着自己一笔笔落下，道林先生在他心里的样貌会慢慢消失。

他用一块碎布擦了擦画笔，然后用画笔染了些深棕色颜料，画道林先生的头发。之后，他又换了只画笔，描绘鼻子和眼眶周围的阴影。他小心翼翼地勾勒出道林面颊上深深的凹陷。

"威尔，你还好吗？"玛伦问道。

威尔又像之前那样盯着画布出神了。

"这幅画快要死了！"他低声说。

"是道林先生快要死了！"玛伦提醒道。

"不要再那么小心翼翼了，威尔！"道林先生抽搐着说，"看着我，把我画下来！"

威尔努力地看着这位马戏团团长。阴影在逐渐加深，他苍白的脸好像悬浮在半空中一样，黑暗中，只有他的头颅仍在燃烧着生命力。忽然，威尔透过道林先生的肉体和骨骼，看到了他的本质。道林先生的整个生命似乎都在向体外喷涌，威尔看到了绝望、恐惧、希望以及强烈的求生意志——它如烈火般想要烧尽阻挡它的一切。

威尔胸中爆发出一阵狂热，他连忙把一些颜料洒在盖子上，混合起来。他快速调制着所需的颜色，这次没有用松脂稀释。他把颜料一层一层地涂在画布上，让它保持足够的厚度。画布仿佛也在饥渴地吮吸着颜料。

道林大口喘着气。

玛伦喊道："快点儿！"

威尔动作更大，更快了，他内心的某种东西得到了释放，感觉道林先生的脸似乎就在他的画笔之下。他迅速混合颜料，顾不上将不同颜色之间的分界清理干净，就直接将颜料涂在了画布上。

"画完了！"威尔说。

与此同时，布罗根一行人还挣扎在车厢顶部。只见布罗根盯着灵车后面的车钩。

"你不可以这样做，"麦凯说，"在我们行动的时候，不行。"

"我们能做到！"布罗根说着将沙袋中的硝化甘油拿给麦凯看。

麦凯是他仅剩的手下了。

"我们已经没法回头了，"布罗根感觉到了麦凯内心的挣扎，于是接着说，"要么跟我干，要么跟我作对。现在就做决定，但是想清楚了，我们要走的路很血腥。"

"我要跟你干！"麦凯愤怒地说，"我要么就变得有钱上天堂，要么就一无所有下地狱。"

布罗根多年来都在爆破岩洞，他非常清楚爆破流程：钻开岩石表面的土狼洞，放入炸药或者硝化甘油，然后等着导火线烧完。他见过很多的人被炸得粉身碎骨，但他身上连一道伤痕都没有。他就像一只猫——有九条命的猫。

"我们把这个车钩炸开，把火车后面的车厢甩掉，"他告诉麦凯，"只要灵车在就行，然后我们占领列车头。"

"怎么占领？车上可是有锅炉工和工程师！"麦凯疑惑地问。

"我们叫他们滚蛋，他们就会乖乖地滚蛋。"布罗根亮出了枪。

"枪里没有子弹。"麦凯提醒道。

"他们又不知道！换成你，愿意冒这个险吗？他们要是还不滚蛋，就给他们吃刀子。"布罗根说。

麦凯不再说话。

"我们把列车头开进山区，开到靠近'飞吻火车站'那边。

然后炸掉灵车，拿出金子。那些骑警还来不及跨上马，我们早就沿着河，穿过边境跑了！"布罗根很清楚自己正在做什么。虽然受了伤，但他不会认输。

"往好处想吧！"他冲着麦凯硬挤出一个笑容，"现在没人跟我们分东西了！"

维修车厢内，威尔低头盯着画像，感觉很满意。他画得确实不错，尽管他调色的水平不怎么样，但这些颜色似乎有着惊人的生命力。这幅画画得既不细致也不逼真，没有人会觉得它像照片一样精确，但它确实在某种程度上描绘出了道林先生的形体以及他的灵魂。

"给我看看！"道林先生低声说。

威尔把画转向道林先生。这是一幅色彩与纹理激烈碰撞的画。道林先生出神地盯着自己的肖像，微笑着点了点头。.

"对！"道林先生说，"就是这样。"他长出了一口气。

"您感觉好点儿了吗？"玛伦问。

"嗯，好点儿了！"道林先生回答。突然，没有任何预兆，道林先生全身开始抽搐起来。他大喊一声，抓住自己的左手，仿佛那只手被火烧伤了一样。

"道林先生！"玛伦大叫。

但是道林先生已经听不到玛伦的叫喊声了。他痛苦地呻吟着，威尔从未听过如此急促而撕心裂肺的声音。很快，道林先生便倒了下去。威尔帮着玛伦把他慢慢平放在地上。

"怎么了？"罗德叫喊着赶了过来。

"不管用！"玛伦绝望地看着威尔说，"为什么不管用？"

"我去找医生！"罗德说。

"不……不……没用的。"道林先生喘息着说，可是罗德已经沿着车厢跑远了。

"是这幅画有什么问题吗？"威尔惊慌地问。

"不是画！"道林先生抽搐着说，"是画布有问题。"

"什么？"玛伦问道。

道林先生摇晃着头，翻着白眼，嘴唇乌青。他喃喃地说着威尔听不懂的话，脸颊痛苦地抽搐着，然后叹息道："……骗子，被骗了……"

他的身体抽动了几下，然后归于平静。

"他死了吗？"玛伦惊惧地问道。

威尔摸着道林先生冰凉的手腕，他发现道林先生已经没有脉搏了。

"他没心跳了！"威尔说。

"我不明白！"玛伦的声音有些嘶哑。

"那块画布，"威尔一边说，一边琢磨着道林先生最后的那几句话，"那块画布并没有魔力。他弄错了，他被骗了！"

这时，传来了一声爆炸的巨响，车厢随之剧烈地震动起来。威尔觉得爆炸声是从铁轨那里传来的。他们所在的车厢就像是车轮离开铁轨那样翘了起来，然后又撞向铁轨，恢复到水平位置。

威尔顺着梯子爬上车顶，一眼便看见了前面的灵车，又从车厢之间的缺口发现列车已经前后脱节了。列车头正缓慢地拖着煤水车和灵车离开其余的车厢，装载范·霍恩遗体的灵车尾部已被炸毁，油漆剥落了一地，装饰的金属羽毛也狼藉一片。布罗根和麦凯正在灵车顶上，朝着列车头的方向跑着。

"他们是怎么做到的？"玛伦爬上车顶，站在威尔身旁喘着气问道。

"用硝化甘油。"威尔回答说。

他试着目测逐渐增加的缺口宽度，心想，如果布罗根有炸药的话，谁知道他打算做什么，此刻他最担心的是父亲还在车厢里。

急促的鸣笛声穿透了山间的空气：列车发出了停车警报。后半截火车已经没有了列车头，而前方不远处还有大坡度转弯和栈桥。威尔只能祈祷列车上还有足够的、站在正义一方的列车员，能让火车慢慢减速。

布罗根和麦凯在车顶跳跃着，他们经过了锅炉工和工程师换班休息用的卧铺车厢。再往前就是满载煤炭和水的煤水车，车厢非常高，从顶上跳过去是不可能的。但煤水车右侧有一个狭窄的通道，列车员可以通过它往返于列车头和卧铺车厢。

这时，威尔弯着腰向前跑着。

"威尔！你在干什么？"玛伦在他身后喊道。

"我得从这儿穿过去！"威尔朝她回喊道，"我父亲还在列车头里！"

很快，威尔便来到维修车厢的后面。车厢与灵车之间的间隙已经超过了十五英尺，而且正在不断扩大。他知道自己根本跳不过去。

"你可以帮我过去吗？"他向身后的玛伦喊道。

玛伦没有回答，只是向前张望。顺着她的视线，威尔看到一条不断延伸的笔直轨道。她拿出钢丝轴，迅速将钢丝的一端甩向对面的车厢。她将抓钩钩在了梯子的横档上，然后将钢丝的另一头拴在自己这边的车顶。通过玛伦连接的钢丝，无限号列车再次勉强连在了一起。

"现在两端的缺口有十五英尺宽，"玛伦告诉他，"我的钢丝有三十英尺。咱们时间不多了，你得跟我一起走。威尔，相信我，可以吗？"

"好！你可以做到的，对吧？"

"我带了铁砧，我护得住你。走吧，我守在你后面。"

威尔犹豫了一会儿。

"走啊！"玛伦说，"只管走，不要停，不要看下面，剩下的就交给我。"

威尔迈出了第一步，接着又往前走了一步，就在他摇摇欲坠的时候，他感觉到了玛伦的双手。她把一只手放在他腰上，另一只手在他的肩上引导着。好神奇，他竟然稳住了！他逼着自己只看着目的地——剧烈震动的灵车，继续朝前走。这需要集中精神，但更加重要的是——相信她，把自己交给她。

"不要乱动！"玛伦轻声说。

威尔都没意识到自己乱动了。他试着调整呼吸。

"你做得很好！"她在他耳边轻声说。

钢丝的另一端看起来很远，威尔知道，车厢之间的距离在扩大，拉紧的钢丝还在不停延长。

"威尔，你得走快一点！"她的声音传进威尔的耳朵，"只要快一点点。很好……"

威尔凭借眼睛的余光看见有什么东西朝他右边滚来，随即消失了。过了一会儿，另一个影子也一闪而过，这次他意识到那是一个人。他瞥到了锅炉工们穿的工装衫。

"他在逼他们跳车！"威尔喘着气说。

"现在不要管这些！"玛伦嘱咐道。

这时，第三个人也在威尔的右边滚了过去。威尔不知道他们是死是活。父亲是不是在这些人当中？他觉得不在——这时他感觉到玛伦猛推了他一下。

"威尔！"她叫道，"集中注意力！"

他看到前方的轨道开始弯曲。

"火车在向右面转弯。"他喘着气提醒玛伦。

"我护着你，继续走吧！你只要看着钢丝的那头就好。"玛伦说。

火车开始倾斜，威尔感觉自己的身体摇晃得更厉害些了。

玛伦的手牢牢地攥着他，轻推着他向前。威尔忍不住向下看了一眼，他觉得自己快要掉下去了！一旦掉下去的话，他会被两节车厢夹在中间挤扁！

"你不会有事的，威尔！"玛伦说，"我们又走回直线了，马上就到了！"

威尔将目光移回灵车尾部，感觉到似乎他每走两步，火车也会向前一步。不过他们确实离灵车越来越近了，

这时，钢丝震动了一下，威尔感觉到脚下突然松了。

"跑！"玛伦大声喊道，"快跑！"

他不用回头也能想象到后面发生了什么。钢丝拉得越来越长，突然"啪"的一声断掉了，然后在身后悬空飘扬，迅速往下掉落。

威尔飞快地跑着，玛伦的手在后面引导着他。她紧贴着威尔，让威尔觉得他俩此时就像是一个人——一个四条腿完美同步的人。钢丝变得越来越松，威尔有一种踩在雪地上的感觉。钢丝的一头已经垂到了铁轨上，他们沿着钢丝飞快地往上奔跑着。

"快跑！快跑！"玛伦大喊道，在后面推着威尔，威尔猛地加速了。

目标就在眼前，威尔伸手去够灵车后面那架已经损坏的梯子，他用尽全力一把抓住了梯子的横档。他晃到一边，给玛伦腾出位置。等他再回头看时，发现钢丝已拖曳在铁轨上，摩擦

出了火花，而无限号列车其余的车厢已经离得非常远了。

"虽然不是尼亚加拉大瀑布，但也差不多了！"威尔看着那些火花，一边喘气一边开着玩笑。

"还从来没有人像我们这样做过！"玛伦得意地说。

列车外，如地球一般古老的高峰沐浴在晨光中，环绕在他们周围。威尔和玛伦经过灵车车顶，跳到了卧铺车厢上。

"我们应该到里面检查一下。"威尔说。他不确定父亲是否已经下班。按照惯例，父亲本该在列车通过山区时控制住局势的。威尔觉得，如果没猜错的话，布罗根和麦凯已经逼着卧铺车厢里的所有人跳车了。

威尔匆忙从车顶爬下来，发现门把手已被损毁，门半开着。他走进卧铺车厢，床铺空空如也，盛早餐的盘子摔得粉碎，食物散落一地。

"那两个家伙一定逼他们跳车了。"威尔说。

"这儿本来有多少人？"玛伦问道。

"我不知道！我只知道他们是轮班的，可能有两个锅炉工，一个工程师。"威尔回答。

玛伦想起之前他们看到三个人滚下了火车，不觉沉着脸点了点头。

威尔认出挂在挂钩上的一件上衣正是他父亲的。他喉咙一紧，想到天这么冷，父亲却没穿上衣，不觉有些担心。

"这些锅炉工都是大块头，对不对？"玛伦问道，"布罗根根本没有枪。"

"他有枪，只是没有子弹。问题是工人们不知道。而且他擅长用刀。"威尔回答。

"工人们有武器吗？"玛伦问。

"不知道！"威尔摇着头说。

他们来到外面，煤水车像万仞峭壁一样耸立在面前。车厢旁的过道上早没了布罗根和麦凯的踪影。他们已经到了列车头。

威尔和玛伦一前一后，慢慢穿过狭窄的通道。天空又飘起了雪，当他们向列车头靠近时，雪花飘落到厚厚的铁板上，慢慢覆盖了整个表面。

威尔犹豫了一下，然后探出身子检查火车的下层。按照惯例，会有一个锅炉工守在这里，随时准备把煤从斜槽铲进炉膛。但现在，这个隔间没有人。

他摇摇晃晃地走进敞开的门。玛伦紧随其后，四处查看。只见一把铁铲斜躺在地板上，旁边还有一些撒落的煤屑。他仔细听了听四周的动静，除了活塞运动发出的巨大咔嚓声，他什么声音也没听到。火炉的炉膛开着，里面燃着熊熊烈火。锅炉周围的放气阀喷着蒸汽，发出嘶嘶的声音。

这里是无限号列车的最前端，拥有惊人的推动力。车窗外两边的风景一闪而过。这是威尔第一次直视无限号列车的前方，第一次如此清晰地看着脚下的铁轨被迅速冲向山脉的列车吞噬。

车厢外，金属楼梯向上延伸到第二个锅炉工平台，再向上就是司机的驾驶室。威尔蹑手蹑脚地往上走，雪花飘落在他身上。他将身体紧贴着列车。上到一半楼梯时，他朝第二层车厢内瞥了一眼，发现还是没人。这时，从头顶上的司机驾驶室里传来了脚步声和叫喊声，但他听不清说的是什么。

"他们把人都弄到上面去了。"他低声对玛伦说。

"有人下来了！"玛伦说着，朝威尔"嘘"了一声，示意他别再说话。随即，两人跑进第二层锅炉工车厢，身体紧贴着墙壁。透过一个小窗户，威尔瞥见了两个锅炉工，他们正可怜巴巴地将双手举过头顶，从外面的楼梯走了下去。他们没有继续往下一层走，而是沿着一个斜靠着锅炉的狭窄踏板朝外面走去，一直走到列车头的最前端。这时，雪下得更大了。

威尔的父亲也举着手，跟在两个锅炉工后面。布罗根手里拿着枪，跟在他们后面，逼他们走进大雪中。

威尔悄悄地从门口探出头，看着他们走向排障装置——一个小平台，在列车头最前面的排障器上面。

威尔随即抽身回到车厢，翻出了一把铁铲。

"你打算就这样去吗？"玛伦担忧地问。

威尔走出车厢，踏上踏板，悄悄地跟在布罗根后面，祈祷着对方千万不要转过身来。不远处，滚烫的热气从锅炉巨大的侧面冒出来，活塞和通流阀的噪音震得人头昏眼花。纷飞的大雪之下，整个世界化为黑白两色。威尔紧紧地抓住铁铲，心里盘算着，再往前二十英尺，就够近了……

"跳下去！"当这些"囚犯"来到排障器时，布罗根向他们吼道，"你们现在站的地方很低，跳下去也死不了，最多断几根肋骨。"

"枪里没有子弹！"威尔大喊道。

"威尔？"看到眼前的威尔，父亲似乎不太相信。

他们实在太久没见面了。威尔想起自己脸上还有颜料，头发也染过。于是，他朝着父亲大喊道："父亲，是我！"

布罗根用枪指着威尔的父亲，他扭头看了看威尔。

"小子，你确定？"布罗根说，"你想用你老爸的命来赌我的枪法，是吗？"

"道林先生把子弹全部取出来了！"威尔吼道。

布罗根狞笑着说："枪手总有备用的子弹。"

"他在撒谎！"威尔嘴上这么说，其实心里还是有些担心。

"威尔！快回去！"父亲喊道。

布罗根朝威尔冲了过去，威尔慌忙举起铁铲挥向布罗根，那把铁铲重重地打在了布罗根的肩膀上，震掉了他手里的枪。枪"啪嗒"一声落在狭窄的过道上。威尔来不及再次挥动铁铲，布罗根就把铁铲夺了过去，猛地拍中他的胸口。疼痛瞬间蔓延到威尔全身。

"布罗根！"威尔听到了父亲的怒吼声。

接着，布罗根用刀抵住威尔的喉咙，逼威尔转过身去，并用胳膊锁住他的头。

"放开他！"父亲拿着枪。

"开枪啊！"布罗根喘着气说，"反正里面也没子弹。"

威尔的父亲用枪指着布罗根的头，扣动了扳机。但没有听到枪响，什么也没发生。

"事到如今，"布罗根说，"反正我也杀过人了，不怕多杀一个。想要你儿子活命，就和你的人跳下去，然后我再让他也跳下去。"

威尔感觉刀片抵在他脖子上的力度又加大了几分，骇得一动也不敢动。

"跳啊！"布罗根吼道，"不然我就割了他的喉咙！你们所有人，马上跳！"

漫天大雪倏然停了，阳光从天空倾泻而下。威尔看见群山从他们右边缓缓升起，空气似乎也震颤了起来，轰隆隆的巨响盖过了火车蒸汽引擎的声音。在远处的斜坡上，积雪开始向下滑落。

"雪崩！"威尔被勒得几乎窒息，他拼尽全力从喉咙里挤出一丝声音，"是雪崩！"

威尔的父亲看向山峰，说："布罗根，让我回驾驶室！"

虽然看不到布罗根的脸，但威尔能感觉到他的身体在颤抖。

"待在那儿，埃弗雷特！麦凯在驾驶室里，他会处理好的。"布罗根说。

"你得停下火车！"威尔的父亲朝驾驶室里的麦凯挥手喊道，"停车！"

火车并没有慢下来。在麦凯的操作下，列车头转过一个弯。接着，大家便看到，在前方五百码的地方，积雪漫过轨道，然后跌进深深的河谷，如瀑布般溅起大片水花。

随着一声尖锐的刹车声，火车快速慢下来，但一切都迟了，他们已经陷入积雪之中，越来越深。排障器把不断奔涌而出的冰雪推开，正前方，一堵雪墙正向人们逼近。

猛烈的撞击使火车停了下来。威尔被震飞，脱离了布罗根的控制，几乎在空中昏厥过去。周围白茫茫的一片。因为不知道会以怎样的姿势落地以及落在什么地方，威尔蜷缩起身子保护着自己。与此同时，他乞求老天保佑自己能落到柔软一些的地方。

可是没有人看到这一幕。

但丁马戏团车厢的后面，哥利亚在笼子里走来走去。无限号列车最终在大雪里停了下来。大脚野人使劲地吸了几下鼻子，闻到一股十分熟悉的气味。这味道刺激得它狂躁不安。它在狭窄的通风口狂嚎，拳头用力地打在加固过的墙上。

它蹲下来，双拳用力捏着两把稻草。然后又站起来，竖起耳朵，努力捕捉着从远处传来的叫声。哥利亚又吼了一声，这次听见了一声回应，那声音变近了。

它在笼子里打转，使劲拍打围栏，用身体拼命地撞击着墙壁。

有什么东西"砰"的一声砸在车厢顶上。它停下来，看向头顶。接着车顶又被连砸了两下。一个黑影在通风口外闪过。接着，哥利亚将它那一双有力的手，插进通风口里猛力撕扯着，墙裂开了。哥利亚拆下残缺的木板，发出一声欢呼。它的视野瞬间开阔了，它看见了天空、山脉和茂密的树林。

哥利亚闻到了家的气息。

威尔的鼻孔里填满了雪花。他翻了个身，不知道自己昏迷了多久，也分不清哪边是上面。他努力挣扎着，朝有光的方向爬行，好不容易才将头从积雪里伸了出来。他喘了一口气，发现雪不动了。雪崩刚停止没多久，地面上仍然笼罩着一层雾。四周一片寂静，寂静中又仿佛有种莫名的力量在压迫着他。过去几天里，他已经习惯了火车运行时的咔嗒声，而现在，这样的咔嗒声消失了。风在他耳边轻轻吹过，他听到了鸟儿婉转的歌声和远处隆隆的水声。

他四处寻找父亲、玛伦和布罗根。他想，在列车头撞上雪墙的那一刻，他们一定都被甩了出去。

"救命！威尔！"是父亲的声音。

"爸爸！"威尔踏着雪朝声音传来的方向冲了过去。想到雪像瀑布一样冲出悬崖的那一幕，威尔非常小心地滑下斜坡，只见父亲正紧紧地抓着悬崖边的灌木。

"我来了！"威尔说，"抓紧了！"

他伸出手努力滑到父亲身边，喊道："抓住我！"

"你得先抓住一个东西，否则你会被我拖下去的！"父亲说。

威尔看了看四周，身后的大树离得太远，根本够不着。

"我们总会有办法的。"他安慰父亲道。

这时从斜坡上传来了一个声音。三年前，就在同样的山里，他第一次听到这种声音，一种与众不同的动物的叫声。这声音从刚开始的低沉而哀伤，慢慢地越来越强烈，最后变成一种可怕的尖叫声。接着，一个又一个叫声不断加入，组成了幽灵般的合唱，回荡在白雪覆盖的松林间。

"威尔，等一下！"玛伦不知何时已朝威尔滑了过去，她身上还沾着雪块。

她一只手抓着树，另一只手伸向威尔。他们紧紧拉住了彼此的双手。现在威尔可以够到父亲了。

"很好！"父亲低声说。威尔用力地拉着父亲，玛伦则紧紧地抓着威尔。父亲朝悬崖边猛地一蹬腿，终于爬了上来。

很快，他们都爬到了树枝旁边，这里暂时比较安全。

"还好吗？"威尔问父亲。他发现父亲的耳朵周围沾了一些血迹。

"我还好，你呢？"父亲问道。

"我也还好。"威尔说。

父亲掸去肩上和胸前的雪，威尔听到父亲的裤袋里有纸张沙沙响的声音。父亲从口袋里掏出一个本子，小心翼翼地拂去上面的雪。威尔瞟了一眼，正是自己三年前送给父亲的手缝速写本。

"不想把它弄湿了！"父亲说。

威尔忍不住笑道："看起来没那么糟。"

接着他们周围又响起了动物整齐的叫声。威尔看到被雪掩埋的路基附近，布罗根正朝着列车头的方向艰难爬行。

不远处，一群"人影"出现在薄雾里，开始威尔还以为是从无限号列车上面下来帮忙的人。但很快他发现，这些家伙肩宽个大，根本不像人类。它们个个站定了身子，十分诡异。突然，最近的那个影子动了，它后腿一蹬，向前猛扑，落在了离布罗根十英尺的地方，然后站直了高大的身躯。

威尔眯着眼望去，"那不是……"

"哥利亚，"玛伦倒吸了一口气，"它逃出来了！"

布罗根手里攥着刀连连后退，哥利亚紧逼不舍。这时，布罗根笨拙地转过了身，从雪地里挣扎着爬起来，随后疯狂地往前逃。哥利亚很快就追上了布罗根，把他按倒在雪地里。布罗根拼命地挣扎着，大脚野人哥利亚庞大的身体狠狠地压向了他。随着一声惨叫，布罗根整个人连同他的声音消失在了皑皑白雪中。

这边的威尔觉得自己可能生病了，身体忽冷忽热，不由得浑身轻抖。这时，哥利亚将视线转向了他们。

"不要动！"父亲说。

其余的大脚野人都安静地站着，威尔只听到哥利亚粗重的呼吸声。大脚野人盯着威尔看了一会儿，然后转身离开了。

这时传来一声枪响，接着又是一声。只见一个身着红色制服、脚穿雪地靴的男人，从后面车厢的方向走了过来。大脚野人就像骤风吹散的枯叶，向四面八方逃去。只有哥利亚先是顿了顿，随即敏捷地跳到布罗根的尸体前，拽下他的脑袋，插到一根树枝上，最后它大吼一声，消失在了森林里。

萨姆·斯蒂尔中尉和两个锅炉工呼喊着威尔他们的名字。很快，在大家的帮助下，威尔等人爬出了深深的积雪。

第十六章

清 扫 轨 道

"你不能逮捕她！"
看到萨姆·斯蒂尔中尉给玛伦戴上手铐，威尔惊叫道。

“你不能逮捕她！”看到萨姆·斯蒂尔中尉给玛伦戴上手铐，威尔惊叫道。

“她承认自己参与了盗窃。”骑警说。

“那是道林先生逼她做的！”威尔说。

“他没有逼我！”玛伦看上去很平静。

“他逼了——他是间接地逼你！”威尔有些生气玛伦没和他站在同一战线。

此时，所有人都待在卧铺车厢，瑟瑟发抖地围着火炉取暖。威尔的父亲往火炉里添了一些煤，又烧了一壶水。玛伦看起来心情不错，好奇地盯着自己的手铐。两个锅炉工给麦凯的尸体盖上了一条毯子，抬了出去。大家猜测，麦凯多半是因为列车撞到雪墙丧命的。当人们在驾驶室发现他时，他的脖子已经被撞断了。令人惊奇的是，列车撞到雪墙后竟没有脱轨。煤水车、卧铺车厢，以及灵车都完好无损地停在了轨道上。

“还有最重要的一点是，”骑警说，“她没及时向我们报告布罗根的阴谋，导致其他人的生命受到了威胁。”

“我也没报告啊！”威尔大声喊道。

“我知道！”骑警说，“我在车厢里看见过你三次，而你一句话都没跟我说。”

"那你就应该把我也抓起来！"威尔不顾一切地说。

"威尔！"玛伦和威尔的父亲不约而同地喊道。

"我正在考虑要不要抓你，年轻的先生！"骑警说。

威尔愣了愣，继续说道："她在沼泽里救过我的命。要是没有她，我根本不可能提醒我父亲，更不可能把他从悬崖边救下来！"

"没错，她是很勇敢！"萨姆·斯蒂尔骑警说，"到了狮门城的法庭上，这个证词对她非常有利。"

"真的有必要这样吗，中尉？"威尔的父亲问。

"恐怕只能这样，埃弗雷特先生！法律必须得到维护。事情办妥后，我会把她移送到二等监狱。"

"可以给我一条毯子吗？"玛伦瑟瑟发抖地问。

威尔从铺位上拿了一条毯子，披在她的肩上。

"谢谢！"她说。

"真对不起！"威尔有些尴尬，"我没料到最后事情会变成这样。"

"我也没想到！"她微笑着说，"嗯，起码你有个好故事可以讲了，而且是你亲身经历的故事。"

"这倒是。"他点点头，真希望自己刚才没有说"最后"这个词。难道这就是结局？他有些不甘心。

这时，火炉上的水壶发出了刺耳的声响。

"安伯森小姐，需要我给你一杯茶吗？"威尔的父亲走到烧沸的水壶前，"喝了身子会暖和些。"

威尔转头看向玛伦，见她已经将毛毯拉过脑袋，裹住了自己的身子，她整个人看起来活像个圆锥形的帐篷。威尔想，她一定是冻坏了。

"玛伦，你怎么了？"威尔的父亲递给她一杯茶，问道。

玛伦什么也没说，一动也不动。威尔屏住呼吸，目不转睛地盯着她。

萨姆·斯蒂尔骑警走了过来。"小姑娘，你在搞什么鬼？"

说完他猛地掀开了毯子，不由得大吃一惊。玛伦已不知去向，只剩一副空手铐留在铺位上。

"真是疯了！"斯蒂尔中尉嘟囔道。

萨姆·斯蒂尔骑警和詹姆斯·埃弗雷特连忙四处寻找。威尔则冲向门口，爬上车顶，以便更好地观察四周。但茫茫雪地中并没有她的踪迹。威尔想要大声呼喊，想要再次看到她的身影。

"我想这就是所谓的隐身术。"詹姆斯·埃弗雷特一边说，一边随萨姆·斯蒂尔爬上车顶。威尔看见，父亲的唇角浮现出一丝笑意。

"她要是觉得自己能逃出去，那就太蠢了，"斯蒂尔说，"在这片荒郊野地，她会像大脚野人一样乱撞，最终迷失方向。"

威尔望向四周，孤独油然而生。她不会真的跑进那片荒地吧？没有人能在那里存活下来。不，她一定有自己的计划。威尔的内心一片空虚，十分痛苦，不由得胡思乱想。这就是她的目的吗？她真的打算偷完灵车后就和他永别吗？

"好吧，我们没时间再去找了！"骑警说，"我需要几个副手，帮我逮捕剩下的列车员。"他望着威尔，继续道，"他们中间有一个断了胳膊，另外两个戴着手铐，手腕上可能有擦伤，对吧？找到他们应该不是很难。"

威尔顺着父亲的目光，看向灵车，发现车厢侧面的门依然开着。

"我们先把门关上，"父亲说，"然后再去查清楚。"

"我给你派一个小分队。"斯蒂尔说。

"我觉得人手已经够了。"威尔回答。

在铁轨旁，列车员和乘客挪着步子艰难地在人流中穿行。人群中有穿着讲究的绅士们，也有裹着厚重羊毛大衣的移民。偶尔也能看到几个穿着奇装异服的马戏团演员。

"我们只要铁锹！"有人大声喊道。

威尔将清理的积雪堆到铁轨旁边，一眼望去，全是忙着清扫积雪的人们，到处飘荡着欢声笑语。厨工给大家带来了三明治和热饮。这使得威尔想起了在哈利法克斯时，每当大雪过后，邻居们一起外出铲雪，其乐融融的情景。

"你能把列车重新连接起来吗？"威尔回头问着和他一起铲雪的父亲。

"挂钩炸成了两截，得先修复挂钩。不过不要紧，我们车上有焊接工。我想趁天黑之前，先把雪清理干净。"父亲说。

威尔抬头看见一个锅炉工手握步枪站在列车顶上，眼睛盯着斜坡，谨防大脚野人的偷袭。不过到目前为止，还没发现大脚野人的踪迹。

威尔在心里祈祷玛伦平安无事。他猜测玛伦很可能去找她的兄弟们一起另谋生路，如果真是这样，那她多半会沿着铁轨向东走。道林先生曾答应给她五千元的报酬，那些钱足够她开始新的生活。要是没有拿到那笔钱，对玛伦来说，就太不公平了！想到这儿，威尔不禁感到胸口发痛。

"你觉得萨姆·斯蒂尔会去抓她吗？"威尔不安地问。

"暂时应该不会，可能以后也不会。我会找他谈谈，看能不能让他撤销指控。我肯定不想难为他们。而且这姑娘看起来挺不错的！"父亲一边铲雪，一边有意无意地看着威尔。

听到父亲这样评价玛伦，威尔的脸颊有些发烫。其实他并不担心玛伦被抓，他知道任何锁链都困不住她。只要她自己不想被抓，就没有谁抓得到她。但是如果撤销了指控，她也许会正大光明地回来……

父亲拍拍他的肩膀，说："你干得很好！没有几个人能够做得到。"

"谢谢！"威尔咧嘴笑道。

"不过你应该早点儿来找我，那种事对你来说太危险了！"父亲埋怨道。

"我答应道林先生要先帮他拿到那幅画，我觉得这是我欠他们的。"说完，他又小心地补充了一句，"他们救过我的命！"

父亲放下手中的铁锹，说："我觉得太扯了！他居然认为这幅画可以让他长生不老，本来我一直觉得他是一个很有智慧的人！"

"世间本来就有很多怪事，这也不足为奇吧！"威尔说。

说这话时，威尔想起了道林先生冰冷的尸体，正躺在头等车厢的医务室，不由得有些伤感。为了改变宿命，道林先生努力抗争了那么长时间，但还是功亏一篑。

"其实我觉得，"威尔说，"也许是因为压力过大，他才突发了心脏病。"

父亲悲伤地摇了摇头，说："他不应该让那么多人为他去冒险，太自私，太荒唐了！"

听了父亲的话，威尔觉得，对道林先生的荒唐行径，自己应该更加愤怒才对。但当他想起道林先生那恐惧的表情和凄惨的呻吟时，心中就只剩下悲伤。

"我们要怎么处理那幅画呢？"威尔突然问道。

"嗯，我想在不破坏克里格霍夫原画的前提下，从画布上擦掉他的肖像。"父亲回答。

"那样也好！"威尔有些不舍地说。

父亲仿佛看出了他的心思，说："或者我们可以把肖像画留着，重新装上画框，藏在克里格霍夫油画的背后。"

"这个主意不错！"威尔赞成道。

"你知道吗？"父亲靠着铁锹说，"离这里不远，就是你当年敲进最后一根道钉的地方。"

威尔眺望着群山。他感觉得到，不远处就是克雷盖拉希，但他很难把眼前的情景与三年前联系起来，那时候的他还是个孩子——一个与生身父亲聚少离多，只身前来寻父的孩子。

"布罗根说你和他一起挖过金子。"威尔平静地说。

"他说的是实话。"父亲回头看着威尔说。

"为了拯救公司，不让它倒闭。"

"对！如果我们开采不出一条矿，铁路就没办法完工。成千上万像我们这样的工人，就领不到辛苦打拼的血汗钱。"

"你偷偷拿过那些金子没有？"威尔问。

"是布罗根说的吗？"父亲反问道。

威尔点了点头。

父亲深吸了一口气，威尔似乎也做了同样的动作。"我那时每天都在经受诱惑，"父亲说，"有的人抓住一切机会偷金子，我没有举报他们，毕竟我们已经很久没领过工钱了。金子该归谁呢？殖民者？土著人？也许都不是。但是我们是公司雇来的，必须听从公司的命令，为公司挖金子。我自己从来没拿过，威尔。希望你能相信我！"

威尔毫不犹豫地说："我相信你！"

他们又默默地清理了一会儿积雪，父亲说："那个旧金山的艺术学校，如果你真想去，就去吧！我来付学费。"

"真的？"威尔惊讶地看着父亲。

"当然！不过现在咱们得先把铁轨清理干净。"父亲说。

威尔坐在自己的列车包间里，冲洗着脸上还未脱落的妆容。他盯着镜中的自己，发现仍有一些颜料顽固地残留在了眼睛周围。他又往脸上拍了拍水，用毛巾反复擦洗。洗完之后，他盯着盥洗槽，发现自己又变回了威廉·埃弗雷特。不过，也仅仅是威廉·埃弗雷特！不知为何，他突然有一种怅然若失的感觉。

铲了六个小时雪之后，他感觉前所未有的疲累。此刻，他沉醉于舒适而柔软的床铺。不过，很快他又站了起来，来回踱着步子。

大雪封山，列车还是不能前进。父亲告诉他，天黑之前铁轨是没法清理干净了。他们不想冒着夜里被大脚野人袭击的危险，在外面继续清理轨道，所以最多再清理一个小时，大家都会被召回到列车上，然后锁紧车厢，天亮再打开。

下午的时候，斯蒂尔和他的副手们发现了布罗根的三个同伙，并把他们都关了起来。第二天早上，列车将再次出发，驶向狮门城，驶向威尔的未来。

威尔知道自己应该高兴，因为父亲终于同意了他读艺术学校的夙愿，但他高兴不起来，他的心思已不在这上面。

威尔心绪烦乱地离开了包间，他需要四处走走。他走到露天车厢，爬上楼梯，登上露台。尽管寒意料峭，但照在人们脸上的阳光却温暖迷人，这让他想到了春天——万物复苏，四处散发着植物和泥土的清香。

他回过头，顺着无限号列车的这头一直看向那头，却看不到但丁马戏团的车厢，明知道它就在那里，却感觉和它不在同一个时空。他的心跳突然加速，随之跨步越过栏杆。

"小伙子，你在干什么？"一位绅士警告道。

威尔奔跑起来，飞身跳到下一节车厢，跑过车顶，又一次起跳。

马戏团的人会告诉他，她去了哪里。要是他现在不弄清楚，等到了狮门城，马戏团的人都离开了，也许就再也没机会见到她了。

他冒着刺骨的寒风跳过头等车厢，接着是二等车厢。他的身体轻盈有力，仿佛可以一直这样跳下去。他穿过熙熙攘攘的射击场，差点儿被子弹打中，接着他又爬上了车顶。其实他可以从列车车厢里走过，但他觉得这样太慢，有太多阻碍。他就想这样不受阻碍地向前跑，跑向他想要去的地方。

他越过三等车厢、移民车厢，然后是货运车厢。他从车顶的一名列车员身边经过。对方惊愕地瞪着他，却并没有阻止。

"你不是威廉·埃弗雷特吗？"他冲威尔的背影喊道。

现在威尔心里只有玛伦，他想知道她去了哪里，然后找到她。等列车到了狮门城，就轮到他闪亮登场了。

跳，再跳，一直跳。他喘着气，拼命地跳跃着，空气从嘴里灌入，刺痛了他的肺。他看到了车厢侧面的字：但丁马戏团。他跳到一个平台上，推开了门。

这里是马戏团的健身房，演员们正在训练。威尔看到张蒙和张黎踩着新的高跷，背靠背地蹦跳着在行走。

"小不点儿！"张蒙用高跷指着威尔。

莫霍克族杂技演员高高跃向空中，美丽的女演员跳着芭蕾。马戏团的小丑在玩杂要。眼前这一幕和他几天前初次来访时的景象一样，他忍不住笑了。但看到玛伦的钢丝丢弃在一边时，他立刻紧张了起来。

"威尔？"他听到了罗德的声音。只见罗德放下了飞刀，朝他跑了过来。

"罗德！"威尔一边大叫一边抓住罗德的手臂，"我还以为你——你不是和玛伦在一起吗？你知道发生了什么吗？"

"太荒唐了！"罗德气愤地说，"他们居然逮捕她！应该给她颁发奖章才对！"

"我知道！我来这里就是想知道她去了哪儿。"威尔说。

"啊！"罗德的视线躲躲闪闪。

"我不会告诉任何人，你可以相信我！"威尔斩钉截铁地说。

"那好，跟我来吧！"罗德说。

威尔紧跟着他。"她还好吗？她不是自己一个人，对吗？有基督徒跟她在一起吗？"威尔一连问了好几个问题。

如果她在森林里，希望她身边有个驯兽师，特别是曾经驯服过大脚野人的那种。

"她很好，威尔！"罗德说。

威尔跟着罗德穿过一节又一节车厢，经过了挤满猴子的餐厅，经过了有人踩着自行车发电的车厢。

"他们是怎么处理道林先生的遗体的？"罗德问。

"放在了医务室里。"威尔说。

"等到了狮门城，我们想把他的遗体领回来。马戏团要给他办一场体面的葬礼。"

"现在他不在了，马戏团会怎么样？"威尔问。

"我们会有一个新的马戏团团长，"罗德重重地叹了口气，"只有上帝知道是谁，说不定是个恶霸，没准道林先生和新团长比起来就像天使。话说回来，列车怎么样呢？"

"明早就可以重新出发了。"威尔说。

"很好，很好！"罗德连连点头说道。

"我们要去哪儿？"威尔问。

"就是这儿！"罗德说着，打开了一道门。

威尔瞬间明白，他回到了道林先生的包间：墙上的油画、土著人的各种工具、那个行李箱，还有——坐在桌边的玛伦。

威尔的第一反应是：这肯定是魔术，要么就是幻觉，或者只是一个机器人！但当她抬起头，看到他，露出惊喜的微笑时，他觉得再也没有比这微笑更美好的东西了。她猛地站起身，撞倒了椅子，冲过来一把抱住了他。

"我刚才还在想，你会不会来！"玛伦喃喃地说。

他也紧紧地抱住了她，"你怎么会在这里？"他迷恋着她身上的气息，问道。

"他把这个给我了！"

"这个房间？"他有些不可置信。

"这个马戏团！"她笑了。

"什么？"他惊讶地张大了嘴巴。

她抓起桌上的一张便条，递给威尔，说："他偷偷把这个塞进了我的口袋。"

只见道林先生用带花边的字体写道：

若本人去世，则将本人于但丁马戏团所任职务及全部所有权转予玛伦·安伯森名下。此乃本人亲笔。

署名：奥斯卡·道林

威尔想起来了，他们去灵车偷画像的头天晚上，道林先生写了张便条，装进自己的上衣口袋。

"他把马戏团送给了你！"威尔惊喜地低声说。

"我自己也不敢相信。但他确实是这么写的，对吧？"玛伦说。

"没错！"罗德舒了口气，转身走出包间，关上了身后的门，"妹妹啊，马戏团归你了。我们经历那么多，终于有了今天。"

"真是不可思议！"威尔说，"你现在是马戏团团长了。但是，你一点儿都不担心吗？"

"担心什么？噢，是因为我现在是一名逃犯吗？"玛伦说着摆了摆手，"人们很快会忘掉这件事的！再说了，他们根本抓不到我。我得给自己取几个好听的名字。"

"你懂得如何经营马戏团吗？"威尔问。

"当然懂啦！"玛伦似乎有些不悦，"我一辈子都待在马戏团。再说了，我爸妈也会帮我的。"她的眼底露出了笑意，"我要做的第一件事就是雇用他们！"她顿了顿，又看向威尔，"说不定还要雇几个新的人才。"

"我吗？"他高兴地问。

"难道你还有其他想做的事吗？"

"这个嘛，我打算去旧金山的一所艺术学校读书。我爸同意给我交学费了！"

"哇，太好了！这不就是你想要的吗？"她的笑容瞬间凝固了。

威尔摇了摇头。"我不知道！我以为这就是我最想要的东西，但是……"

玛伦咬着嘴唇，点了点头说："好吧！"接着她又认真地说，"马戏团下一站就去旧金山。要是你和我们一起，正好可以去学校看看，看看它是不是你想象中的样子。"

威尔有些激动。眼下有太多事情，他无法立刻做出决定。但对他来说，这不仅仅是生命中打开了新的一扇门——这简直就像是门被炸开，马戏团的一整个班子蜂拥而入，把他举起来托在他们的肩膀上一样。

"我该做什么呢？"他问。

"嗯！你很有艺术天分，人们都喜欢有天分的艺术家。有了这种天分，我觉得你可以做很多事情。我们会包装你，你也会有很多时间画画。待在马戏团里，你可以见识到很多新东西。"

"你的意思是说，以后我就为你干活了？"他问。

"没错，以后我就是你的老板。"她说。

"你觉得我已经准备好，要再次加入你们马戏团了吗？"他继续追问。

"只有你自己知道答案！"她信心满满地回答。

他凑到她耳边，轻声说了几句话。

"完全同意！"她笑了。